PENÚLTIMOS CASTIGOS

CARLOS BARRAL

PENÚLTIMOS CASTIGOS

Seix Barral ⚹ Biblioteca Breve

Foto cubierta: Xavier Miserachs

Primera edición: noviembre 1983
Segunda edición: diciembre 1983

©1983: Carlos Barral

Derechos exclusivos de edición en castellano
reservados para todo el mundo:
©1983: Editorial Seix Barral, S. A.
Córcega, 270 - Barcelona-8

ISBN: 84 322 0476 5

Depósito legal: B. 39.906 - 1983

Impreso en España

Ninguna parte de esta publicación, incluido el diseño de la cubierta, puede ser reproducida, almacenada o transmitida en manera alguna ni por ningún medio, ya sea eléctrico, químico, mecánico, óptico, de grabación o de fotocopia, sin permiso previo del editor.

Capítulo I

Finalmente convertida, pero a causa de sucesos posteriores, en referencia casi obsesiva a lo largo de la desagradable aventura de esta etapa de mi vida, recordaría de todos modos con detalle esa mañana otoñal, la del día en que el cuerpo de Sam apareció colgado de la barra de la cortina. Me acordaría lo mismo si hubiera sido la mañana de un día corriente y todo hubiese empezado en el momento en que empujé la puerta cristalera del bar, un poco más tarde de lo acostumbrado. Pero es que no se trataba de una mañana cualquiera. Había amanecido con los caracteres de lo extraordinario. Un amanecer que yo había visto, lo que era ya en sí raro y notable dentro de mis perezosos hábitos de aquellos meses, durante los que solía levantarme muy tarde, con el sol casi a mitad de camino. Había dormido mal, inquieto, mordido por una angustia que se iba y venía sin dar tiempo a que la imaginación se acelerase hacia paraísos indoloros. Una angustia y un insomnio quemante que parecían excitarse —lo que es más bien lo contrario de lo que generalmente pasa— con el aparatoso rumor de la descomunal tormenta que estaba cayendo sobre la playa. Había saltado varias veces de la cama, paseado a oscuras de esquina a esquina de la alcoba, encendido y apagado cigarrillos, más que fumarlos, cargado una pipa sin intención, seguramente, de prenderla. Había estado esperando el alba, acodado a la ventana entreabierta, espiando el asomo de la primera luz, encharcada y sucia, amarillenta.

Luego había pasado horas en la indecisión y en la semiconciencia, en ese estado en el que se van formulando ideas inacabadas y acuden imágenes rápidas y olvidadizas, que parecen incompletas y se desvanecen antes de ser claramente registradas. Tumbado de nuevo sobre la cama deshecha o sentado contra la cabecera, con la espalda apoyada en las almohadas apiladas, escuchaba la densa cortina de agua y el ahogado retumbar de las rompientes, ahora más bien mansas, pero rencorosas. Salí sin embargo pronto, de todos modos, demasiado temprano para lo poco que tenía que hacer: devolver unas llaves, que, aunque era en la otra punta del pueblo, era cosa de pocos minutos y un par de gestiones menudas, en la calle principal que, eso sí, estaba imposible de charcos y regatos y había que cruzar por unos tablones estratégicamente abandonados cada centenar de metros o dando grotescos saltos y pisando, a pesar de todo, el agua embalsada en todos los rincones. Se puso a llover de nuevo y entré en el primer cafetín que encontré abierto, uno de los más feos y desangelados, incluso dentro del escaso surtido de los que no echan el cierre durante la muerta temporada del invierno. El café era pésimo y la compañía precaria; no había allí, aparte de la dueña malhumorada y desatenta, ocupadísima enfilando las cuentas de un collar roto, más que un viejo pescador apesadumbrado, El Sord, que bebía con desgana vasitos de vino blanco y no se cansaba de repetir que se había agravado mucho últimamente la evidente relación entre el mal tiempo y su insoportable dolor de espalda y que si las cosas seguían así no llegaría al verano. Repitiendo yo café aguado y bollos secos y rancios, y dándole la razón al viejo, que estaba seguro, además, de que lo que me convenía era dejarme de aguachirles recalentados y de pastas viejas y pasarme al vino blanco que era bonísimo contra la humedad y para prevenir los catarros, esperé con paciencia a que amainase, pero pasó una larga media mañana. Luego aún tenía que pasar necesariamente por mi casa. Tenía que ver a la vecina y organizar con ella las comidas y los asuntos del día. Y seguía lloviendo. Así es que cuando empujé la puerta roja y de cristales empañados de «El Paraigües» había acumulado ya mucha experiencia de aquella fecha inhóspita y de mal recuerdo, un lunes, eso está claro, que encabezaba una semana tormentosa, no puedo precisar si todavía de octubre o si de ya entrado el mes de noviembre.

Habían descubierto el cuerpo de Sam colgado de la barra de cortina cuando Ute regresó de la ciudad, en uno de los primeros trenes de la mañana. Parece que venía en compañía de una amiga francesa, una modelo, dijeron, que pensaba quedarse unos días, pero que no estaba con ella ahora en el bar. Las dos mujeres habían descubierto el cuerpo de Sam inmediatamente, al abrir la puerta del piso, porque colgaba en el centro de una especie de arco sin puertas que comunicaba la pieza del recibimiento con el resto de la casa. Colgando de la barra de la cortina. Yo me imaginaba —y esa imagen persistió hasta que conocí aquel apartamento— una de esas barras huecas de latón, rematadas por chirimbolos en ambos extremos, larga, como para abarcar la luz de una arcada ancha, y la suponía quebrada en el centro, a punto de romperse, forzada por el peso del corpachón de Sam. El muerto estaba vestido, con un pantalón gris, un viejo jersey granate con coderas de cuero, ¿lo recordaba?, y botas. El coche estaba a la puerta de la casa con las llaves puestas, decían. Decían los que no habían visto nada, los que habían oído decir, el Roig, el hijo de Roser, la dueña de «El Paraigües», que bebía cerveza, una jarra grande, acodado en la orilla interna del mostrador y el alcohólico Ramón, sentado a mi lado en un taburete, que repetía detalles y comentarios, mirándome a los ojos de vez en cuando, como si esperase descubrir lo que yo pensaba de sus precisiones. Ute estaba sentada frente a una mesa en el fondo más bien oscuro del local. Junto a ella, a ambos lados del banco corrido contra la pared, había varias mujeres que no se distinguían bien, Nuria, la hija de la farmacéutica, y la exuberante Rose, seguramente entre ellas. Ute mostraba un perfil muy clásico de la cabeza inclinada, semicubierta por la capucha negra con bordes rojos del impermeable —poncho-rain, supe mucho más tarde que se llamaba esa prenda—, que no se había quitado. El silencio y la inmovilidad del grupo de mujeres eran bastante punzantes. Había otras gentes calladas y con aire abstraído en otras mesas más cerca de la vidriera o en el lado curvo e iluminado de la barra, serias y preocupadas, pero no era lo mismo. En realidad sólo hablaban los indígenas, los que ya dije y el rumboso Gabriel, que había entrado casi al mismo tiempo que yo y pedía información a la vieja Roser, escuchando con aire de gran competencia. La Guardia Civil había interrogado a Ute, seguramente en la misma casa, y había hecho preguntas informales a los amigos que andaban por allí a la hora del macabro descubrimiento. Luego, a media mañana, al punto en que llegó de su pueblo, como cada día a esa hora, se habían llevado al cuartelillo a Ricart, el socio del muerto, cuyo viejo Mercedes Benz restaurado estaba a unos pocos metros de la puerta del bar, parecía que flotando en un gran charco de agua terrosa. Ricart era probablemente la última persona que había visto a Sam vivo; parece que habían ido juntos a cenar a Vilanova la noche anterior, la del domingo. Pero según Ramón, la noticia lo había pillado completamente por sorpresa. Había palidecido y había tenido que sentarse, presa de un mareo repentino. Los charlatanes se inquietaban por lo mucho que tardaba en regresar. Tendrían que traerlo. El cuartelillo estaba lejos y su coche estaba ahí, nadando.

A primera hora de la tarde, en esa pausa que para unos era la del tardío aperitivo y para otros la del café tras el almuerzo a horas razonables, fue llegando bastante gente. Me senté en una mesa con los Viola, Ernest y Maj-Britt, a los que yo tildaba constante e impenitentemente de única pareja mixta exitosa, de ejemplo de mestizaje por vía de legítimo matrimonio. Había en esa insistencia un cierto retintín que a otros hubiese molestado, pero que resbalaba en la coraza de seguridad y satisfacción de Ernest y que a la sueca le debía parecer galantería. Nuria se sentó con nosotros. Ute y las otras luctuosas habían desaparecido. Yo había cometido la imprudencia de pasar sin transición de los cafés a las cervezas que reclamaban continuidad. Daba el día por perdido. Además se había puesto a llover de nuevo copiosamente y daba mucha pereza salir del bar y recorrer el pueblo encharcado. El alcohol en ayunas, o casi, me había puesto locuaz y ahora era yo el que hacía el papel de Ramón, contando minuciosamente lo que no sabía y haciendo comentarios estúpidos y probablemente poco oportunos. Nuria, sonriente, parecía querer cuidar de mí e insistía en que comiese algo y descansase un poco de cervezas. Alguien más, no recuerdo, se sentó con nosotros, lo que resucitó el asunto y volvió a los comentarios y teorías al punto de partida. El chubasco había cesado. Un grupo de desconocidos, tres barbudos y una chica alta y pálida, toda ella como pajiza y opaca, entraron casi gritando que valía la pena salir a ver el raro fenómeno del cielo sobre la mar, que se veía perfectamente desde la esquina. Hablaban un inglés raro, como trotado, rasposo. Supongo que para acabar de una vez con aquella conversación reiterativa y pelmaza, Nuria propuso que nos asomásemos a la playa y salimos en grupo con los desconocidos y algún otro. Venía también Maj-Britt, excitadísima, como si fuera a asistir a un milagro. Se trataba de una tromba, lo que en el país llaman una manga, que se había acercado, insólitamente, a la costa. Yo verdaderamente no había visto nunca una tan cerca y quedé muy impresionado. La mar rebullía en olas picudas y sin dirección que parecían salir en espiral de la gran quebradura oscura del cielo. Y el agua era verde, con luces vivísimas de color esmeralda y sombras azules, oscuras y violentas. La atmósfera, en cambio, era neutra y plomiza, de manera que el blanco iluminado de la espuma parecía imposible o mal puesto, si se hubiera tratado de una pintura. Que es lo que sugería, o al menos lo que me sugería a mí. Una marina holandesa o más bien el mar de una representación de batalla naval del siglo XVIII. Creo que insistí en esa para los demás inútil referencia, citando raros nombres de cultura de pinacoteca. Comenzaba a estar pesado. Cuando nos dimos por satisfechos del espectáculo meteorológico, quise volver al bar y seguir allí con mis cervezas, pero Nuria había decidido ocuparse de mí aquella tarde y propuso que recogiéramos nuestros impermeables, ropas de temporal, más bien, que proclamaban que éramos del pueblo, y subiésemos a su casa a merendar y a tomar las últimas copas de la tarde o las primeras de la noche.

Nuria vivía a la entrada del pueblo alto viniendo del mar, a muy poca distancia de donde estuvo el caserón en que yo nací, en una esquina partida ahora por una calle nueva y ocupada por unos edificios feos que yo seguía llamando nuevos a pesar de su evidente vejez y deterioro. Habitaba un departamento amplio, asomado a un jardín interior y decorado de un modo muy caprichoso, al gusto, seguramente, del ex marido, un fotógrafo de prensa inglés que se suponía, probablemente, artista. Vivía sola durante la semana, desde que tenía al niño en pensión y es de suponer que se aburría mucho.

Al principio todo fue bien y la tarde parecía instalarse en lo razonable. Las oscuras lonchas de jamón, las rebanadas de pan con tomate y el fino vino blanco torcieron la imaginación hacia la nostalgia. Hablé mucho a Nuria de su madre, una adolescente casi mujer cuando yo era niño, que se ocupaba resignadamente de mí como ella ahora. Y me puse a inventar la casa desaparecida, el escenario de mi vida durante la guerra civil, cosiendo sueños y recuerdos. En realidad me acuerdo muy mal de cómo era aquella casa que no sólo se me representaba enorme, con esa magnificación de los recuerdos de la infancia, sino que, tal como la imagino, resulta completamente inverosímil. En mi recuerdo, el edificio no tenía fachadas planas y ni siquiera distintas fachadas, es más bien curvo, como una pieza de alfarería y los muros exteriores son como de arenisca o de piedra salitrosa que se desescama continuamente. Más ancha en la planta, parece tronco-cónica, y no veo ventanas sino galerías de toscos arcos, como las que rematan en las golfas las casas de campo del país. En aquella casa también había golfas, graneros bajo el tejado, pero no los recuerdo. Mi falsa memoria está hecha de sueños a los que se sobreponen imágenes. Mi invento tiene, seguramente, relación con un edificio onírico sugerido en un cuadro de El Bosco. A la casa de la memoria se entra por un inmenso zaguán vacío, altísimo, del que arranca una escalera, amplia pero muy rota y estropeada, que termina en un portalón de madera oscura en cuyo centro hay una lamparilla. De la puerta arrancan pasillos en espiral que recorren las dos plantas. No sé dónde están las habitaciones donde se vive. Todos son sitios de paso, con muchos muebles viejos, algunos antiguos, y pesadas cortinas que guardan una constante penumbra. Uno de los pasillos pasa frente a varios gabinetes iguales o muy parecidos, con grandes mesas negras y bibliotecas encortinadas llenas de libros y legajos. Quizá en la casa había realmente más de un despacho para la administración de aparcerías o que mi padre hubiese usado como consultorio. Pero no serían más de dos ni estarían juntos. En los gabinetes del recuerdo no había dónde sentarse. Iba dando a Nuria todos esos imposibles detalles, relacionándolos con su madre que me perseguía por los corredores. Ella parecía creérselos, creerlo todo sin reticencias. Sonreía, fingía asombrarse, hacía preguntas. Sí, su madre era más bien delgada entonces. Muy rubia, morena de piel, al menos aquel último verano, con una trenza única, espesa y triangular, que le cubría la nuca. Es una falsa impresión, no era alta. La recordaba con un traje azul de sarga, rematado en el escote cuadrado y en las mangas por un ancho galón blanco. También en traje de baño, con un bañador de punto tejido en casa, mitad granate y mitad azul. Estorbaba en la farmacia del abuelo y no tenía nada que hacer, por eso estaba tanto en casa. Mi madre, ya muy neurótica y difícil antes de la viudedad, abusaba de ella, así es que mitad se entretenía conmigo por gusto, mitad se ocupaba de mí por una obligación contraída por costumbre. No es que me hubiese enseñado nada, lo que ocurre es que está implicada en mis primeros recuerdos eróticos, en mis espionajes, no de la realidad, como dirían los sexólogos, sino del deseo. Tanto como la criada, una moza loca, esa sí, provocadora y obscena. Somos amigos, sí, pero tu madre no ha descubierto el pasado; vive en el presente. No, mi padre estaba ya muy acabado y se le veía muy poco. Apenas ejercía y hacía muy pocas visitas fuera de casa. Siempre fue, además, muy solitario.

Nuria había puesto sobre la mesa de laca roja una botella de whisky malteado, unos vasos altos y un bol con cubitos de hielo. El whisky procedía de uno de los frecuentes e inexplicables viajes a Andorra, uno de los lugares más feos e inhóspitos de Europa. Lo de los viajes acabó con el tema de nuestros papás y con el recuerdo de la casa laberíntica y en arenosa dilapidación, recuerdo que, sin embargo, no me abandonó del todo para el resto de la tarde. Pasamos a hablar de su alma, es decir, principalmente de sus aventuras amorosas y de sus soledades, y la conversación se fue haciendo indiscreta y malintencionada. A la segunda o tercera copa la conversación era francamente impertinente y mi actitud desaforada; todo había perdido el barniz de la inocencia. Entonces apareció la inevitable cajita de lata con la pastilla de hasch. De gran calidad, me dijo. Yo había bebido ya demasiado para darme cuenta de que la hierba me sienta, indefectiblemente, mal. Además, liar como antaño me divertía. Estaba orgullosísimo de mis cigarrillos perfectos al cabo de tanto tiempo. Mucho más bonitos que el porro tradicional.

Poco a poco dejamos de fingir la inocencia. Aunque es difícil imaginar qué es lo que le divertía a ella de todo aquello, se hizo más dócil a mis más disparatados caprichos. Se desabrochó la blusa, se quitó los tejanos y acabó como yo quería: desnuda y con las solas botas rojas. *Stivaletti, stivaletti,* repetía yo baboseante. Pero me encantaba verla circular de aquel modo. Cambiando la placa del tocadiscos, por ejemplo, inclinada en una postura muy formal y con las blancas nalgas, exentas de la tintura del sol, apuntándome. Le pedí que se mantuviera en esa posición un minuto, que quería tomar un apunte, e hice el primero de mis garabatos de borracho. Nos reíamos mucho, pero ella intentaba hurtarse a mis torpes intentos de caricia, más bien blandos zarpazos. Bastaba para ello muy poca agilidad, porque yo comenzaba a estar muy lento e inseguro. Yo quería que se masturbase y ella acabó fingiendo que cedía a tan estúpida exigencia y se tumbó en el diván con la larga mano apoyada en el vellón rojizo. Me fastidiaba el anillo y le pedí que se lo quitase. De nuevo una cuartilla y empecé mi segundo garabato. Me miraba con unos ojos realmente extraños mientras simulaba agitarse. Pero aquella imagen sí que era de verdad interesante, no por lo erótico, sino por la casual coincidencia de formas y colores. No sé qué hubo más. Nada. Pero ella estuvo, como se dice, muy tierna conmigo.

Lo último que recuerdo de aquella larga tarde en casa de Nuria es una inacabable discusión acerca de la autenticidad del arcón sobre el que estaba puesto el tocadiscos, una pieza que yo me empeñé en demostrar que era una copia de principios de siglo de un modelo italiano. Lo recordaba, en efecto, con sus repetidos relieves de arcos de medio punto geminados en el frente y en la tapa, pero esa impresión de *déjà vu* no probaba nada. No podía ser de principios del siglo porque llevaba en la familia mucho más tiempo. Estaba en la masía, en casa de los bisabuelos. Pero yo recordaba el modelo perfectamente. Espera, ¿en qué museo? Lo que, por supuesto, no era cierto. Pero el arcón acabó con la euforia y ya era hora de dejarlo.

Por la ventanilla abierta del automóvil entraba un firmamento intensamente verde. Probablemente había escampado pero debía subir la humedad de la tierra tan intensamente regada. O era el hasch todavía. El frescor de la calle y el corto viaje, en todo caso, nos habían despejado. Me dejó en la esquina, en el bordillo del acerón y nos despedimos con un beso sin intenciones, de mutua absolución y cómplice reconocimiento.

Yo creo que el brillo de esa ancha acera mojada, paseo más bien, tendido entre las fachadas y el murete que contiene la arena, me desconcertó. Se reflejaban de modo extraño en el suelo las luces cruzadas y a distinta altura del alumbrado público, azulosas, y hacían resaltar como en relieve las grecas rojas de piedra pulida. Me volví asustado. Aún se veían, difusos en la atmósfera espesa, casi neblinosa, los pilotos del coche de Nuria a punto de doblar la próxima esquina. Al recuperar mi orientación, caí fulminado al suelo. Como si hubiera recibido un tiro en el corazón, se me doblaron las rodillas y caí pesadamente sobre ellas sin dar tiempo a parar el golpe con las palmas de las manos que se hirieron un instante después. Aturdido, permanecí en esa postura ridícula un rato que me pareció larguísimo y en el que la única sensación era la conciencia de la soledad. Luego, aunque muy dolorido, eché a andar con cierta dignidad, sin atreverme a mirar el pantalón desgarrado, muy erguido, aparentemente tranquilo, hasta la puerta de la casa, que estaba abierta de par en par. Degas estaba a la entrada, debajo de la enredadera aún goteante y olía fuertemente a lana mojada. No, no estaba pintando sus bailarinas y no dio muestras de mayor interés por mi llegada. Esperó a que cerrase la puerta y me siguió escaleras arriba. Mi último recuerdo de aquella jornada es el de la bombilla sucia colgando a mitad de la escalera, eternamente provisoria, a la espera de una lámpara que no compraría jamás y la idea martilleante de que, aunque era ya martes, y tal vez trece, aquél había sido, maldita sea, el día del ahorcado.

Desperté sobresaltado. Con las orejas muy tiesas, inmóvil, como de leño, Degas me estaba mirando a los ojos. De pronto el dolor era serio y la cama ensangrentada y revuelta sugería todas las desolaciones. Decidí no hacer nada hasta que viniese Amparo, la andaluza, dispuesto a afrontar todas sus lamentaciones y regaños. Y los de Montse, la vecina, no lo bastante ingenua como para creer en un accidente fortuito. Entre las dos harían lo que fuera para llevarme al ambulatorio, incluso pedir los permisos para que el taxi llegase hasta la puerta y me devolviera. Era otro día de lluvia, de mal augurio para comenzar otra etapa de reposada convalecencia, de muchas horas de sillón y de penosos paseos con cayado, haciendo muecas de incomodidad y de dolor a cada paso. La suerte, disfrazada de insensatez y de lluvia, había venido en ayuda de mis aplazados propósitos. Ahora tendría que pasar efectivamente muchas horas solo y reflexionando y hasta quizás bebiese menos.

Hice cambiar un poco la disposición del estudio, de la sala que usaba como tal, atendiendo a mi escasa movilidad. Podía pasar del taburete de la mesa de dibujo y del sillón al diván isabelino, frente a la chimenea, de una sola zancada. El único inconveniente era que el diván quedaba de espaldas a las ventanas abiertas a la mar y me condenaba a los reposos cara a la pared y a la contemplación del fuego que Amparo preparaba cada mañana con tal abundancia de leña que, con muy poco repuesto, duraba hasta la siguiente madrugada. También me hice instalar el maldito televisor, robándolo al destartalado salón de la planta baja, en el que no contaba vivir ni encender fuego mientras durase mi doble cojera. Hice poner un par de caballetes muy a mano y subir casi todas las telas vírgenes del trastero. Así mi vida transcurriría entre la habitación y el estudio casi contiguos sin más excursiones que las precisas al gélido cuarto de baño, en el extremo norte de la casa, colgado sobre el jardín. Tampoco los libros estaban a mano, de modo que, como en régimen carcelario, tenía que pedirlos cada mañana y, como leía poco y con poca constancia, se iban amontonando en los rincones y llenando ese mueble que hacía años había dibujado con tanta afición, destinado a los instrumentos de dibujo y de otros inventos plásticos. A los dos o tres días, sin embargo, todo parecía haber encontrado su sitio y se había hecho un ambiente muy propicio a la reflexión y el trabajo, pero las zurcidas rodillas me molestaban mucho y pasaba la mayor parte del tiempo sin hacer nada, pensando quizás o tomando rápidos apuntes, calculando la pausa razonable para tomar otra copa. Degas era mi único modelo vivo, la única forma cambiante y atacaba continuamente el análisis de sus posturas; no había caído aún en el academicismo en el que me revolcaría semanas más tarde y hacía más bien apuntes de escultor. En las telas no hacía casi nada: pruebas casi inmediatamente desechadas.

A media semana vino a verme mi mujer con Dina, una muchacha que había trabajado en la galería. Se trataba de un resto de cuadros que no habían figurado en el inventario de la liquidación y para los que tenía un buen comprador. Yo no era partidario de venderlos, pero que hiciera lo que quisiera. Fue sumamente penoso el explicar la historia de mi accidente sin cargar las tintas de la irresponsabilidad y del ridículo. Por fortuna tenía prisa, iba de camino a Tarragona a visitar un anticuario y la entrevista no fue demasiado descorazonadora. Me comunicó que Niké, mi marchante, quería proponerme una exposición, creía que en Escandinavia, y que pasaría a verme uno de aquellos días. Le anticipé que no quería saber nada de exposiciones a plazo fijo y aún menos en países exóticos. Esa última noticia me dejó de muy mal humor. En cuanto se fue me puse rabiosamente a dibujar una y otra vez a Degas, a quien me parecía privar así del placer de soñar con las bailarinas.

La visita de Niké no se hizo esperar. Apareció intempestivamente el viernes por la mañana, de la mano de la vecina Montse, a quien había tenido que recurrir para entrar, porque yo, envuelto todavía en el sueño acunado por el incesante rumor de la lluvia, nunca hubiera oído su insistente campanilleo sonando en la planta baja. Se creó una situación más bien embarazosa cuando al cabo de un rato, medio vestido y todavía sin afeitar, la sorprendí hurgando en las carpetas que yo consideraba secretísimas y que, naturalmente, no se me había ocurrido amarrar y aún menos esconder, la noche anterior. Con alguna brusquedad, destinada a envenenar el tono de la larga primera parte de la conversación, la rogué que dejara aquello donde estaba y que, sobre todo, se abstuviera de comentarios. Enseguida, con mucha torpeza, la invité a explicar qué era aquello de Escandinavia de lo que ya tenía vagas noticias. No se trataba de Escandinavia sino de dos muestras sucesivas en Hamburgo y Darmstadt, en muy buena compañía, pero se notaba que su visita era inoportuna y que seguramente no era el momento de hablar de ello. Mis accidentes no debían ser sólo físicos o realmente me afectaban demasiado. Fue difícil abatir los tonos de mutua irritación y hubo que dejarla despotricar acerca de mi preocupante estado, del talante aparentemente desastroso en que me había dejado mi ruptura familiar, subrayada seguramente por un aumento del alcoholismo. Se puso patética, pasando sin transición de la amenaza y de la anatema a la llantina y a una actitud casi suplicante, todo lo cual aguanté con paciencia y entereza. Se extendió muchísimo y pasó revista a nuestras ya largas relaciones, haciendo particular hincapié en las muchas veces en que me había sacado de apuros y, lo que era más importante, me había ayudado a reaccionar en situaciones difíciles, como la de ahora, en las que las circunstancias me desorientaban. Intenté explicarle que mi crisis, si era que podía llamarse tal, no tenía gran relación con los desastres o los reajustes de mi vida privada, sino con un horizonte de esterilidad, de no saber qué hacer con la espátula o el pincel. Creo que por primera vez en esta conversación en pijama hablé de mi vértigo ante el arte sin contenido, de mi sensación de sobrevivir a la extinción del arte moderno, entre comillas. No parecía muy convencida y ni siquiera dispuesta a creerme. La conversación podía hacerse eterna y le propuse que me llevara a almorzar a la fonda de un pueblo vecino. La dificultad consistía en que yo no podía andar mucho trecho, pero con su robusta ayuda y la de uno de mis bastones —había muchos en aquella casa ancestral— podría alcanzar su coche a la ida y a la vuelta y la fonda en cuestión no tenía escaleras.

Niké es una mujer extraordinaria, de una capacidad de trabajo y de eficacia en sus relaciones, tanto claramente profesionales como aparentemente tan sólo sociales, sin fácil parangón. Es un personaje solar, diurno, que a la hora en la que empieza la jornada para los demás ya ha realizado la mayor parte de su trabajo obligado, por lo menos el solitario, y tiene todo un día por delante. Pero es una persona solar sin fatiga por la noche, de modo que sus jornadas son larguísimas. Empezó su actividad de marchante para proteger a amigos, pero ha conseguido en pocos años una excelente situación profesional, tanto por la pintura que mueve y por los artistas que, con continuidad u ocasionalmente, representa, como por su capacidad de presión en las galerías más sólidas, en alguna de las cuales se murmura que participa. Y por sus contactos extranjeros y un indiscutible olfato para los desplazamientos del mercado. Tiene poco que ver con un marchante clásico y es una persona demasiado especial y extraordinaria. Difícil, sin duda, y en particulares circunstancias, no se sabe nunca por qué, endiabladamente testaruda. Para esas ocasiones de crispación recurrimos ambos, como remedio, a las complicidades de nuestro común origen rural, complicidad que se refleja en el uso casi espontáneo de un catalán un tanto pintoresco y pueblerino y de un sentido del humor un poco grueso y medieval.

El viaje y el almuerzo aldeano disiparon mucho la agria situación. Dijimos pestes de los amigos y hablamos mal de todos los plásticos conocidos y hasta me permití contarle la historia de mis rodillas, aunque eso era argumento para la reafirmación de sus puntos de vista. El pueblecillo del mesón estaba encantador con sus soportales chorreantes e incluso, ahora que me estaba dando al realismo, lamenté no venir armado para apuntes y notas de ocasión. Niké me confesó sólo uno de los nombres de los tres artistas que participarían conmigo en las exposiciones alemanas, el del pintor Rafols Casamada. Los otros dos eran obligado secreto hasta que llegase a un acuerdo con sus representantes. Pero ellos estaban de acuerdo y eran nombres por lo menos de igual prestigio. Intenté en vano explicarle que el problema no consistía para mí en una cuestión de rango y compañía, sino en la posibilidad de prometer obra, aunque fueran pocas piezas, para dentro de seis o incluso ocho meses, que el caso era que no estaba seguro de volver a pintar jamás. Eso le hizo perder los nervios, enfurecerse, poner irritantes adjetivos a mis neurosis, prometer que nunca más se ocuparía de mí generosamente y, gota que hizo rebosar el vaso, invocar la paciencia de mi mujer, lo que me hizo replicar furiosamente que mejor haría ocupándose de las neuras de su marido, tarántula cientificoide, lo motejé, director de una revista de divulgación y presunto sabio por la libre. Fueran cuales fueran sus relaciones con el marido, ella no podía tolerar..., yo no sabía..., la revista.

Me costó mucho serenarla y tuve que prometer que en un plazo razonable, un mes o poco más, a lo máximo, le haría saber si estaba en condiciones de trabajar; esos períodos de descorazonamiento, ya se sabía... Aunque no tenía la más remota intención de cumplirla, esa promesa me dejó pésimo sabor de boca, como si hubiese mentido ante un tribunal. Y nos pusimos de nuevo a hablar de pintores y de pintura, pero con tanto despego y tal vez desprecio por mi parte, que la larga y mansa sobremesa no logró disipar del todo la irritación de mi recuperada amiga. Recuerdo muy bien la sonrisa amarga de su cara redonda y las manos gordezuelas jugando con un cuchillo de postre cuando me hizo repetir, una y otra vez, sin convicción, mi promesa. Y recuerdo aún más su gesto irónico, echando para atrás, como distanciándolo, el obeso tronco, en una actitud expectante cuando me despidió, como habíamos convenido, a la puerta de la casa, confiándome a la sola ayuda del bastón, una caña demasiado fina para mi pesada y doble cojera; otro fallo que me hizo sufrir en la escalera miserablemente iluminada y sin pasamanos.

En el estudio estaba esperándome la vecina Montse, más que esperándome, retirando las bandejas de un suculento almuerzo de mariscos y pescado con el que pensaba celebrar mi evidente mejoría y el haber comprobado que me había puesto a trabajar. Que había entrado en razón, como decía. El marido, Joan, había guardado para mí aquellas delicias del reparto de boca en el arrastre que mandaba y era una lástima, ahora estaban frías y pasadas. Era cierto, yo la había frustrado de su simpático jubileo no habiéndola advertido de mi salida con Niké. Le rogué que no se llevase los garibaldis y los cangrejos fritos y que dejase también la botella de vino gallego que había añadido a la fiesta. También le pedí que saliera a comprarme alcoholes a la vecina bodega en previsión de las visitas del fin de semana. A esto último se negó, pero le hice chantaje. Había observado al entrar que ella había estado también revolviendo las carpetas que Niké había dejado abiertas y le prometí dejarle escoger un dibujo si se resignaba a hacerme el suministro de venenos. En realidad, aunque protesté el secreto y le afeé su indiscreción, no me molestaba en absoluto que Montse hubiera estado curioseando mis apuntes. No tenía ni creía tener ideas propias sobre lo que era bueno o malo en pintura y aún menos sobre lo que era original y nuevo, y sí que tenía, en cambio, un excelente gusto instintivo. Había puesto en la entrada de su casa una tienda de bibelots y chucherías que daban sobrada prueba de ello; escogía con un sentido certero de lo elegante y lo gracioso. Volvió sin decir nada a las carpetas y sacó de dos diferentes, una lámina a lápiz plomo que representaba con detalle la cabeza de Degas tendida entre las patas delanteras y una aguatinta hecha a caña que indicaba, más bien, una postura. Le dije que podía quedarse con los dos papeles, que le firmé y le feché, a condición de que no los colgara ni clavase en un lugar en el que yo o mis amigos los tropezaran fácilmente, que así me evitaría muchas angustias. Me lo agradeció mucho y, en premio a mi generosidad, además del recado alcohólico, prometió cubrirme la bombilla carcelaria de la escalera. Es más, lo haría enseguida. Ahora estaba Joan en casa y ella tenía una estrella hecha con vidrios de colores que, aunque un poco folklórica, siempre sería mejor que aquel signo de abandono. Y se fue a buscar a Joan y las botellas. Mientras Joan, que es una de esas raras personas que saben hacerlo todo y lo hacen bien, desde calafatear una embarcación a una instalación complicada, montaba el farolillo de colores que daba a la escalera un cierto aire prostibulario, Montse me preguntó por mi versión del suicidio del holandés que se había ahorcado frente a «El Paraigües». Naturalmente, en el pueblo se decía que aquello era un incidente del tráfico de drogas, cosa totalmente improbable. Le dije que no había podido resistir una semana de ausencia de la novia, una alemana llamada Ute, que se había ido a la ciudad con amigos. La broma no le hizo ninguna gracia y yo creo que desde que la conoció, miró siempre con recelo a la ex novia del colgado.

Montse se ocupaba de mí, de una, al menos, de mis comidas, por exclusivas razones de antigua y buena vecindad, razones que no son ya válidas en la mayoría de los pueblos y mucho menos en los que ya ha corrompido el turismo. Era «la joven», como se dice en Cataluña, de una familia unida a la mía por una vieja amistad y ella misma era del pueblo, compañera de juegos infantiles en la calle. Había creído, además, en mis buenos propósitos de reencontrarme y le debía parecer evidente que mi retiro en el pueblo era consecuencia de la separación conyugal y de la quiebra de la galería, un período de necesaria reflexión y de apartamiento de las costumbres condicionadas por la situación estable, bruscamente rota. Estaban, además, a la vista, las razones terapéuticas, la convalecencia de la larga enfermedad y la conveniencia de adaptar mi modo de vivir a una cierta infirmeza que desde ahora sería crónica.

En realidad, fueran cuales fueran las razones, que seguramente eran más, lo que me había propuesto era interrumpir la continuidad de todas o casi todas las dependencias, con la excepción de las necesarias u obligatorias. Me había instalado allí, a menos de un centenar de kilómetros de la ciudad, como al cabo de un largo viaje, como en un país extraño, y pretendía que mi residencia tuviera las características del exilio. Pretendía no volver a la ciudad por ninguna razón, por apremiante que fuera, y me había propuesto resolver todos los problemas que se me presentaran dentro de un círculo de radio comarcano, como si hubiese desembarcado en una isla de comunicaciones difíciles. Quería recuperar los testimonios que pudieran quedar de mi infancia —pocos, ya lo sabía, en ese lugar tan modificado y maltratado por la historia reciente— y trazar algo así como una línea entre la memoria remota y el futuro que aún podía esperar. Confiaba en que la fuerza de las raíces sería mayor que la de la memoria repetida de mis pasos constantes durante la juventud y la madurez por el lugar y la casa y, en el fondo, esperaba, en fin, rescatar alguna parte dormida del vigor imaginativo de los primeros años. Se trataba, lo sabía muy bien, de una huida hacia el claustro materno, bueno, es un decir, porque más vale no mezclar en eso el recuerdo de una madre con la que siempre me llevé tan mal. O se trataba de una huida de múltiples acosos: el de una familia mal construida, el de unos amores fríos y escocedores, el de la acumulación de manías o el de estúpidas aventuras comerciales y, pensando en lo más serio y profundo, se trataba de huir de mis propios personajes admitidos, incluso el del artista indeciso que había sido hasta ahora y el de la reputación que lo envolvía, a mí me parecía que injustificadamente. Treinta años de aventurerismo estético, dando vueltas alrededor más que de un núcleo creador, de un agujero, podían haber convencido a casi todos, pero no habían conseguido engañarme del todo a mí mismo. Pintar por pintar o modelar por modelar, inventando de tanto en tanto teorías y maneras o más bien sólo maneras disfrazadas de teorías, habían sido un cínico empleo del talento, si talento había, que estaba aún por ver, porque quizá había matado ya el instinto y me había quedado sólo con todas las sucesivas y acumuladas carpinterías del oficio. No quería caer en la formulación cretina del reencuentro con uno mismo y de la restitución a sus casillas de las piezas mal movidas a lo largo de una desastrosa historia personal, pero era eso en el fondo. Era consciente de todos modos de que el haber escogido para ese experimento catártico la sede de la infancia, desnaturalizada después, a lo largo de años, era arriesgado, y todo podía quedar en banales vacaciones. Pero, en todo caso, serían largas, indefinidas, hasta que aparecieran los síntomas de la lucidez.

Olvidar, meditar, pasear y aprender a ver de nuevo, volver a pintar sin prisas, beber menos, recuperar una parte de la degradada salud, habían sido hasta entonces propósitos incumplidos. Totalmente incumplidos hasta el día del ahorcado y transfigurados en otra cosa, en una aceptada ociosidad de urgencia, los últimos días.

Todo había comenzado con el designio de continuar el verano, de prolongar una etapa anestésica y de no regresar a la ciudad, pero desde entonces, ¿cuántas semanas haría?, la desocupación se había repartido, como por análisis, entre el no hacer nada en la casa, con la excepción de las dos tardes en las que colaboré en acomodarla, en dormir, dar cortos paseos con el perro y, aparte del mucho estar tendido fingiéndome leer o pensar, dilapidar casi todo el tiempo lúcido u originariamente lúcido en la sociedad de gentes de «El Paraigües», de lunes a viernes, y la de los amigos del «Garbí» el sábado y el domingo, sin dejar apenas espacio a los contactos con las gentes del pueblo, con los supérstites de la infancia o con sus herederos, con los que, en principio, formaban parte de mi programa de recuperaciones. Los amigos del «Garbí» eran la serialización del ocio repetido, la resurrección puntual y periódica de conversaciones inconclusas, casi gestuales y maniáticas, un rosario, a menudo, de bromas y ocurrencias, cuya omisión en cualquier subrayado por otra cosa, por alguna novedad, se hacía notar. Eran una costumbre desdibujada en un pasado afluente, empeñado en ser constante. Las gentes de «El Paraigües», en cambio, barril de marginados, de misteriosos, de desocupados y equívocos, con sólo algunas salpicaduras del razonable vivir, eran más bien una promesa repetida y siempre aplazada de aventura, además de un curioso espectáculo social. No sé lo que había habitualizado, casi ritualizado, mis largas visitas a aquel bar de cristaleras rojas y me había introducido en los círculos de sus clientes: el rechazo permanente de mi soledad de jornada entera, por seguro, y mi curiosidad llena de cálculos por uno de los personajes, la danesa Kerstin, irritantemente ausente sólo por unos días, pero siempre por llegar. Los contactos con los verdaderos habitantes, con los supérstites y con sus hijos, se limitaban a las relaciones de vecindad, a los encuentros fortuitos y a las esporádicas cervezas en «Cal Sereno», sobre todo los domingos por la noche, cuando se iban los amigos del fin de semana y la soledad acantilada del paseo marítimo, amurallado de altos y estrechos edificios con ventanas cerradas, como una teoría de larga oscuridad, se hacía amenazante. Era casi necesario, en esa hora ácida, buscar el calor del pasado en los portones entornados de las calles interiores.

Era la de Montse, acerca de mi reacción favorable tras el accidente, una impresión falsa. Mi sosiego era forzoso y mis ejercicios gráficos, mi ensañamiento plástico con Degas, necesidad de entretenimiento. Nada había cambiado todavía. Montse veía en mi cuidadosa instalación de artista inválido, en el secreto de las carpetas y en la papelera llena de hojas arrugadas, síntomas de un proceso que era solamente circunstancia pasajera. La oportuna visita de Niké parecía también confirmatoria. Pero era pura apariencia. No había nada de certero en los halagüeños pronósticos de Montse y en su precipitada celebración, sin embargo tan simpática.

Nos quedamos aún un rato charlando. Hablamos de la situación crítica, más bien ya agónica de los pescadores de playa y del abuso que se hacía de los jubilados y hablamos del pueblo, de las últimas calamidades urbanísticas, del arquitecto municipal y de sus sucias trapicherías. Cuando me quedé solo, hice por leer un poco, puse el televisor sin voz, a la espera de un telediario, y me serví una copa mirando el fuego. Podía probar a acercarme al «Garbí», seguramente ya abierto a aquella hora, pero era un esfuerzo arriesgado, y ¿qué haría después, a medio beber, si nadie me transportaba a cualquiera de los clubs de puertas opacas que prolongaban la noche?

Me senté ante los mariscos y la fina botella de vino blanco. Me gustan los cangrejos fritos, esos cangrejos de mar de fango que se enharinan y rebozan y se comen con caparazón, y, de los garibaldis, esas ostras de ramo con valvas de forma disparatada, como de pájaro heráldico o pez exótico, inventada, se diría, por un decorador modernista o un ilustrador de principios de siglo, admiro la extravagancia. Es como comer adornos tipográficos. Cocidos, incluso fríos, son buenos, pero un poco insípidos.

El vino me iba iluminando. Pensé en lo que habría que hacer en la casa, si conseguía arraigar en ella y aceptarla como residencia definitiva. La fábrica era muy sólida y se podían cambiar, y seguramente suprimir, casi todos los tabiques. Los dobles arcos de carga que sostenían el envigado del piso alto podían perfectamente quedar al desnudo, fundiendo los tres cuerpos en una o dos naves espaciosas, con luces al mediodía y al norte, un inmejorable taller de escultor, tanto para las faenas con materias tradicionales, como si había que instalar hornos y maquinaria. Y podía ser un taller con rincones vivibles. Los actuales e inservibles lavaderos, con enormes balsas vacías, el antiguo teñidor de redes, daba de sobras para instalar una amplia cocina que sustituiría la desmesurada y mal ubicada que, en la actualidad, cerraba el paso del umbral al jardín.

La casa había sido construida en el último tercio del siglo pasado por un médico castellano que debía creer a pies juntillas en la talasoterapia y en la helioterapia, en la época en que se pusieron de moda. Era seguramente rico y con frondosa familia. Mis padres la compraron, mejor dicho, fue mi madre quien lo hizo, para instalarse durante el verano, en los años treinta, y la modificaron apenas. Desde que la heredé yo no había hecho más que algunos arreglos para hacerla habitable en las vacaciones del invierno. El actual edificio había sido levantado sobre los solares de tres o cuatro *botigues* de pescador, iguales a las pocas que sobrevivían en los alrededores, la de Barral, con su exótico balcón canario, unas cuantas puertas más a poniente, o la de Montse. Se había respetado el antiguo teñidor, amenazado de derribo por un antiquísimo acuerdo municipal que preveía la apertura de una calle. Con la exclusión de los pocos metros de esa dependencia, la casa presentaba un frente quebrado, con dos torres salientes con triples ventanas arriba y abajo y un cuerpo central retrasado, precedido de un porche cubierto de enredadera al que se accede por una escalera de ladrillo rojo, de cuatro peldaños, que desembocaba antes directamente en la arena y se incrusta ahora, extrañamente, en el pavimento del acerón del paseo. La cubierta es de tejas, como la de todas las casas del país, pero no lo parece, disimulada por barandas de balaustres, que sugieren una inexistente azotea. Los barrigudos balaustres de cerámica negra son iguales a los que adornan las terrazas traseras, asomadas al amplio y descuidado jardín, plantado de acacias y moribundos limoneros. En los años de la inmediata posguerra, la casa y el jardín, en el que se habían improvisado varios barracones, fueron cuartel de un destacamento de Infantería de Marina, la hueste del temido capitán Manteca, y ese servicio patriótico había contribuido mucho a su envejecimiento.

Pensando en la casa y en sus futuras reformas, se me hizo demasiado tarde para tomar decisiones temerarias. Mirando por la ventana el mar oscurísimo, con rompientes finas como una rasgadura, con la última copa de vino en la mano, di por fin concluida la semana. Es curioso que ciertas noches marinas finjan ser de un tenebroso y oxidado violeta. Pierre Bonnard, tan aficionado en sus notas a buscar complementarios a falsas coloraciones del firmamento, a inventar atmósferas, debía saberlo muy bien.

El sábado me levanté apenas a tiempo para recibir a las primeras visitas del mediodía. Los más madrugadores fueron los Muñoz Suay, Nieves y Ricardo. Nieves venía abrigadísima, con las manos en los bolsillos del chaquetón y una expresión pasmada, como de pájaro sorprendido por un estampido. Ricardo, el divino calvo, *de son vieil nom de guerre* en la época de sus responsabilidades en la clandestinidad, llegaba, en cambio, muy primaveral, enfundado en un terno de lana pajiza, con camisa también amarilla y portaba con mucha precaución una jarra de un mejunje hecho con cerveza y granadina, cuya invención atribuyó a Luis Buñuel y que llamaba «la bebida de los surrealistas». Mientras Nieves arreglaba el fuego, el cineasta escanció los primeros vasos de líquido carminoso, sin darme tiempo a protestar que estaba aún en ayunas. Fue, sin embargo, una suerte que los Muñoz acudiesen los primeros, porque la proverbial mordacidad de Ricardo, esta vez a propósito de mi accidente y de sus presumibles causas, se consumió en la primera media hora, mientras aún estábamos solos y, aunque luego, a lo largo de la visita de los demás, se había de repetir incansablemente, me cogería cada vez con las réplicas prontas y ensayadas. Cuando mediaba la jarra buñueliana, compareció el reumatólogo Rotés en la puerta del estudio y anunció que le seguía un grupo de amigos capitaneado por el novelista Juan Marsé. Por lo visto en el «Garbí», en cuya terraza no se debía estar bien con aquel clima enervante, desviaban a los habituales hacia mi casa. Rotés quiso ver enseguida mis heridas y me hizo bajarme los pantalones y tenderme en el sofá isabelino. Palpó los oscuros hematomas, criticó los costurones y me preguntó qué medicación estaba tomando. Ninguna, analgésicos de cuando en cuando. ¿Me dolía? Bastante, pero no constantemente. Él pensaba que había que hacer radiografías de las dos rodillas. En el Clínico... Tuve que explicarle que no pensaba, con ninguna excusa, salir de la comarca, pero que me haría las radiografías. Bien, quizá no fuese necesario, pero en estos casos... No, no, me haría las radiografías y se las mostraría la semana próxima. También tenía que ir a alguna parte a que me sacasen los puntos.

Antes de que llegasen Marsé y los amigos del «Garbí», aparecieron inesperadamente Nuria y su madre. Rehusaron la bebida de los surrealistas, a pesar de que se les explicó su prestigiosa historia, y se quedaron de pie, sólo unos minutos. La farmacéutica me había traído unas pomadas, por cierto milagrosas, cuyos particulares explicó a Rotés, quien expresó su inmediato acuerdo. Nuria me sonreía con cómplice ironía. En el momento de despedirse me dijo con inmensa malignidad que Kerstin había vuelto y que esperaba volverme a ver muy pronto. Me gritó desde la escalera que tenía que estar ágil como un gato para la fiesta de invierno que todos los años daba Ernest.

Con Marsé venían Miguel Montoliu, Pacho Barrau, un amigo chileno de no se sabía cuál de ellos y una muchacha rubia muy delgada, periodista, al parecer. Tras el acopio de cervezas que había que ir a buscar a la nevera del piso bajo y las inevitables chanzas sobre mi desgraciada situación, la conversación salpicada se unificó a propósito de una película que alguien, creo que Rotés, había visto recientemente, derivando hacia la historia del cine y los mitos del celuloide. Era sumamente natural que, en aquella compañía, el bla-bla-bla cinematográfico tomase la delantera a cualquier otra conversación general. Muñoz Suay es un profesional de esa industria y un crítico en ejercicio y Juan Marsé debe a las sombras chinescas parte de su educación estética, aunque el abuso no lo haya convertido en un escritor detestable como Cabrera Infante o el argentino Manuel Puig. Montoliu se jacta de ser un cinéfilo y a casi todos los no maniáticos les cosquillea la nostalgia, el recuerdo de las cintas que, como premio semanal, vieron los domingos de la infancia o los días de entre semana en que libraban de la escuela y salían de paseo con sus mamás. Pero yo no soporto esa forma de masturbación de la memoria con motivos tan banales. El «No, espera, no era él, sino...», «tú te refieres a otra versión, dirigida por...», y finalmente «era una gran película», a propósito de una puerilidad de vergonzoso recuerdo. Es un parloteo que me irrita muchísimo y me invita a decir insensateces. Así que me sentí casi tan ridículo como Barral cuando afirma que el cine es una forma de contar historias según una especie de sistema Braille para sordos fonéticos, cuando grité que no aguantaba más tanta bobería, que parecían haber venido a verme para irritarme y que todo el mundo sabía que, como Baudelaire, odiaba la fotografía y sus testimonios, y tanto más en movimiento, forzados por una imaginación de segunda clase, manipulada por comerciantes mediocres. Por fortuna Barral, con quien hubiera inmediatamente coincidido, no estaba allí para secundar mi estupidez y dejé, a falta de poder salvar el exabrupto, que me acorralaran. Lo que hicieron muy mal. A Rotés, mi invocación de Baudelaire, le había parecido pedantería y se enredó en una prédica en la que se mezclaban sus experiencias de la docencia médica, acerca de cómo el abuso de la cultura es contrario a la fluidez del pensamiento. A la falta del sentido de la proporción de Rotés se sumaba la de Muñoz, que dio rienda suelta, a la vez, a su pasión de injuriar y a su grosería valenciana. Aquella tontería se iba convirtiendo en un incidente. La falta de ironía de casi todos me iba poniendo violento. La *bière*, el ataúd, que es como parece que se llamó en París, en los años treinta, la bebida de los surrealistas, no estaba solamente compuesta de jarabe y de cerveza e iba haciendo su efecto. El tono de la plática desordenada se encrespó y la conversación se fue convirtiendo en un turno de dardos mortificantes. Intervenía incluso el misterioso chileno, que, se me ocurrió de pronto, podía ser del oficio de las bobinas.

Nieves y Montoliu intentaban un inútil apaciguamiento. A propósito de una última observación cualquiera, dijo Marsé de pronto —pienso ahora que como una gracia y por joder—: «lo que pasa es que tú eres un artista acabado». «¿Tú crees?» «No, no, no lo digo en serio. Yo no entiendo de eso.» Yo le había mirado con verdadera ansiedad. Se hizo un silencio que pareció durar minutos y cada cual recurrió a su copa, llena o vacía. Muñoz hizo un chiste acerca de mi evidente antigüedad. Era ya tarde y era mejor citarnos para después de comer, mejor para después de la siesta. Barrau propuso que se trajeran botellas. Fue el último en marcharse. Intentó justificar la impertinencia de Marsé. No tenía importancia. ¿Quién era el chileno? No había entendido su nombre. Era un joven pintor, amigo del novelista Jorge Edwards, perdido por los vericuetos del pecado desde la noche anterior.

Pensando quedarme en el «Garbí», había dicho a Montse que no se preocupara por mí durante el fin de semana. Pero no me sentía con fuerzas para salir y tal vez continuar en la misma compañía. Recurrí a unas latas miserables, abrí otra cerveza y me tumbé frente al fuego. La frase de Marsé, tal vez ni sería ni malintencionada, había hecho blanco en una zona muy dolorida. Pero en todo caso era lo contrario a la verdad. Yo pretendía eliminar el pasado, que a Marsé podía parecerle más o menos brillante, sin dar, en cambio, por perdido el quién sabe si escaso futuro, que a Marsé le debía parecer improbable. Pero había dicho lo que había dicho y había hablado, sin saberlo, por boca de todos. Era tal como se debía ver mi caso desde fuera. Lo que no deja de ser una forma de realidad. Marsé no tenía ninguna familiaridad con el arte y los artistas; me había tomado por un personaje de novela, es lo que haría de mí si me escribiese. Puestos a simplificar... Pero lo había dicho. Quizás...

Me dormí como a intermitencias de sueño y de vigilia, pero no me incorporé hasta la puesta de sol. Había cesado el viento y no hacía frío; se podía uno asomar a la ventana en mangas de camisa sin notar, casi, la carencia del fuego cercano. La costa está orientada este a oeste y en esta época del año el sol se pone como más al sur, detrás del horizonte de agua. Del mar de poniente parecen salir brasas ya cenicientas. Los ocasos de las fronteras del invierno son solemnes y oscuros, de una religiosidad sombría.

Fueron llegando con sus botellas. Barrau traía aguardientes alemanes, Montoliu whisky de una marca rara, desconocida, Barral ninguna contribución y dos invitados desconocidos, la editora Beatriz de Moura y Tony López, Edwards una botella de pisco. Los Muñoz vendrían más tarde. Y vinieron con otras gentes que no recuerdo, no todos conocidos, una muchacha hermosísima y anónima entre ellos.

Barral debía saber lo de la mañana y llevó sin vacilaciones, casi directamente, la hasta entonces dispersa conversación al tema de la decadencia del arte moderno. Era evidente que pretendía hacerme hablar, no sé si por mala leche o para darme la oportunidad de explicar mi caso. Le propuse que —como cuestión previa— me aclarase si creía, como es de rigor, que, desde los impresionistas, todo lo válido en arte había caminado por la línea de las sucesivas vanguardias y todas las demás direcciones habían sido vías muertas. Que si pensaba que todo lo producido al margen de las vanguardias y de lo que la crítica historicista asimila a sus distintas clasificaciones más o menos rigurosamente, merecía respeto histórico.

Él no identificaba el arte moderno con la sucesión de

vanguardias a partir del último tercio del siglo pasado, ésa no era más que una fase, aguda, de un proceso. La cuestión del arte moderno, la necesidad de invento como justificación principal de la creación, convivía con el arte pleno, a partir del bajo Renacimiento en las etapas de plenitud y en las de amaneramiento. Citó lujosamente a Wölflin, sin mayor justificación, y habló de resurrecciones y extinciones, determinadas, parece, por los vaivenes de las modas temáticas. Había habido ocultaciones muy largas, solidarias de la vigencia de amplios contextos culturales, no habló de ideologías, que es lo que yo esperaba. Y se permitía frases aproximadamente como ésta: Cuando los dioses olímpicos se vieron estúpidamente retratados por Lucas Giordano en un party de jardín, decidieron, horrorizados, dejar de existir para los hombres. Los dioses de los pintores pompier del siglo pasado eran de museo de cera. Bebía muy de prisa y se iba excitando de frase en frase. Se reía de sus propias ocurrencias. Le dije que a mí los dioses de los pintores de Salón me parecían muy verosímiles. Se habían, por fin, encarnado, pero en actores de teatro. A mí no me hubiese importado ser un pintor pompier, con fama pero sin gloria, instalado en un taller amplísimo, lleno de hermosos cacharros, armaduras, cortinas, damascos y elegantes tresillos y socorrido por varias mujeres en pelotas, todas ellas necesarias para pintar una Atenea con colores de Rembrandt y actitud de soprano. Lo que Barral decía eran grandilocuentes simplezas. El arte humanístico, el norte constante de la absoluta perfección formal en la representación de la naturaleza, o de la historia en el escenario de la naturaleza, no era lo que yo llamaba arte moderno. Y el de los románticos tampoco. Ni la balsa de la Medusa, ni los tigres de Delacroix, ni los campesinos de Courbet ni los sublevados de Torrijos tenían relación directa con el arte moderno. El arte moderno empezaba a ser cuando el tema de la obra consistía en su propia composición y el análisis de su materia, y eso, me parecía a mí, comenzaba con los impresionistas y terminaba, quizás, también para mí, con Picasso. La abstracción, la pintura gestual y ciertos decorativismos sobrevivientes como el op-art y el materismo, eran flecos de un tapiz consumido. La pintura surrealista, moderna por sus fuentes literarias, no había sido arte moderno y menos los variados intentos de fuga fuera del cuadro o del volumen estatuario y las formas de escamoteo de la superficie sobre la que hay que representar, tan prolíficas como inútiles en los últimos años. Eso eran actitudes de definición estéticas vacías de todo contenido. Lo que ocurría era que el motor del arte moderno había sido la urgencia de inventar sucesivamente filosofías totalizadoras del arte, de proponer grupo tras grupo, escuela tras escuela, listo tras listo, una idea cada vez nueva del arte, una invención a partir de cero y ese motor había rebasado los límites de la capacidad de crear porque se había convertido en ley social, en ley del mercado. A Barral le parecía que eso era una aceleración de un proceso muy antiguo que comenzaba con el escepticismo de los artistas por el contenido de sus obras, lo que las convertía, por eso, en su propio objeto. Habló de la mitología sin misterio y se enredó luego en un espeso discurso sobre la supuesta ingenuidad de los impresionistas.

Nuestro diálogo empezaba a resultar fastidioso y alguien reclamó más ejemplos concretos y fáciles en vez de tantos conceptos de mal situar en la historia. Muñoz Suay terció el primero, hablando del impresionismo tardío español, con ejemplos, naturalmente valencianos, de pintores seguramente mediocres que no conocíamos. Eso animó a Jorge Edwards a hacer una larga referencia a la pintura sudamericana. Ah no, eso era demasiado. No queríamos saber nada de esas provincias lejanas. La conversación se fue descrispando. Beatriz de Moura quería saber cuál era el futuro serio y previsible de la pintura y de la escultura a partir de ahora. Alguien habló del hiperrealismo y de mi breve paso por él. Era un recurso al no saber qué hacer, una especie de periodismo plástico, dijo Montoliu. Barral habló de inevitable regreso a una pintura de contenidos; lo que ocurría es que no se sabía cuáles podían ser. Dijo que el hiperrealismo era un fracaso estético pero que seguramente indicaba el buen horizonte. Después de eso se levantó, no demasiado vertical ya y trastabillante. Se puso su gorrilla con galones y dijo que salía a hacer unos recados y que volvería. Se dirigió caminando pesadamente hacia la escalera, como arrastrando las botas. Antes de llegar a la puerta se volvió sonriente. Ya me contaréis, dijo. Me dio la impresión de que hablaba solo mientras bajaba los peldaños. Me puse a hablar sobre las arbitrariedades de la inercia de los mercados del arte y sobre el lenguaje esotérico de los críticos en contraste con su escasez de ideas y empezó un turno animado de preguntas y respuestas que acabó en el cotilleo. Era ya muy tarde y nadie pensaba en cenar ni yo en salir. Deseaba quedarme solo. Inventé un dolor de cabeza mientras me servía la espuela.

Pacho Barrau me había prometido un bastón de inválido y estuve esperando ya vestido y compuesto inútilmente a que me lo trajera. Era la de aquel domingo la primera mañana de sol en muchos días. El viento de mistral, contra el que escudaban los edificios, había despejado el cielo, de un azul purísimo y transparente, sin una sola nube. La costa de poniente se dibujaba con nitidez de grabado. Por fin me decidí a emprender el corto paseo hasta el «Garbí» sin más auxilio que el de un sólido bastón y con paciencia. Me había acicalado, endomingado, con chaqueta de ante y foulard, y me sentía optimista. Las heridas me tiraban menos. Seguramente las pomadas de la farmacéutica.

En la terraza del «Garbí» había poca gente. Un par de mesas de jovenzuelos, de los que siempre me saludaban y que nunca logré saber si eran aún estudiantes o ya profesionales sin trabajo o, como parecían, vagos en eternas vacaciones. Me senté junto a la periodista rubia y delgada que había estado en casa la mañana del día anterior. Estaba complicadamente instalada, ocupando tres sillas y con el velador de mármol inundado de cremas, potingues y distintas gafas de sol. Resultó que teníamos muchos amigos comunes y que sabía mucho de mi mundo circundante. Era amiga de todo el mundo, extrovertida y mordaz. La mañana no empezaba mal. Adiviné que resistiría la repetición de los personajes del día anterior y de sus bromas y frases de ingenio. Hacía calor; el sol reverberante contra el muro era muy fuerte y estábamos totalmente al socaire. Mi nueva amiga, Carmen Casas, se llamaba, comenzó a quitarse jerseis hasta quedar sólo con la blusa transparente. Por un momento creí que se proponía quedarse con las tetas al aire.

Fue llegando gente, todos más o menos quejosos de la resaca de la noche anterior que los más habían prolongado insensatamente. Al final de la mañana se había formado un corro considerable alrededor de los veladores agrupados llenos de vasos y de cosas. Bromas, chistes, ocasionales maledicencias. Vino Barral a última hora con cara de no haber despertado todavía.

Muy pocos paseantes domingueros llegan hasta el «Garbí», donde termina el acerón y el pueblo. Sólo pasan por allí los que vienen de la playa despoblada más a poniente. Por eso todos nos fijábamos en las dos mujeres que cruzaron delante de nosotros, dando un rodeo por entre las mesas. Eran Ute y una amiga espectacular, rubia, alta, vestida con un mono de un ocre dorado y un chaquetón del mismo color y calzando botas claras. Se pararon un momento. Ute miró con curiosidad pero no debió reconocerme. Todos mirábamos a su amiga. Yo, inevitablemente, pensé en el muerto.

Capítulo II

Jaume, el taxista, me había llevado al hospital comarcal a que me sacaran los puntos y luego a la ciudad a casa del radiólogo. Había probado por la mañana a acomodarme en el viejo renault que se oxidaba en el jardín, pero la rigidez de las rodillas, aunque ya deshinchadas, era todavía mucha y dolorosa y no me atreví a ir conduciendo de un lado para otro quién sabía cuánto tiempo y con qué esperas. Viajar con Jaume, además, tenía las ventajas de la conversación, rica en noticias sobre la vida aldeana, sobre las varias sociedades del pueblo que apenas lindaban entre sí por mayores coincidencias que las de los medios de transporte. Jaume era ingenioso y mordaz y adornaba sus historias con detalles probablemente falsos pero divertidos. En un día entresemana, fuera de temporada, no tenía prisa alguna y más bien se divertía con esos viajes insólitos que interrumpían seguramente faenas más monótonas. Habíamos comido juntos en un hostal en las afueras de la capital, después de la escala en el dispensario, y me había contado una rocambolesca historia de un mozo del pueblo que se había caído sobre el endeble tejado de un gallinero al escalar la ventana de una extranjera que no sabía o no quería identificar. Su descripción del maltrecho amante en paños menores picoteado por los alborotados pájaros era inverosímil pero convincente. Lo contaba como si lo hubiera visto y a plena luz del día. Al mozo sí que lo identificaba. Era el hijo de uno de mis vecinos, todavía pescador, robusto y con cara de simplón, que no sugería en absoluto las arriesgadas aventuras eróticas. Además trabajaba por la noche. Era todo probablemente un invento.

Jaume me había acompañado hasta la puerta del radiólogo y se había ofrecido a ayudarme a subir las pinas escaleras, pero ya no era necesario y me bastaba con la barandilla y el elegante bastón de empuñadura de plata. El radiólogo era parece que importante y reputado en la región y su consultorio ocupaba un amplio piso que debió ser un caserón, casi un palacio, decimonónico. Todavía había en él muebles antiguos, vestigios de una decoración anterior, que se mezclaban con espantosos engendros del gusto pequeño burgués de los años cuarenta, butacas y tresillos a lo pobre de película norteamericana. Pero, sobre todo, las paredes de las varias salitas contiguas estaban atiborradas de cuadros, paisajes en su mayoría, de una maldad pareja, sin excepciones. Siempre me ha sorprendido el coleccionismo de pintura mala. Me parece casi imposible que a lo largo de los años de constante tratar con presuntas obras de arte el gusto no se corrija o al menos se concrete en algún rincón de lo aceptable. Me entró la sospecha de que el médico fuese un pintor de domingo, metido en un grupo de aficionados locales. Busqué entre las telas una firma que pudiera ser su nombre pero no la había o no supe reconocerla. Eso me evitó el tener que dar alguna opinión amable cuando espontáneamente me dijo que era pintor y conocía bien mi obra. Tuve que prometerle, sin embargo, que haría un día una visita a su estudio, que me describió como un maravilloso agujero en la muralla romana, con vistas al mar.

Estaba muy entretenido observando a la gente agrupada en las salitas, escuchando sus conversaciones e inventando historias a su costa, cuando entró Ute con una mujer mayor de aspecto popular, con un pañolón negro, como de mujer de campo. Nos saludamos, pero la alemana y su acompañante se sentaron bastante lejos y parecía que conversaban. Pero ¿en qué lengua? La campesina no debía hablar más que en catalán. O era, a pesar de su aspecto tan local, una emigrante. Había en la zona numerosas masías repobladas por andaluces. Era del todo imposible oír una sílaba de lo que hablaban. En la habitación resonaba la conversación cruzada y alborotada de por lo menos cinco personas que habían venido acompañando a una viejecita que era aparentemente la enferma, aunque se encontraba por lo visto muy bien y con muchas ganas de charla. También esas gentes debían ser del campo y cumplían seguramente un rito de matriarcado acompañando en tribu a la vieja, que debía ser la terrateniente. Hablaban de caballos, ganado rarísimo en la región, lo que me mantenía curioso y atentísimo, sin conseguir, sin embargo, comprender nada. Hacían continuas referencias a alguien perverso y detestable que primero me pareció que era un vecino pero que después deduje que era un familiar cercano. La vieja iba anacrónicamente vestida con unas faldas largas que parecían de seda y una chaqueta gris de mangas abullonadas. También llevaba bastón, un grueso palo con cabeza de marfil y muchos collares y cadenas con dijes. Sus acompañantes iban simplemente endomingados. Extrañamente el grupo que formaban no se había sentado en muebles contiguos sino salpicados en distintas partes de la habitación, de manera que la conversación saltaba de esquina a esquina y era imposible a los que iban llegando y se acomodaban donde podían no ser absorbidos por ella, por lo que todos poníamos cara de tontos y forzadamente distraídos. Algunos coloquios independientes, como el de Ute y su vieja acompañante, parecían clandestinos cuchicheos. Había un señor indignado, de aspecto muy ciudadano y capitalino, que se paseaba nerviosamente haciendo ver que miraba los horribles cuadros y lanzaba miradas feroces a los criadores de caballos que no se dignaban interpretar sus evidentes mensajes

Después que el pintor-radiólogo terminó conmigo, es decir, hizo sus placas y me contó desde su despachito de caoba espantosamente barnizada sus puntos de vista catastróficos sobre la pintura contemporánea, volví a la sala de espera a recoger mi bastón. Ute estaba sola y, por un corrimiento de acomodos, había quedado exactamente en medio del grupo tribal de la viejecita. Me senté con ella, le pregunté a qué venía, le conté mi caso y finalmente le propuse esperarla para que tomásemos una copa juntos. Le tocaba enseguida y lo suyo era una cosa muy breve, una placa de cadera, de manera que más valía que la esperase en un bar cercano que ambos habíamos visto al venir y que es donde seguramente me aguardaba el taxista. Podía decirle al taxista que se fuera y así quedábamos libres con el anochecer por delante e incluso podíamos cenar juntos. Me sorprendió la espontaneidad y el entusiasmo con que aceptaba mi compañía. En realidad nos conocíamos poco más que de vista. Quizá era la primera vez que hablábamos porque en esta breve conversación habíamos probado lenguas y nos habíamos quedado con el francés, que hablaba no sólo correctamente sino casi sin acento, haciendo notar a lo sumo en las erres su extranjería. Usaba, me di cuenta enseguida, muchas expresiones de argot estudiantil, de ese francés de barrio de la Rive Gauche.

Las zonas paseables de Tarragona están separadas por cuestas fatigosas. Hay que decidirse por la arqueología o por el puerto. Subir desde el puerto al barrio de la catedral exige en cualquier caso voluntad gimnástica, y en el mío, de casi inválido, era impensable. Propuse a Ute que fuéramos a beber algo al casco antiguo y luego, en coche, a cenar al Serrallo. Pero en el casco romano y medieval no encontramos ningún sitio cómodo, así que recalamos finalmente en uno de los cafés que se asoman al llamado Balcón del Mediterráneo, como turistas cualesquiera. No era un café, era un bar simpático, de luz difusa —condición indispensable porque no soporto los efecticismos de luces en la pared— y en el que se estaba bien. Ute pidió un té. Me aseguró que bebía copiosamente, pero que aún era, en su caso, temprano para eso. Pero no necesitaba de alcohol para hacerse comunicativa. A propósito del elogio de su francés me contó que había vivido un par de años en París y que conservaba allí muchos amigos. Estudiaba y trabajaba en publicidad. No pude saber, en ese primer intercambio de confidencias, en qué proporciones, ni me dijo que ese trabajo había consistido en hacer de modelo de fotógrafo. Me habló de su familia. Su padre era cirujano y vivía en un pueblecito cerca de Colonia. Tenía varios hermanos menores que estudiaban en Colonia y en Bonn. Uno de ellos era artista y estaba empeñado en instalarse en Munich contra la voluntad de sus padres. Era muy joven. Ella no se llevaba bien con su madre, por eso iba poco a casa, a lo sumo una vez al año, generalmente en primavera. Adoraba la primavera del Norte. Aquí en el Mediterráneo apenas la había. Su signo era Acuario.

No me dijo cómo había llegado a Cataluña ni por qué se había quedado a vivir en esa playa tan poco atractiva y tan triste en invierno. Yo evité en mis preguntas y comentarios toda referencia al difunto Sam. Ella aludió, sin embargo, a asuntos pendientes, a negocios a medias con Ricart, el socio del muerto, cosas, proyectos —no dio ningún dato concreto sobre su naturaleza— que procuraba llevar a término. Intuí que la muerte de Sam no era lo más grave en su vida, que había algo más serio y más atrás a lo que evitaba conscientemente referirse.

Cuando me tocó hablar a mí, me di cuenta de que mi vida anterior al presunto asentamiento en el pueblo no le interesaba mucho. Me preguntó cómo era mi mujer casi por cortesía. Y si veía a mis hijos. Me tenía por un personaje famoso pero no daba a eso ninguna importancia. Su curiosidad parecía limitarse a mis proyectos para el porvenir y a mis relaciones con la gente del pueblo, con los indígenas adinerados, de los que hablaba como de una casta feudal inaccesible. También le interesaban los visitantes de fin de semana, la colonia de vacaciones, los llamaba. Parecía interrogarme desde una conciencia de ghetto. Era curioso, yo tenía más bien la sensación de que ella y sus amigos se discriminaban con un desdén realmente colonial. Le parecía muy natural que yo, nacido en el pueblo, viniese a envejecer en él. Partía, como de un dogma, de un patriotismo de campanario para mí difícilmente comprensible. ¿Volvería ella algún día a su pueblecillo renano?

Mientras hablaba había ido desanudando su cuerpo, se había hecho más flexible y descuidada. La falda subida mostraba, por encima de las rodillas excelentemente modeladas, un arranque de muslos muy hermosos. Llevaba unas medias grises, del color del humo de hierbas, más bien pasadas de moda, que contrastaban, no sé si irritantemente, pero al menos con sorpresa, con el borde de las botas rojizas. Movía la cabeza con controlada indolencia, maniobrando muy bien la larga crencha de pelo lacio y castaño.

Estábamos solos en el bar. Sin ninguna intención, yo había dejado caer una mano sobre su hombro. El patrón, un cuarentón que se debía tener por elegante y educado y que fingía ignorar nuestra presencia mientras seguramente hacía esfuerzos para oír, no pudo reprimir de pronto una mirada de concupiscencia que yo crucé y que me puso repentinamente caliente. No mucho; en realidad era el alcohol el que me provocaba jadeo. Ute pareció darse cuenta de todo y sonrió.

Vueltos a la seriedad y a la convencional compostura, hablamos todavía largo rato. Le conté historias de mis vagabundeos juveniles por Alemania, de cómo eran las ciudades por las que había pasado hacía treinta años, cuando ella aún no había nacido y sus padres, tal vez, ni siquiera se conocían. Hice una descripción muy exagerada del mundillo de los artistas muniqueses en los años cincuenta, ese mundo que su hermano pequeño quería descubrir cuando seguramente ya no existía. Le hablé de museos y colecciones instalados en edificios a medio desmoronar, de pintores entonces miserables y ahora famosos, aunque no lo suficiente para que ella los conociese, de la súbita y vergonzante evaporación del arte nazi y de cómo sus obras habían sido escondidas. Estaba un poco desconcertada por lo mucho que yo parecía saber de la cultura de su país y yo empezaba a sentir un poco de vergüenza por los excesos de mi número, al que las últimas copas me empujaban irrefrenablemente. Me confesó que en cierto momento había pensado en estudiar Bellas Artes. En París, claro. Luego, quizá, se hubiera dedicado a la decoración. O al grafismo, aventuré yo. Y me puse a contarle una película de la UFA de antes de la guerra, en la que Ingrid Bergman adolescente compartía un taller de grafismo con otras tres muchachas. El recuerdo de la Bergman jovencísima y nazi me puso realmente caliente. Por fortuna ya era hora de pensar en cenar y apenas me dio tiempo a decir unas cuantas tonterías acerca del Berlín de anteguerra, del que, naturalmente, no sabía nada.

Me costó encontrar el viejo restaurante que recordaba en alguna callejuela del barrio marinero. Había perdido todo su carácter, pero no, a juzgar por lo concurrido, su reputación. Nos dieron una mesa apartada, junto a una ventana con los postigos cerrados. Hasta hacía poco servían directamente sobre el hule a cuadritos azules. ¿O eso era bastantes años atrás? Había que esperar mucho y nos trajeron vino blanco helado y unas tapas de mariscos. A Ute el vino le hizo efecto rapidísimamente. Dejó de representar, se le soltó la lengua y se puso a hablar de lo que realmente le interesaba: la gente que ambos conocíamos. Se fiaba poco de Ricart. ¿A mí qué me parecía? No comprendería nunca por qué Sam se había puesto tan ingenuamente en sus manos. En realidad, no se podía confiar en ninguno de los habituales de «El Paraigües». Yo no sabía lo que pasaba allí ni podía imaginar qué clase de líos e intercambios había entre unos y otros. El hacerse y deshacerse de las parejas, los negocios secretos... ¿Y de Gerard? ¿Qué pensaba de Gerard, el dueño del pueblo y de sus infinitas trapisondas? De la colonia de *vacances,* ella no conocía casi a nadie. A Barral, el de la gorra, al que veía de cuando en cuando, a última hora, en los bares nocturnos. Cuando estaba borracho era muy impertinente. ¿Era un buen escritor? Me citó algunos nombres de personas que yo no conocía. Un cierto Albert que llevaba una pistola y que insultaba a todo el mundo, también en los bares nocturnos.

Dos mujeres maduras muy escandalosas... Se iba poniendo triste. En un cierto momento puso su mano sobre la mía y comprendí que me estaba hablando de su soledad y de la necesidad de ser protegida. Me asustó.

Yo cené muy poco y bebí abundantemente. Los pescados de la fritura me habían parecido grises y oleosos. Lo dije repetidamente, pero a Ute no parecían importarle el color y los timbres del brillo. Cenó bien y bebió moderadamente. A la hora del café y los alcoholes fuertes, estaba relajada y sonriente, aparentemente feliz.

No sé lo que ocurrió a partir de aquel momento. Tomaríamos copas en distintos sitios. Yo hablaba, eso sí lo recuerdo, del implacable deterioro del cuerpo humano a partir del brevísimo esplendor de la primera juventud. Una manía de recurrente insistencia, pero también una precavida defensa. Tampoco sé cómo fuimos a parar a aquel extraño local arqueológico lleno de pilastras de dorada piedra de cantería, ¿unas termas?, ni quién nos guió hasta allí. Nunca había oído hablar antes de la existencia de aquel lugar, un sótano quizás, como ciertas cavas de los foros romanos pero mucho más grande y noble, encolumnado y altísimo, y seguramente con tarimas a distintos niveles. Por entre las piedras escurría, increíblemente, agua, y los basamentos de algunos pilares estaban encharcados. En un tablado situado mucho más bajo, diría, que el plano en el que nos habían acomodado, tocaban, cantaban y quizás bailaban flamenco. El whisky o el agua con que lo servían eran salados. Beber era repugnante y necesario.

Mis recuerdos de aquel cabo de la noche se desflecan hacia un ovillo de imágenes imposibles. Las piedras de una pilastra cercana eran de un amarillo luminoso, con desconchaduras y erosiones propias de los monumentos a la intemperie. Eran lavadas y blandamente escamosas. Las laminillas de la superficie se hubieran quebrado a la menor presión de la mano. La luz brillaba en los pequeños relieves. Las gentes, ¿qué clase de gentes?, estaban en alto, como en balcones de salón veneciano pero que no eran más que huecos en la pared, abarandados con troncos y listones, lo que

sugería en ciertos planos una plaza de pueblo arreglada
para la corrida, incluso con mantones en las barandillas.
Había muchos rincones en sombras y el antro parecía prolongarse desde esas zonas de oscuridad, como si se dupli-
case al otro lado de un túnel tenebroso. Un hombre extraño, tal vez un gitano o un norteafricano, se mantenía, solo,
muy cerca de nosotros y repetidamente se acercó a Ute y le
habló al oído. Ella se reía mucho, parecía muy divertida.
La música o el cante, si lo había, eran muy desagradables
y producían algo así como una comezón en los hombros y en
el cuello, como la tensión que se produce en el acto de
contraerse para saltar, un calor local y urticante. En las
inexplicables pausas del ruido general, se oía con nitidez
gotear el agua, algo así como en un jardín inmediatamente
después de cesar la lluvia, y, de pronto, voces hablando
en una lengua incomprensible. Una ocurrencia obsesiva: la
piedra, las cuevas eran sonoras y contaban una historia,
recitaban oscuros recuerdos de sus oquedades profanadas.

Líneas blancas convergentes en la banda de asfalto rec-
tilínea. La luna redonda, entera, que se empeña en zafarse
de la embestida y se las arregla para torcer bruscamente el
camino y quedarse, lejana, a la derecha. Un azul ácido en
el que los árboles, surgidos de pronto, se fugan hacia ambos
lados como bolsas de humo aventado.

Cuando desperté —tenía que ser ya pasado el mediodía— la luz que recortaban las aristas de los postigos mal
cerrados era injuriosamente blanca. Tenía que ser tarde,
pero parecía fría luz temprana. Los objetos alrededor tenían
un aire fantasmal. Un bastidor grande, una tela apenas
embadurnada, apoyada en la cornisa del armario situado
frente a la cama, oscilaba y daba la impresión de estar a
punto de caerse. El bulto de la mujer extrañamente acurrucada bajo la colcha me sorprendió un segundo y un atisbo
de culpa, de haber hecho algo grave e irremediable, me re-

corrió como un calambre. Luego, enseguida, una sensación de dolorido reposo. Contrayendo la cara, fui acostumbrando los ojos a la penumbra, finalmente bastante luminosa, en la que los colores se mitigaban en un componente de gris muy neutro. Me había sentado apoyándome en la cabecera de barrotes. Retiré con mucho cuidado la colcha que cubría el cuerpo inmóvil de Ute. Su postura era inverosímil; estaba algo así como arrodillada y aplastada sobre dos almohadas cruzadas, con las nalgas rotundas más en alto que la cabeza, de la que se derramaba el cabello en un círculo cerrado, ocultando totalmente la cara pegada al plano del colchón, mientras descubría una nuca perfecta. Con aquella luz el desnudo entero presentaba un color sin matices, ligeramente ocre, y una calidad regular que hacía pensar en la piedra blanda, no excesivamente pulida. A pesar de esa sugerencia de materia que no correspondería a su estatuaria, el extraño abandono muscular de Ute me hizo pensar en una pieza de Henry Moore, aunque a lo que remitía la postura, tal como la recuerdo, era a un capricho modernista o a un huaco peruano. Lo cierto es que la referencia museística hizo intervenir un mecanismo maniático y desató un rijo instantáneo. Armado, pues, por la erección correosa de las grandes resacas, me acerqué a la durmiente que me recibió sin sorpresa y casi sin moverse. Al terminar el breve ejercicio, el efusivo polvo de saludo, Ute se volvió sonriente, se sentó en la cama, y me dio, hablando bajito y despacio, y con un mohín infantil en el gesto con que se acomodaba el cabello, los buenos días. Tuve la impresión de estar oyendo su voz por primera vez.

Saltó ágilmente de la cama y abrió de golpe los postigos. La cruda luz, ahora caliente, y las sombras violentas revelaron un cuerpo más bien anguloso y aplomado, sin exageración atlético, en apariencia muy distinto al abandonado y laxo de hacía unos instantes. Pensé en su edad. Entre veinte y veinticinco años, al cabo de una adolescencia de sanidad y deporte heroico, a la manera nazi. Una rigidez o una flexibilidad poco educada; quizás fuese cosa étnica. Era realmente muy proporcionada y hermosa. Se movía con gran seguridad por la habitación, inspeccionándolo todo, tocando las cosas, olvidadas más que puestas, sobre los disparatados muebles. Abrió la puerta y pasó al estudio contiguo donde la oí manipular en las ventanas. Luego sus pasos más lejos y en la escalera. Pensé que iba a tropezarse con Amparo y que la pobre andaluza se llevaría un gran susto ante la inexplicable presencia a aquella hora de la muchacha desnuda. Pero seguramente Amparo se había ido ya. Por la puerta abierta de la habitación entró Degas, silencioso pero visiblemente desconcertado.

Cuando yo volví de la ducha, Ute, todavía desnuda, estaba sentada en la cama. Me dijo que la casa le había gustado mucho y me preguntó si había café y dónde. Yo no sabía; de eso se ocupaba Amparo, ¿no la había encontrado?, pero podíamos desayunar, ¿qué hora sería?, en el bar más próximo. ¿Dónde trabajaba? ¿En la habitación contigua? ¿Era allí donde ella posaría? Comprendí que en las absolutamente olvidadas conversaciones de la noche anterior me había comprometido a cosas inverosímiles. ¿Le habría pedido que posara para hacer escultura, le habría hablado simplemente de estudios o eran sobreentendidos que ella interpretaba abusivamente? Pero daba lo mismo lo que yo hubiera dicho. Era evidente que ella había tomado posesión de un papel en mi vida, cualquiera que fuese, en el que yo no había pensado hasta entonces, pero que de momento no sabría negarle. Aquella mañana era el principio de un episodio, quién sabía si breve, en el que cambiarían seriamente mis costumbres y propósitos. Probablemente acabaría dibujando como un forzado y haciendo inútiles figurillas de barro. La aventura me pillaba sin convicciones y sin defensas.

Intenté averiguar cuáles eran sus propósitos inmediatos. Ute apagó un cigarrillo recién encendido, se levantó y se asomó descaradamente a la ventana, en la que seguramente era vista por los trasmalleros ya de regreso. Tardó un rato en contestar. Dio la espalda a la luz y dijo distraídamente que probablemente fuera mejor que ella se fuera a casa a arreglar sus asuntos y que volviéramos a encontrarnos al atardecer. Volvería a esa hora. Estaba muy seductora al contraluz y sus proyectos me parecían muy convenientes, pero pensé que era preferible aplazar hasta el día siguiente la parodia del trabajo. Nos encontraríamos en «El Paraigües» y cenaríamos algo en cualquier parte. Yo también necesitaba el día para arreglar mis asuntos. Advertir a Montse, la vecina, de la nueva situación y también a Amparo, pero sobre todo, necesitaba pensar una organización provisional de mi empleo del tiempo y establecer, al menos en teoría, mis puntos de resistencia a la invasión de Ute.

Después de cenar, en el pueblo vecino, no volvimos a casa; la dejé en la puerta de la suya, de la que había sido de Sam. Estaba realmente muy cansado, descompuesto por la feroz resaca que los tragos prudentes habían apenas mitigado. La perspectiva de una noche de bodas con disimulados achaques y demostraciones de atención y ternura era muy superior a mis fuerzas. Ute lo había seguramente previsto y detuvo espontáneamente el coche ante su portal. Quizás no se le había ocurrido antes, por la tarde cuando escogió su muda de ropa; estaba muy atractiva en sus juveniles jeans con botas y la blusa agresivamente escotada bajo el tabardo. Se despidió sin hacer ninguna indicación acerca de lo que haríamos al día siguiente. Fui yo el que dije simplemente: hasta mañana.

Al abrir la cancela, tras la que esperaba Degas moviendo el rabo, pensé que un paseo por la playa, por el deshabitado poniente, me vendría muy bien y me llevaría a la cama con las ideas ordenadas. La noche no era fría, sin viento y despejadísima. Yo también me sentía excepcionalmente lúcido.

Después de tantos días de encierro, desde el del accidente, Degas redescubría la libertad y correteaba como un cachorro, yendo y volviendo, dando saltos y haciendo piruetas. Contagiaba la sensación de agilidad y las ganas de vivir. Estuvo incluso simpático y juguetón con la pareja de la Guardia Civil que encontramos a la orilla del pueblo y con la que me detuve a charlar un minuto. Luego, se perdió un rato por entre las matas que coronan el arenal.

Yo me sentía ligero; casi no necesitaba el bastón. Pensaba en cómo había sido acogido el evidente emparejamiento por las gentes de «El Paraigües». Nadie había parecido darse cuenta, pero seguramente desde que nos marchamos no habrían hablado de otra cosa. La mala leche de Rose se habría derramado en toda clase de chistes y observaciones de esas que ella creía graciosas. Maj-Britt me había saludado con discreción, a distancia. Luego lo habría comentado con Nuria y a aquellas horas ya lo sabrían todos. Incluso Gabriel, el extrovertido y rumboso dueño del parking, había preferido disimular. Pero seguramente se estaba planteando o se plantearía inminentemente la cuestión de mi adopción como miembro de pleno derecho de la colonia de marginados, de la supuesta mafia, como heredero de Sam. No acababa de imaginar en qué consistiría eso. No sabía qué clase de secretos se ocultaban en los entresijos de tanto ocio apelmazado. Porque secretos había; nadie intentaba disimularlo. Tráficos más o menos delictivos o por lo menos irregulares y no legalizados, de los que sólo unos cuantos serían protagonistas pero todos cómplices o encubridores. Había además, y más aparente, otra clase de complicidad en lo relativo a las vidas privadas y la irregularidad de aficiones y costumbres, pero no era sólo eso. ¿Y Sam? ¿Y la herencia de Ute? Seguramente Ricart tomaría inmediatamente medidas para proteger sus negocios ante mi posible intervención. Yo haría lo imposible para seguir ignorándolos.

Anduve larguísimo trecho, hasta más allá de los barrios marítimos del vecino municipio, terriblemente desierto, sin más presencia que los reverberos del alumbrado público. Me sentía muy bien. Había remitido la fatiga y apenas notaba las rodillas. Hubiera continuado andando distraído si un conato de incidente entre Degas y varios perros grandes, de su talla, probablemente asilvestrados, no hubiera interrumpido mis reflexiones y me hubiera sugerido la idea del regreso, que se me hizo un poco más largo. Ahora pensaba con pereza en ponerme al oficio sin tener nada que decir, en hacer por hacer, sin ningún convencimiento. Pero las circunstancias decidían por mí y tal vez era mejor esperar dibujando que simplemente tomando copas. Se había nublado a levante y empezaba a refrescar. En el horizonte se había instalado una advertidora franja luminosa.

Cuando Ute llegó, llevaba ya rato levantado. Estaba vestido, había tomado café y había instalado dos tableros de dibujo en los ángulos convenientes. Venía vestida como la noche anterior, muy despejada y feliz, y portaba un considerable saco de viaje. Le pregunté si había pensado que para los descansos de la pose necesitaría una prenda informal, algo así como una bata. No. Bien, yo tenía en alguna parte un corto kimono de sarga. Entró Amparo con más café y le presenté a Ute como la modelo. Luego le dije que se desnudara y que anduviera por la habitación como si yo no estuviera. No le pareció serio y tuve que explicarle que no tenía todavía ninguna idea acerca de la postura que me interesaba.

Había ya hecho varios encajes pequeños en uno de los tableros, cuando súbitamente abandonó el trabajo y vino a curiosear. Le estaba explicando que eso no se hacía cuando me oprimió suavemente el cuello con una caricia angustiada. Volvió a su sitio con la cara demudada. Me puse a dibujar en serio, como en la escuela.

Aquel día hice muchos estudios y bocetos, algunos muy aceptables. En una hoja de papel amarillo hice cuatro Giacometti. Me di cuenta a mitad del primero, pero me puse a recordar la voz cascada del maestro, la última vez que le vi, ante una copa de vino blanco en la terraza cubierta del café, en la esquina de la rue Delambre. Debía ser en mil novecientos sesenta y dos, quizás en octubre. La distancia con respecto a todo y la aparente seguridad en lo que estaba haciendo. Parecía más bien un músico. También hice un bastante afortunado y completo estudio de volúmenes en un movimiento de torsión para el que obligué a Ute a un rato de pose fija bastante incómoda. Se tomaba su trabajo en serio. No quería darse cuenta de que más que su anatomía y la eternidad de la figura humana, estaba estudiando su personaje. Era mucho más seria que yo; creía, probablemente, en lo que estaba haciendo.

Tras un improvisado almuerzo de latas y restos de nevera —Montse seguramente esperaba a negociar conmigo— y una larga sobremesa, continuamos. Estuve tentado de proponerle la siesta, pero me pareció que ofendería su seriedad. Le dije que no era necesario que siguiera desnuda, que vestida me servía igual y así terminaríamos sin decidirlo, sin darnos cuenta. Trabajé realmente como un forzado. Y el resultado, finalmente, no estaba tan mal, aunque no parecía apuntar a nada. Regalé a Ute uno de los apuntes más elaborados, un dibujo lineal muy exacto y expresivo, con fecha y firma. Parecía hacerle mucha ilusión.

La noche nupcial fue fácil y encantadora. Al volver del paseo con copas, adjudiqué a Ute un armario para que vaciase en él su saco de viaje. Había sido muy discreta. Traía apenas una muda, un pijama casi negro y sus cosas de tocador. Y una misteriosa cajita de metal que no quiso explicarme y que por lo visto le daba mucha risa. Enseguida dio paso a una ternura muy franca, casi infantil, nada excesiva y sin reticencias. Sus caricias y sus abandonos parecían sin control, toda su gestualidad erótica era como simple y automática, y al mismo tiempo muy elegante. En la felatio no se excusaba la servilidad de la postura, su cara no se hacía ni dramática ni ansiosa, parecía seguir sonriendo, y el cabello, obedeciendo a una extraña legalidad estética, se derramaba en la forma más conveniente. En el coito era inmediatamente agradecida y nada imperativa y exigente. Yo creo que lo pasamos muy bien los dos la primera vez y más adelante, a pesar de mis limitadas fuerzas. Antes de dormirme, mientras fumaba el inevitable cigarrillo de la *enregistrement,* le advertí que roncaba, sobre todo si había bebido un poco. Pero esa ya debía saberlo. Ella se durmió dándome la espalda y cogiéndome una mano.

Nos despertó, bastante tarde, un mensajero del omnipotente Gerard que me invitaba a cenar el domingo. Contesté que de acuerdo, que iría con una amiga. Pensé que

Amparo no se había atrevido a llamarme, a llamarnos, y
que si Ute se quedaba no tendría más remedio que hablar
con ella. La mañana estaba avanzada, más bien terminando,
y propuse que fuéramos a Vilanova o Tarragona a reponer
material. Necesitaba arcillas y yeso para hacer escayolas y
seguramente más cosas. Pero no me libré de dibujar un rato
a última hora de la tarde. Seguía sin saber a dónde quería
ir a parar. ¿Y si probase también una tela?

No recuerdo qué día de la semana era el del inicio de
mis sesiones con modelo, pero el week-end sucesivo, con
su quiebro de costumbres, me parece ahora inmediato y el
lunes que lo clausuraba, después de la cena en casa de
Gerard, no tanto, como en otros tiempos, una reincorpora-
ción a hábitos sólo circunstancialmente modificados, sino una
liberación y un verdadero principio de etapa. Es más, creo
que hubiese preferido que aquel sábado no hubiera sido
diferente a sus vísperas; un día cualquiera sin tributo que
rendir a la compañía de los amigotes de siempre ni necesidad de derrochar el tiempo con ellos. Pero es difícil saber
si eso era a causa de una ya encendida afición a Ute o porque el trabajo aparentemente insensato en que había empezado a emplearme había despertado, por fin, alguna am-
bición todavía oscura.

Fue la propia Ute quien, creí entonces que por discreción y por respeto a mis costumbres, decidió abandonarme
en el seno de la *colonie de vacances* hasta el domingo por
la noche. Me costó mucho convencerla de que fuera conmigo a tomar una copa al «Garbí», recién levantados, en
el soleado mediodía del sábado. Nos sentamos en la terraza
con los Muñoz Suay, la mujer de Marsé y Barral, particularmente espeso y malhumorado a aquella hora. Estuvo la
alemana, al principio un poco distante, finalmente receptiva
y simpática. Rió oportunamente, probablemente sin enten-
derlos, los alusivos chistes de Ricardo, rabiosamente ibé-
ricos y en una clave grupal, que los puede hacer parecer,
para los que no están en ella, realmente surrealistas, que

es lo que él quisiera que fuesen. No se quedó mucho tiempo. Según fue llegando nueva gente, el periodista Álvarez Solís con Concha Serra, el editor argentino Mario Muchnik y el ex editor italiano Valerio Riva, la novelista Ana María Moix y quizás algunos otros y se fue ensanchando el corro alrededor de los veladores, iba quedando callada y distraída. Conversó un rato, fuera del círculo, con Joaquina Marsé, pretextó una obligación y se marchó, saludando en general, a todos, con un gesto de la mano. Muñoz hizo algunas observaciones obscenas con intención elogiosa. Barral preguntó si era asunto de sábana, de bastidor o de mármol. Y sin esperar respuesta fue a por otra cerveza.

Mientras se decidía que almorzaríamos al sol y en tribu, yo, que había caído en la trampa de la observación de Barral, dije, un poco por fanfarronería, pero también, tal vez, para justificar la presencia de Ute, que me había puesto a hacer escultura, lo que todavía no era cierto. Dije que los primeros estudios, se suponía que ya de arcilla, me estaban saliendo, desesperadamente, a la manera de Giacometti y que no los tenía en absoluto por propios o por bien orientados. Enseguida me mordí los labios ante el peligro de estar convocando a la mala suerte. Pero de ahí arrancó una interminable conversación sobre las perspectivas de la escultura. Sin que se me dieran muchas oportunidades para matizar la cuestión, se estableció, admitida por todos, la dicotomía entre escultura y estatuaria, tan simplemente puesta de moda por la crítica de divulgación de los años sesenta, y ante un intento de excurso acerca de lo que era el convencionalismo académico de la estatuaria humanística, sobre todo porque aludí al dramatismo de receta, paralelo al patetismo y a la épica de la pacotilla de cierta poesía contemporánea, supuestamente revolucionaria, se me recordó, como si hubiera tratado de una traición a la historia, mi, al fin y al cabo, breve etapa de trabajo en forja, a los ensayos de volúmenes negativos con simbología «intimista» de la muerte. En cambio, todos consideraban plausibles las sarcásticas *nanas* de Niki de Saint-Falle, muy en la línea de lo que se debía ir inventado. No parecían dispuestos a admitir la evidente contradicción entre adhesiones estéticas tan distantes como la épica y la bufonada. A la media hora de observaciones dispersas y disparatadas me invadió una vez más el convencimiento de que la escultura, en el fondo, no interesaba a casi nadie. O muy escasamente, incluso a personas realmente atentas a otras expresiones artísticas e indiscutiblemente sensibles. Valerio Riva afirmó que el último escultor relativamente contemporáneo que le importaba era Brancusi. Muchnik habló de un argentino, que resultó ser Di Stefano, que había inventado una técnica por superposición de capas de plástico, opacas y transparentes, que permitiría una estatuaria polícroma en una materia que la resistencia y perdurabilidad convertía en noble. Le dije que esa imaginería en *papier maché* con calidad de frigorífico, era ya una considerable vulgaridad, sobre todo si las figuras atormentadas se escudaban en parabrisas de automóvil y colas de coches de marcas reconocibles. Barral quiso poner de manifiesto que seguramente de lo que todos estábamos hartos era de las formas abstractas, presuntamente válidas por sí mismas y de su decorativismo, tan propio de antesalas de bancos y jardines vecinales. Pero, a propósito de una reciente antológica de Maillol, aprovechó para despotricar contra la escandalosa patraña de la «mediterraneidad» de las formas clásicas voluntariamente achaparradas. Yo pensaba en la espalda de Ute, un poco equina. *At duplex agitur per lumbuos spina.* A Ana María Moix, la figura femenina con expresión ambigua y precisamente en actitudes convencionales le parecía una fórmula de expresión cultural definitivamente adquirida como el himno en hexámetros o el soneto descriptivo. Cuando empezaron a servirnos la comida el más absoluto desconcierto había devorado las ganas de opinar de todos. Un tácito acuerdo acerca de la probable extinción de la escultura o de la representación del volumen como forma válida y universal de expresión artística parecía haberse sobrepuesto a las raquíticas ideas de cada uno sobre la contemporaneidad de ese arte. Se pasó a hablar de otras cosas, de las de siempre, de política, de literatura, pero sin que la conversación se definiese y siempre en el terreno de las generalidades. Yo pensaba intermitentemente en la desairada posición del artista de vocación, a la manera antigua, que no pretende transmitir directamente ideas y me sorprendí varias veces recordando la espalda de Ute y relacionándola con la piedra porosa, una piedra que me remitía a algo, a algo muchas veces visto, familiar. No sé si para cortar una de esas fugas imaginativas, fui yo mismo quien hizo una observación banal y descontextuada, que introdujo, no sé por qué, el tema del pintor Van Dongen, por el que alguien, no recuerdo, debía sentir una afición especial, limitada, al parecer, al erotismo charlestoniano de los *peignoirs* y de las damas de camisa corta o a medio vestir ante el espejo. Valerio Riva aferró ese cabo y se lanzó a exponer una sorprendente teoría de paralelismo entre Van Dongen y Proust, dos personajes que debían ignorarse mutuamente y que habrían vivido y pensado metidos en agujeros bastante lejanos. Si es que Van Dongen, de cuya biografía no sabía y no sé nada, pensaba mucho y no era más bien un fresco o un artesano rico, exitoso y vividor. Riva se refería a una serie de interiores con marquesa y perro de lujo, de la que ya conocía, efectivamente, alguno, visto en reproducción, exactamente con chimenea de mármol y galgo ruso, pero que no tenía nada de proustiano y que reflejaba, intenté explicar a trompicones y sin acabar de orientarme en el tiempo y en el espacio, una sociedad diferente. Las modelos de Van Dongen, las de los *boudoirs,* habrían sido abuelas de tenistas internacionales o de esquiadoras con amante extranjero y una historia dudosa durante la ocupación. Eran las últimas hipócritas con apellidos *à particule* y algún respeto por el almanaque de Gotha. Resultaba demasiado fácil objetar que algunos personajes de Proust también. El disparatado paralelismo entre la pintura elegante y de aplauso y el discurso proustiano de la frustración social y las ingeniosas observaciones sobre la aristocracia industrial europea de los años veinte de la que nadie tenía más que referencias de oídas o de lecturas hechas desde otro ángulo de atención y que no admitía fáciles parangones locales se convirtieron en un largo concurso de insensateces. Yo creo que nunca, desde su época de esplendor, si la tuvo, hasta aquel almuerzo, Van Dongen había resultado tan sugerente. A la hora de los postres se unió a la conversación Jorge Edwards, que a base de anécdotas de embajadores sudamericanos, contaba el París plutocrático de después del armisticio como si lo hubiera vivido, igual que Riva lo desorbitaba a partir de la pintura de salón y Barral lo esquematizaba aplicando fantásticas leyes de cambio social. Sigo pensando que detrás de esas majaderas imaginaciones del pasado reciente, está siempre, por debajo de las apariencias de cualquier otra menuda información, la caudalosa mentira del cine, sus reconstrucciones de telón.

Recuerdo con tanto detalle esa larga y aberrante digresión de la conversación general a propósito de Van Dongen, porque a mitad de ella y mientras atendía más o menos, me estalló dentro una gran lucidez, una luminosa certeza de lo que no era la pintura moderna, la pintura esencialmente cadavérica, la historia muerta, artificialmente anticipada. Era una revelación que, aunque aún no indicaba ningún camino, me imponía el convencimiento de que podría volver a pintar, a modelar, o a grabar, no importaba. Lástima que aquel calambre de la imaginación hubiera venido tan inoportunamente y hubiese que aplazar la reflexión, como ocurre casi siempre. Pero dejaría un horizonte de advertencia. No sabía aún qué era lo que quedaba claro, pero lo estaba. Estaba a punto de saber que un largo gesto, un gesto de acuerdo, de simpatía con la realidad instantánea, aunque fuese interior, desde luego, la realidad del imaginario, podía insertar en el pasado una fórmula de toda la experiencia de haberle pertenecido. Un gesto que no se interrumpía, que no se disgregaba en la lenta ejecución de la obra de oficio.

Por supuesto que el sobresalto de conciencia no tenía nada que ver con Van Dongen. Más bien la idea se arropaba en una imaginación enigmática de rayas y amontonados blancos, como una observación de textura, tan indefinida como la idea misma.

Me había puesto súbitamente contento y volvía a participar en el delirante coloquio cuando se sumó al grupo el helenista Cuartero. Nos habíamos separado un poco de la mesa y el corro se había ensanchado alrededor del fuego, como si nos dispusiéramos a pasar la tarde dándole vueltas a nuestra ilustrada ignorancia sobre la sociedad parisina de los años veinte. Cuartero entró sin mirar, sin volverse siquiera a cerrar la cristalera, con un libro debajo del brazo. Venía inclinado hacia adelante, proponiendo en vanguardia la cabeza barbada de aqueo cabelludo, dando grandes zancadas sobre los enormes pies y con un brazo colgando, como un hoplita arrastrando el escudo. Profirió una exclamación y se volvió en redondo, agarrando una silla con el mismo gesto y preguntando mientras se sentaba que de qué hablábamos, lo que produjo el silencio y acabó por fin con las marquesas y la pintura elegante. Así que fue el intruso quien tuvo que sembrar de nuevo la conversación que, de la identificación del libro que llevaba, un sabio ensayo en inglés sobre el micenismo, fue a parar de nuevo a las generalidades sobre el arte y, a mis costas, otra vez a la escultura. Aunque el asunto principal era el del simbolismo religioso de las bestias salvajes y de los monstruos de los relieves antiguos, vinimos a parar en abstracciones sobre el contenido religioso de toda la escultura, lo que se fue afinando hacia formulaciones muy exclusivas y dogmáticas que volvieron a ponerme muy nervioso. De las bichas ibéricas y de la epidemia de leones en todas las culturas antiguas, tras la evidencia de los contenidos religiosos de todas las fases de la escultura helénica, se llegaba fácilmente a dogmatizar sobre la progresiva inexistencia del arte del volumen a lo largo de los tiempos modernos y otra vez a su certificado de defunción. Alguien habló largamente de la agonía de la plástica decimonónica que había identificado humanismo e imitación y creo que Barral de la enfatización dramática de la banalidad. Eran tonterías, desde luego, divagante charlatanería, pero a mí me iban resultando urticantes y me iba entrando la sensación de que estaba condenado, en aquel juego, a hacer el papel de víctima o de reo, aunque nada de lo que se hablase se refiriese a mí directamente. Pero los chistes y las risas que punteaban los parlamentos parecía que me apuntasen. Me fui poniendo impertinente. Tras una frase de Muchnik que revolvía Miguel Ángel con el bíblico becerro de oro se me desató una furia antibíblica que parecía antisemita y que produjo evidente crispación. Ana María Moix, silenciosa desde hacía ya mucho rato, me miraba con sorna y eso me excitaba más.

Había ido entrando gente en el local, jovenzuelos que se buscaban después de la siesta y nuestro corro de discutidores debía resultar molesto. Yvonne Barral, la mujer del dogmático poeta, dueña del café, se acercó con una botella que nos regalaba y nos sugirió amablemente que nos fuéramos a su casa, donde también había fuego y donde estaríamos cómodos y no daríamos la lata.

El breve paseo del traslado y el acomodarnos, más dispersos, en el salón de la casa, disipó las obsesiones dialécticas y desparramó la conversación hacia las anécdotas, las maledicencias y, finalmente, hacia los análisis y las profecías políticas, formas de abstracción menos compactas y personales en las que la agresividad se diluye poco a poco. Y así fue prolongándose la tarde, con copas y chanzas, haciéndose progresivamente estúpida y amable. Pero yo no conseguí dejarme ir y participar de la gratificante intrascendencia. Seguía crispado y como constantemente al borde de un estadillo. Recuerdo así no solamente esas horas y la noche larguísima en la misma compañía, sino el entero fin de semana, incluso en sus apartes solitarios, los paseos al sol del domingo que había amanecido luminoso y primaveral. La crispación se debía notar en mis gestos y hasta Degas me seguía con miedo.

Ute se había puesto lindísima y yo creo que incluso había lavado el coche. Su reencuentro me devolvía a un mundo juvenil y brillante. Tuve, al acercarme a ella, que sonreía despidiendo a alguien en la puerta de «El Paraigües», esa sensación tan esporádica de tropezar imprevistamente con la realidad desde dentro de la sombra de su espectro. Iba vestida con prendas más bien azules, no recuerdo bien, pero ese instante se me ha quedado en la memoria con la imagen de su volumen en un compacto blanco azuloso muy destacado en la luz sucia y suburbial de la calle. Su sonrisa era una cosa muy corpórea y muy importante. Entramos a tomar una copa, una ginebra que me supo a cosa distinta después de tantas copas habladas.

Gerard vivía lejos del pueblo, en la cima de una colina que marca el límite del término municipal, donde hubo siempre una vieja masía, en medio de un bosque de pinos enanos, muy ligada a las aventuras de mi infancia. La masía desde entonces ha pasado por varias manos y por períodos de abandono. Su último propietario fue un aristócrata francés que se arruinó en ella cultivando faisanes que pretendía mantener semisalvajes y abriendo pozos profundísimos que se agotaban enseguida. Gerard ha construido su casa adosada a la vieja masía que conserva pero no habita y donde están todavía parte de los viejos muebles del francés e incluso sus libros y cosas de sus antecesores. La casa contigua y comunicada, prolonga aparentemente una estructura rústica que disimula interiores muy racionalizados y funcionales, amueblados a la escandinava y con piezas sueltas y destacadas de anticuario, algunas notables y valiosas, entre ellas un bargueño aparentemente mudéjar que me gustaría comprarle. Las eras y la huerta de la antigua masía, alrededor de la casa, se han convertido en pelouses con arbolitos sueltos, exóticos y chocantes en este paisaje. A la casa se sube desde la carretera por un largo y tortuoso camino que corona una ladera, antigua zona de bosque que Gerard ha convertido en urbanización lujosa y que queda totalmente separada de los altos donde vive y con accesos independientes desde el llano. Se entra a la casa por un falso porche con cancela, pero también se puede por la masía que estaba abierta y que valía la pena que Ute la viera. Subiendo una escalera de piedra que alguna vez debió tener rica barandilla y ahora una reconstrucción demasiado rústica, se entra a la casa a la altura del primer piso, justamente por un distribuidor vacío del que arranca una doble escalera de fábrica nueva, al pie de la cual, Gerard, que esperaba vernos entrar por la puerta principal, nos aguardaba en actitud de sorpresa. Había un candelabro encendido sobre la mesa hexagonal en el centro del recibimiento y todo tenía un aire teatral y solemne. No sé qué edad tiene Gerard, es quizás diez años mayor que yo, pero cualquiera que sea la lleva muy bien, manteniendo una elegancia natural de gestos y actitudes a pesar del atuendo peligrosamente juvenil y deportivo. Llevaba esa noche una camisa rosa y un *foulard* violeta que en cualquier otra persona hubieran resultado ridículos. Gerard vive solo en invierno, con criados coloniales y perros de concurso, y hace constantes viajes a París a visitar a la familia, su mujer, de una edad que correspondería a una hija y dos chicos todavía escolares que sólo vienen aquí de vacaciones. Tiene otros dos hijos de un matrimonio anterior a los que se ve a veces con sus mujeres y algún nieto. Pero el abuelo no parece muy ligado a esa antigua familia. Pareció divertirle mucho vernos aparecer en lo alto de la escalera y se puso a decir afectuosas insolencias mientras la bajábamos, Ute un poco intimidada. Me di cuenta del mítico prestigio del astuto belga entre la colonia de extranjeros. No era seguramente tan sólo reverencia del poder y del dinero, sino verdadera admiración por la fulgurante fortuna, rápido fruto de un olfato mercantil que le había hecho maniobrar con decisión por entre el desconcierto y la avaricia de los indígenas en los años decisivos del cambio social de la zona, convirtiéndole en árbitro de casi todas las transacciones y empresas de los demás.

De espaldas a la aparatosa chimenea con mantel de mármol verde irritantemente pulido, en la que ardía entero un nochebueno, del propio bosque, seguramente, aguardaba Romeu, uno de los últimos terratenientes del pueblo no del todo descastado por los negocios y la suburbanización. La chaqueta de pana era aún del mismo color de la pana payesa

tradicional y uno podía olvidarse de la camisa de seda y el
pantalón gris y pensar que aún era como sus padres, aunque
estaba un poco extraño con el largo vaso de whisky en la
mano y de espaldas a ese fuego feudal. En el diván, al lado,
estaba Miquel, un abogado leridano que trabajaba para Gerard y la chica holandesa que vivía con él y cuyo nombre
no entendí. Entró con copas y el cacharro de hielo en una
bandeja una muchacha negra esbeltísima, vestida con unos
jeans desteñidos y una blusa de colores rabiosos y que era
seguramente el personaje más notable de los que coincidíamos allí. Era una criada somalí que sólo hablaba italiano.
Ese Gerard era increíble. Y expedito. Entró inmediatamente
en materia, sin darnos siquiera tiempo a servirnos y ponernos cómodos. Nos había reunido esa noche porque tenía
una idea, más bien un proyecto al que no le vinculaba
—quedase claro— ningún interés personal. Hacía tiempo
que venía pensando que para compensar de algún modo
la fealdad —él decía más bien, repetidamente, falta de gracia— del paseo del mar, en la playa, y en memoria de su
pasado pescador, de un pasado que aún representaban algunos viejecitos con los que se extinguiría, vendría bien un
monumento, un memorial. Lo había comentado muchas
veces con la gente del ayuntamiento, con el señor Romeu
allí presente, por ejemplo, cuando era alcalde, en los últimos años del franquismo. Se había hablado ¿no habíamos
oído algo de eso? de instalar una vieja barca debidamente
fosilizada, decía, sobre una roca artificial, en la arena, al
borde del paseo. Pero no, no era una buena idea. Demasiado vulgar. Todo el mundo lo hacía y esas cosas no duran,
no son serias. Inevitablemente los niños jugarían en ella y
se deterioraría rápidamente. Un ancla, también se había
dicho, un ancla gigantesca y mejor antigua. Pero eso era
un símbolo demasiado general y también hay por todas
partes. De pronto mi presencia en el pueblo, el hecho
de que estuviera trabajando aquí, le había sugerido la posibilidad de que yo hiciera algo, un monumento, digamos,
no quería decir precisamente una estatua, pero algo serio,
en piedra, lo que yo quisiera; la definición era cosa mía. Se

detuvo un momento, hizo el gesto de querer llevarse el vaso a los labios, pero sin llegar a hacerlo, y sonrió. No se trataba, dijo luego muy de prisa, de un encargo. El ayuntamiento no tenía presupuesto para esas cosas y las gentes que estaban exigiendo sin éxito mejoras necesarias no tolerarían gastos suntuarios. Nadie me pagaría por mi trabajo, no había que pensar en ello, pero todo el mundo colaboraría, los artesanos que fueran necesarios... El señor Romeu era dueño de la cantera ¿la conocía? El municipio, naturalmente, se haría cargo de la instalación y de los gastos que se produjeran; ya había hablado con el alcalde. Yo escogería el sitio y la forma de instalar la obra. El maestro de obras, el Pere de les Caixes, pondría el trabajo y los materiales, los obreros que fueran necesarios. Yo firmaría la obra y aparecería como donador. Contaría, repetía, con toda clase de colaboración...

Mientras Gerard hablaba, en mí se decantaba una sola idea: monumento funerario. Me estaba pidiendo un monumento funerario, más bien una estatua de cementerio, como esas figuras decimonónicas de mármol blanco de tamaño natural que parece que estén dando un paseo habitual, a lo mejor una pareja de ancianos cogidos de la mano. Seguro que Gerard pensaba en algo así. O en un lobo de mar con sueste, halando esforzadamente y con dramatismo un calabrote, como un anuncio de aceite de hígado de bacalao. O tal vez peor, un viejo encorvado con una cesta de pescados sobre la cabeza. Monumento funerario, de eso se trataba, evidentemente. Él había dicho memorial. Era un poco rebuscado, pero era lo mismo. Monumento funerario para una comunidad entera, si no extinguida, desaparecida por trueque. Monumento funerario. Y me estaba pidiendo que lo hiciese gratis y por gusto. ¿De qué color era la piedra del Romeu? ¿Era ocre pálido o más bien rosada? Pero era seguramente demasiado blanda. Monumento funerario. Al fin y al cabo no era tan descabellado. Una cierta ideología, o más bien una intención religiosa y ancestralista. Finalmente, la escultura...

Gerard se estaba extendiendo en la explicación del significado cívico e histórico de su ocurrencia. Se puso difícil. Me pareció que hablaba en pasado del turismo, como si ya hubiese cesado. Quizá se estaba refiriendo a cómo sería el pueblo dentro de muchos años. La piedra del Romeu, pensaba yo, no duraría seguramente tantos. Las ideas del belga se iban embrollando. O tal vez su castellano no se adaptaba muy bien a las abstracciones y estaba pensando en flamenco y se traducía mal. Lo que decía parecía muy impreciso y no se sabía bien si se refería a él, a mí o al pueblo.

Romeu y el joven abogado me miraban con molesta insistencia. Ute y la extranjera desconocida parecían distraídas o intentando comprender el discurso de Gerard, ahora realmente intrincado. Tenía que decir algo.

Se hizo el silencio durante el tiempo que empleé en sirvirme otra copa. Y me quedé de pie para explicar que naturalmente el asunto me cogía por sorpresa. Que, además, no sólo hacía mucho tiempo que no trabajaba la piedra, sino que no tenía instrumentos, ni un local adecuado. Necesitaría cortadores y pulidoras eléctricas, una plataforma grande que no tenía y no tendría dónde poner... Yo siempre había trabajado a los puntos, ¿dónde encontraría un buen desbastador? Conocía la cantera de Romeu, incluso había usado alguna vez su piedra, piezas sueltas, hacía muchísimos años. La piedra era demasiado blanda para una escultura destinada a la intemperie. Además, y sobre todo, no se me ocurría ninguna idea y no parecía fácil que, en un período como el que atravesaba, más bien de reflexión, se me ocurriera. Eso era lo más importante. Debía decir, eso sí, que el proyecto me parecía generoso y simpático y que me hubiera hecho mucha ilusión realizarlo, realizar mi parte si hubiera estado en condiciones de hacerlo. El no cobrar mi trabajo, por descontado, no influía en mi rechazo.

Gerard había anotado bien mis excusas. El cantero del pueblo, el señor Masip, podría colaborar conmigo. Tenía instrumentos, muchos instrumentos heredados y nuevos. Y en los cobertizos de la cantera había compases, sierras y chigres... Le dije que no era Miguel Ángel y que no podría pelearme con la piedra con maceta, pilón y bujarda.

Y que seguramente el señor Masip no había hecho nunca de desbastador y no sabría sacar a los puntos. Y que, en cualquier caso no querría. Pero Gerard insistía. Yo hacía grandes problemas de pequeñeces. Lo de los instrumentos ya se arreglaría. Yo tenía una casa espaciosa. La plataforma me la harían los hermanos Canyellas, a los que se adjudicaban la mayor parte de las obras municipales. Y no sólo la plataforma, sino los bastidores que se necesitasen para mover la piedra. Ya había pensado en eso, naturalmente, y en los problemas de transporte y de instalación, que a lo mejor implicarían trabajos de albañilería. Todo eso y lo que fuera correría a cargo del ayuntamiento o de la ciudadanía. Esa palabra, evidentemente traducida, ciudadanía, y aplicada a una aldea pequeña, descuidada y egoísta, me pareció chocante, se me quedó y abusé de ella en mis réplicas. Yo debía ser parte, casualmente principal, de la ciudadanía. Y él, sobre todo, Gerard el flamenco, enriquecido a costa de la indecisión y de la torpeza de los aldeanos, de la ciudadanía. Ute me observaba con una expresión que parecía querer comunicarme su acuerdo con la propuesta del belga, o más bien la impresión de que me estaban haciendo un favor. Era irritante; me recordaba sus primarios sentimientos de patriotismo de campanario. Irritante y ansiosa, no se podía adivinar de qué, pero el aplomo del brazo en el espaldar del sillón y el distraído desmayo de la mano se lo hacían perdonar.

Mis excusas y los argumentos de mi negativa a colaborar, enredados en copas nerviosas, acabaron siendo tan abstrusos como las razones de Gerard. Entretanto Romeu había defendido la consistencia de la piedra de su cantera, que había sido por última vez explotada para la construcción de la Sagrada Familia, en vida de Gaudí, y Miquel, el abogado, había expuesto su proyecto de obtener documentalmente del ayuntamiento todos los compromisos necesarios. Le dije, para molestar a Romeu, que incluyese los gastos de un viaje a Carrara para escoger la piedra conveniente. Insistí, sobre todo, en que no tenía y no tendría probablemente ideas y que ésa era la cuestión principal, pero cuando nos sentamos a la mesa estaba ya prácticamente derrotado.

La esbeltísima somalí nos sirvió con extrema ligereza, a un ritmo extraño o que lo parecía, una cena más bien oriental, con cazos de caldo picante y una carne fría, tal vez hasta cruda, aunque no picada como el *steak tartare*, sino desmenuzada o deshilachada, con mucho adobo de salsas y acompañamiento de vegetales fritos no reconocibles. Y mucho vino, un vino excelente e inagotable del que las copas estaban siempre rebosantes, como en los banquetes antiguos. La abundancia de vino hacía las cosas realmente más difíciles. Cada uno insistió en sus puntos de vista. Habló mucho el abogado Miquel, prometiendo nuevos medios de garantía. Yo dije muchos tonterías sobre lo que no era la escultura moderna y, sobre todo, para lo que no servía, pero no creo que nadie me escuchase. Gerard, no sé si a título de broma, dando las cosas por hechas, dijo que había pensado en que Barral escribiese un texto —volvía a decir memorial— para el pie del monumento. Le dije que estaba de acuerdo, siempre que fuese en latín y terriblemente críptico, indescifrable y con las debidas e indebidas abreviaturas. Creo que lo tomó en serio.

Enseguida después de cenar, tras unas brevísimas tazas de café, tomadas de pie, a la manera de la Marina, decía Gerard, pensando quizás en el británico oporto, se propuso que fuéramos a la cantera. Me negué, por supuesto, alegando que estaba cansado y ya ligeramente borracho y que, en ningún caso, tenía sentido ir, ya que yo no había aceptado ni mucho menos embarcarme en aquella pintoresca aventura y, aunque así fuera, no había nada que ver a oscuras, ni siquiera el color ¿dorado? de la piedra del señor Romeu. Pero me valió de poco. Al poco rato —a mí me pareció que enseguida— estaba montando en el coche del abogado, probando a convencerles a él y a la holandesa de que se dejaran de historias y de que me llevasen a casa, que lo de la cantera era una mamarrachez. Y fuimos a la cantera. No está tan lejos de la casa de Gerard y el camino, vía de acceso a una urbanización inexistente, es cómodo y fácil. De pronto, tras una revuelta en pendiente de la carretera, apareció un gran frente de piedra tallada teatralmente iluminado. Gerard había conseguido meter quién sabe cómo dos automóviles por un sendero y descargaba los faros sobre aquel impresionante anfiteatro coronado de pinejos retorcidos y dramáticos. Tenía abierta al pie de los coches una cesta de merienda de esas que llevaban los excursionistas *en voiture* en los años veinte, con vasos, cubitera de hielo y variada cacharrería. Ya tenía servidos los whiskies y me puso uno en la mano.

Toda resistencia era inútil, al menos aquella noche. Romeu me regaló uno de los viejos chigres, que entre él y Miquel, cargaron en el coche de Ute. Es una preciosa máquina leonardesca que el óxido y el desgaste de la madera habían puesto en calidad de museo. Gerard se reía mucho mientras volvía a llenar las copas.

En el camino de vuelta Ute se puso irónica y sumamente tierna. Mientras detenía el coche en una cuneta, en lo alto de la colina, desde la que se veía el mar refulgente e inquieto, como de plata *martelé,* dijo, me acarició una mano y se acurrucó un momento cariñosamente. Estás catastrofado, dijo luego. Era su primer exceso de confianza o la primera expansión sentimental no determinada y enseguida corregida por la lógica de los hechos. Catastrofado era una palabra ya probablemente muerta del argot estudiantil y de los jóvenes intelectuales del París del sesenta y ocho. Sí, sí, en efecto, estaba catastrofado.

Capítulo III

Masip, el cantero, era poco partidario de la piedra del Romeu. Había trabajado mucho con ella pero la tenía por blanda y demasiado astillosa para el arte de esculpir. No sabía lo que habrían hecho con ella los romanos, pero estaba seguro de que la resurrección gaudiniana de la cantera había sido cosa de mezquindad. Era buena para zócalos, pero no para hacer figuras. No sé por qué, la llamaba piedra de París y, así como era escéptico en lo tocante a su consistencia era, en cambio, entusiasta de sus colores. Tenía en el amplio zaguán de su casa numerosas lajas muy bien cortadas que centraban uno o varios ocelos carminosos en el ocre compacto. No sabía para qué servirían, pero pensaba que obtendría con esas placas, si era el caso, un resultado decorativo, decía modestamente. Masip era hijo y nieto de canteros y es posible que no pudiese imaginar ningún otro trabajo, aunque ahora, en los últimos años, el oficio se hubiese vuelto tributario de la practicidad en las artes de la construcción y, como no se cansaba de repetir, del mal gusto. Era un artesano independiente, concejal y socialista, y se ganaba bien la vida, trabajando un poco a su aire, haciendo paredes supuestamente antiguas y falsos portales de cantería. Había revestido su casa, no sé si él o su padre, una de las más antiguas casas del pueblo, al pie del castillo, con un sobremuro de esa piedra del Romeu y había puesto columnelas y capiteles florales en sus ventanas. Mis primeras visitas a Masip no fueron sólo para que lamentásemos juntos las insuficiencias de la piedra local; se trataba de convencerle de que me ayudase a desbastar los bloques, pero, por supuesto, no quería. Su padre había hecho de desbastador para escultores que trabajaban a los puntos y parece que incluso lo hacía muy bien; él lo había visto hacer y, en teoría sabía cómo se hacía, pero no quería probarlo. En el zaguán, amontonados con topos y variados tipos de mazas, había compases de hierro, tan maravillosamente oxidados que eran inmejorables esculturas. Los enseñaba con orgullo, así como bujardas y gradinas que seguramente habían manejado sus abuelos, pero que él no estaba dispuesto a empuñar en el ejercicio de unas técnicas que afirmaba haber olvidado. Una tarde cargó en mi coche todos esos instrumentos medievales diciéndome que, al fin y al cabo a mí me habrían enseñado a usarlos en la escuela y que él apenas se acordaba de cómo los manejaba su padre.

Así, discutiendo con Masip acerca de si me echaría o no una mano o con los hermanos Canyellas mientras montaban la plataforma en el jardín de la casa, se fueron muchos días, no podría decir cuántos. Ute, que había aprendido a hacer moldes de escayola y reproducía con una paciencia germánica mis monigotes de barro, participaba activamente en las instalaciones de mi taller al aire libre. Ella y el lampista organizaron el tendido que aseguraba las luces y las tomas de corriente. Ella y los carpinteros se inventaron esa especie de playa sobre cabrestante en la que había que instalar el bloque de piedra del Romeu. Se sentía decididamente protagonista, quizás porque en casi todas mis escayolas aparecería una figura femenina con la que de antemano se identificaba. No me hablaba de la posible escultura y no comentaba los infinitos bocetos del grupo de dos personajes que yo iba haciendo y repitiendo y que generalmente acababan en la chimenea. Una tarde la sorprendí hojeando un álbum de notas en el que había muchos de esos proyectos y me pareció tan avergonzada como si la hubiera pillado masturbándose, lo que me enterneció. En realidad no era ella sola, todo el mundo evitaba hablarme de esa escultura que yo no había todavía decidido ejecutar, a pesar de que a mi alrededor todo cambiaba en función de ella. Un día de aquéllos, cualquier mañana, los albañiles del ayuntamiento derribarían una parte de la tapia del jardín, entrarían en él con los tractores y depositarían los bloques de piedra en la plataforma inventada por Ute. Otro día, sin saber cómo, estarían allí en el cobertizo, debajo de la terraza, las cortadoras y los instrumentos que yo no había escogido. Finalmente me encontraría de tú a tú con un bloque de piedra partido verticalmente por el tercio, de unas dimensiones que me parecía sólo haber soñado y que no recordaba haber explicado a nadie. Unas semanas más y todo estaría en orden: la piedra perfectamente acomodada, la plataforma en funcionamiento, las herramientas preparadas y la tapia del jardín reconstruida, clamorosamente nueva. Degas se había aficionado a ese extraño teatro y hacía largas siestas al pie de la piedra cortada.

Realmente, desde la cena en casa de Gerard (¿cuántas semanas atrás?), que además se había repetido, yo no hacía más que pensar en el proyecto que no había aceptado. Curiosamente, desde el primer momento había pensado en dos figuras, una de las cuales sería un desnudo femenino, y eso era seguramente por culpa de Ute y de los suburbios materistas de la resurrección erótica que ella me había despertado. A decir verdad ya en aquella cena o inmediatamente después pensé en la doble figura, pensé, recuerdo en las tumbas etruscas y en la enigmática sonrisa de sus difuntos. La mayor parte de mis dibujos apuntaban a un hombre viejo y paticorto, abrigado y descalzo, junto a una mujer desnuda que unas veces le miraba y otras le hacía compañía con el gesto. Poco a poco ese gesto se convirtió en una mano posada sobre la rodilla del viejo. El viejo terminó liando un cigarrillo. Hice muchos dibujos ante el espejo de ese gesto extinto que implica una posición acusativa de los índices y simultáneamente una rotación de los pulgares. Por supuesto, en la figura el gesto sería esencial y no habría ninguna referencia al papel y al tabaco. El viejo miraría más bien al suelo y la mujer, en cambio, en un ángulo completamente extraño, al frente o a ninguna parte. Así el viejo estaría muerto y ella viva o él sería el pasado y ella el presente o, más modestamente, ella sería la curiosidad distraída y él el pasado, la cosa observada o, tal vez, sólo recordada. Había desechado las referencias folklóricas, de manera que en la indumentaria del viejo se indicaría apenas la tradición, la garibaldina abrochaba bajo el hombro izquierdo y los pliegues desde el collar. Se indicaría una gorra vulgar y corriente, no precisamente marinera y, eso sí, el pantalón arremangado a media pierna. El desnudo sería la piel de Ute. Amaba mucho más a Ute desde que pensaba en su piedra.

Ute, me imagino que con ayuda de Montse, había despejado la amplia habitación que ocupaba la izquierda de la planta baja y que había consistido hasta ahora en un comedor. atiborrado de muebles finiseculares y modernistas, sólo tolerables por su tradicional coexistencia. Había dejado allí dos grandes mesas y algunos cachivaches de rincón donde hacía sus moldes de yeso. Sin darme cuenta yo me fui acostumbrando a trabajar el barro en esas mesas. Siempre había barro fresco y todo, como por arte de magia, quedaba preparado, cada intento bajo su trapo humedecido. Creo que durante semanas Ute intentó no hablarme del proyecto de escultura, aunque era evidente que no pensaba en otra cosa. Yo también evitaba el asunto y, cuando hablaba de trabajar, me refería a otras cosas, a dos o tres telas empezadas, por ejemplo, en cuyos motivos Ute tenía algo que ver. Posiblemente estaba convencido de que me estaba acercando al descubrimiento de una forma de dicción en pintura, a una especie de realismo irónico y hacía barros más bien para entretenerme. Ute sabía muy bien que no era así pero, aparentemente, lo admitía. Hablaba por ejemplo, en »El Paraigües«, de las pinturas que «estamos haciendo» y no de los intentos de escultura, como si se tratara de un secreto. Los amigos del fin de semana, al contrario, daban por hecho lo del monumento. Muñoz Suay hablaba de él como si ya lo hubiese visto, lo que era divertido porque sus descripciones imaginarias incluían todos los caminos de la falla y del mal gusto levantino que no dejan, siempre, de constituir un riesgo. Barral proponía soluciones simbológicas, bastante disparatadas. Otros, como Montoliu, insistían en que debiera comenzar por hacer retratos expresivos de los más viejos pescadores sobrevivientes. Todos hacían una lectura folklórica anticipada, lo que resultaba más bien inhibitorio. Barral me regaló una maravillosa ictiología con planchas al cobre que representaban especies que según él fueron corrientes en estas aguas y que merecían, decía riéndose, la memoria de la piedra. Gerard le había contado nuestras conversaciones y aseguraba que estaba componiendo un críptico poema latino. El poema tan inexistente e imaginario como mi figura, le debía parecer muy importante y hablaba del futuro monumento como si fuera su principal autor. El aqueo Cuartero propuso una tarde de domingo entre dos cervezas traducir al griego el falso latín de Barral, de manera que el texto griego figurase cara al mar. Yo dije estar de acuerdo siempre que se transcribiese en alfabeto ibérico, lo que sería más leal con la historia. Cuartero, tomándolo muy en serio, con expresión de absoluta competencia y sin ironía, aseguró que él se encargaría de la transcripción y que resultaría auténtica. A mí, debo confesarlo, me preocupaba más el gesto de los pulgares del fatigado liador de cigarrillos.

Fueron aquellos de los preparativos vergonzantes y secretos, días o semanas tal vez, de muchas visitas inesperadas y de mucho alcohol hablado. Todos los caminos parecían pasar por el pueblo y mi casa pareció, por lo menos así es en el recuerdo, una casa de postas. Eran tardes perdidas y cenas prolongadas y regadas en otras localidades de la costa o del interior, porque en el pueblo no había comenzado la temporada y prácticamente no había dónde comer. El tiempo era soleado y seco, con mistrales casi constantes pero no duros, lo que hacía las mañanas paseables. Una de esas mañanas, la que casualmente precedía a la esperada fiesta de invierno, de Ernest, me abordó en la playa una mujer bellísima a quien de momento no reconocí. Se trataba de Susana, una danesa que había vivido y trabajado en el pueblo, por lo menos dos veranos y quizás sus correspondientes inviernos hacía muchos años, tal vez hacia el sesenta y seis o sesenta y siete, en el tiempo que existió el «New Love», la discoteca de los daneses, que había puesto un pintor llamado Touborg, quien la utilizaba, además, como permanente exposición de sus inventos. Susana servía en la barra de aquel establecimiento y me tuvo mucho tiempo obsesionado. Debía ser muy joven entonces porque lo seguía pareciendo ahora. Llevaba medias grises en aquella época. Estaba ahora de paso en Tarragona con un amigo y había decidido acercarse por nostalgia a esa playa para constatar los horribles cambios de los que le habían hablado. Quería también ver a Kerstin a la que conocía de su tierra y que no estaba ese día en el pueblo Llegaría, parece, por la noche. Había una fiesta, ¿lo sabía?, como en los viejos tiempos, una fiesta de los ociosos del invierno. Lástima que ella no pudiera quedarse. Sí, debía quedarse. Probablemente, sin saberlo, era eso lo que había venido a encontrar, una imagen del pasado. Me puse pesadísimo y conseguí convencerla. De momento iríamos a «El Paraigües» y pensaríamos en comer algo, aunque realmente no había dónde. Pasaríamos a recoger a Ute que estaría haciendo sus escayolas. Pero Ute no estaba; llevaba un par de días sin verla. Habría ido tal vez a la ciudad o vacaría a sus negocios. Pero seguro que a la fiesta no faltaría.

En efecto, estaba allí y seguramente había sido una de las primeras personas en llegar, ella y su espectacular amiga francesa, a la que no había vuelto a ver desde los días del accidente. Todavía había poca gente cuando Susana y yo nos servimos la primera copa.

Ernest y Maj-Britt ocupaban dos amplios apartamentos comunicados en un edificio lujoso cara al mar, con grandes terrazas, en la parte más elegante o, al menos, más atildada de la playa. Estaban amueblados muy a la escandinava, con pocos muebles y relativo gusto, excepto en las pinturas. Sólo había un cuadro notable, en un rincón mal iluminado; era un Mir que representaba el castillo que corona el pueblo alto, una tela de muy buena factura. En una de las salas habían dispuesto en varias mesas una abundante y espectacular buffet con toda suerte de crustáceos, como hubieran dicho en el país, *peix de closca*. Aún no había nadie en esa sala excepto dos pintorescos mariquitas holandeses que vivían con un pintor-tabernero. Estaban tiernamente abrazados contemplando las langostas. De pronto, en menos de un cuarto de hora, como si todos practicaran una puntualidad ferroviaria, la casa se llenó de gente y comenzó a fluir el alcohol. Media hora más tarde estábamos casi todos considerablemente borrachos, cuando todavía nadie había pensado en cenar. Yo me había sentado con las dos danesas, armado de una botella y una cubitera particulares y bebía más de prisa que nadie, porque las dos damas, cansadas del esfuerzo lingüístico, se pasaban a su endemoniada lengua para hablar de sus cosas, lo que me marginaba por completo. Hice una excursión a donde estaban Ute y su francesa y conversé un rato con Gerard, naturalmente acerca de la maldita estatua. Luego me quedé un rato con Nuria, que finalmente me puso en manos de una desconocida, sumamente dispuesta al flirt y que tenía unos notables ojos verdes. Pero para entonces yo ya estaba seriamente distraído y más bien embarcado en la impertinencia. Casi todo el mundo se había sentado en el suelo con sus platos de mariscos entre las piernas y las conversaciones eran más bien un rumor sordo. La muchacha de los ojos verdes me debió tomar por literato y desgranaba ante mí el rosario de sus últimas lecturas. Me confesó que escribía cuentos, aunque todavía no había publicado nada y repetía una teoría acerca de la voluntad de destrucción del lenguaje, algo que me sonaba a los amigos de Barral cuando se ponían tontos después de la enésima copa.

Después de cenar se fue marchando alguna gente, se atenuaron las luces y pusieron en marcha un espectacular tocadiscos o más bien aparato de cinta con muchos rollos cromados del que salía una música en sordina de reminiscencias orientales. Yo ya no estaba para darme mucha cuenta. Volvió el alcohol fuerte y se formaron los corrillos de fumadores. Yo mismo lié un par de cigarrillos, a la antigua usanza, en honor de mi pétreo personaje. Pero me quedé más bien en el alcohol, como siempre. Le había tomado miedo a la superposición de tóxicos desde la noche de la caída. Se seguía marchando la gente y el tiempo se había hecho elástico. Tal vez era ya muy tarde. La niña de los ojos verdes se había adormilado sobre mis rodillas. Tenía una expresión beatífica, pero debía estar bastante mal. La dejé tendida en el suelo cuando me levanté a mear. Crucé frente a la puerta de una sala más oscura. Ute y la francesa estaban derrumbadas en un diván, enlazadas y se besaban apasionadamente. Quedé clavado en la puerta mirándolas a la cara. Por la de Ute cruzó un relámpago de ira y a mí me pareció que se contraía después en una mueca de desprecio.

Guardo, claro está, muy pocas imágenes precisas de lo que ocurrió después. Por supuesto, intenté evitar a Ute y a su francesa y me prodigué en conversaciones estúpidas, yendo de un corro a otro, con la impresión de que en ninguno me hacían caso. Estaba por allí, y era curioso que no lo hubiera notado antes, el pintor Viola, me hacía chistes con esa voz tan poco graciosa, llena del rumor de las más recónditas cavernas. Vagamente recuerdo que ensayó unas maledicencias acerca de nuestros compinches en las artes plásticas, pero yo no estaba para eso, estaba más bien desconcertado. Acudí al regazo de Susana, buscando más una hermana que una amiga, lo que no debió entender porque no tenía ninguna noticia de mi desagradable descubrimiento. Creyó, Susana, que lo que me pasaba es que andaba detrás de Kerstin y era evidente, y seguramente había sido comentado, que Kerstin se jactaba de no hacerme ningún caso. En un cierto momento, me avergüenza más bien recordarlo, tomé un fieltro e hice un retrato de Nuria sobre la madera pulida de la mesa. Comprendí que eso divertía a unos pocos, pero irritaba a los más. Me tendí junto a la mesa y me dediqué a beber de mi botella a gollete. Es curioso que estas gentes dadas a la intemperancia cuando de fiesta se trata, reaccionen tan mal cuando alguien abusa de unas imaginarias reglas, cuando, en lugar de brindar, engulle. Los escandinavos y los nórdicos en general, son mucho más primitivos de lo que parecen. A Ernest intenté explicarle que su mal gusto en pintura era un defecto genético. Al principio debió hacerle gracia, pero como decía Barral, no tengo ningún sentido de la medida. Maj-Britt tenía unas rodillas espléndidas. Le expliqué al marido, tan satisfecho de sí mismo y de su situación social en el pueblo y en la comarca, que ese paisaje anatómico era una de mis obsesiones. No pareció divertirle nada. Se lo dije a la propia Maj-Britt que se levantó la falda y afirmó estar mucho más contenta de sus muslos. Le dije que era una salvaje polar y que nunca aprendería nada. Yo creo que fue en ese momento cuando me sentí invadido por un brote de violencia. En una mesa rinconera había un cenicero, probablemente de plata, con una cara de fauno o tal vez de Sileno, en el que, supuestamente, los cigarrillos debían ser apagados en la boca. Eso me gustó poco, pero aún mucho menos que en la base se leyese en inglés y en letras que mal imitaban el alfabeto griego «*Made in England*». Mirando la cara a Ernest arrojé el cenicero violentamente contra el gran cristal que separaba el salón de la terraza. El cristal debía ser durísimo y la fea pieza metálica rebotó sin producir siquiera un rasguño. Eso me puso frenético, me agaché mirando a Ernest a los ojos y repetí el tiro. Esta vez sí, el cristal se rajó maravillosamente en dos o tres aspas combinadas con un agujero en el centro, eso que en heráldica se llama corazón sobre sotuer, por el que la fea cabeza de fauno salió al exterior. Creo que en ese instante casi todo el mundo me miró con ira. No puedo asegurarlo, pero diría que incluso Ute y su dudosa amiga, con la blusa insolentemente desabrochada, me lanzaron una mirada de ira. Seguramente, el doble golpe en el cristal había atraído la atención de los que estaban en otras habitaciones, incluso en las de dormir, haciendo bellaquerías. No recuerdo mucho más. Ernest estaría probablemente muy irritado, pero sus maneras de recién llegado a la buena sociedad le impedían manifestarlo; Maj-Britt estaba más bien divertida y seguramente encantada con el elogio de sus rodillas. Yo hubiera hecho en ese momento cualquier cosa, incluso irreparable. Pero no era el caso. En el fondo qué me importaba ese mundo de semidelincuentes, de traficantes en malos cuadros, en hierba, en anfetaminas y, según alguien suponía, en diamantes, o lo que era más probable, en películas pornográficas. Os odio, os odio, o simplemente me aburrís, debía pensar, mientras recogí la horrible cabeza de fauno y la arrojé a la playa desde esa terraza en el cuarto piso, gritando qué era lo que le tocaba. Cuando volví a entrar en esas habitaciones llenas de niñatos tumbados por el suelo, tuve la impresión de que era un animal de otra especie, seguramente exterminable. No sentía ni la más lejana llamada de lujuria ni ninguna forma de convocatoria al placer; me parecía estar recorriendo las páginas de una zoología imaginaria. Después, nada más. Quién sabe cómo se ensamblarían los gestos y las decisiones que se coordinan con ellos. ¿Por qué esa Kerstin, que más bien me despreciaba, decidiría ocuparse de mí? ¿Qué haría, cómo se movilizaría?, en cualquier caso ¿qué diablos hacía en mi casa a las diez de la mañana, completamente vestida, como si acabara de llegar a una extraña oficina proponiéndome medicinas? Era realmente una lata; Kerstin era seguramente la más atractiva de las personas a quienes había visto en las últimas horas, pero era horripilante descubrirla como una enfermera. ¿Dime, amor, por qué diablos me trajiste aquí en este estado? Reconoce que me detestas. Los ojos claros de Kerstin me miraban desde un ángulo que ningún plástico sabe soportar. Miraban desde el ángulo de una moral convicta. Por fortuna, Degas le hacía compañía. Le ponía la cabeza en las rodillas, de modo que ella podía hablar sin mirar. Ése debió ser el momento de nuestras frustradas relaciones en que estuve más próximo a interesarla por mi vida y a convencerla de que no todo es tan práctico como parece, aunque ella no hubiera sido práctica, sino ética y cordial. Pero mis músculos eran fláccidos, mi sentido del equilibrio dudoso; no estoy ni siquiera muy seguro de que me acordase de mi nombre. Kerstin, mi amor, era ése un momento absolutamente siniestro. Ni siquiera se había cambiado de vestido y resultaba un poco ridículo verla vestida de seda en la luz filtrada de esa mañana de invierno, tan cenital y tan clara. Era muy evidente que de ahora en adelante no tendríamos más que relaciones corteses, ¿sabes, Kerstin, lo desagradable que es para un mediterráneo decir u oír decir «gracias por la última vez»? La «última vez» es la que precede a la próxima, pero en este caso no precede a ninguna. Es la última vez y harías bien en cambiarte; necesitas jeans y botas y seguramente tienes negocios. No me dirás de qué, ¿de anfetaminas, de películas porno o de diamantes? No es que me importe mucho, pero temo que eso te obligue a muchas conversaciones sórdidas. ¿Para qué carajo has venido a este país? ¿Qué piensas de Ute? ¿Pero sobre todo, qué piensas de que yo haya venido a embobarme en él? El que sea el mío, créeme, no parece un motivo serio.

No sé si el fin de semana era inmediatamente consecutivo. Empezó sin Ute, eso sí, y yo no habría vuelto a «El Paraigües» a comentar la fiesta ni a encontrar a ninguno de sus personajes. El sábado amaneció como si no tuviera nada que ver con el mundo de entresemana. Me senté en la terraza del «Garbí», gratificada con el generoso sol de invierno, como los demás clientes, como si acabase de llegar de la ciudad. Alguien me propuso que fuéramos a casa de Muñoz Suay, en cuya terraza no se notaba el viento y se tenía la impresión de estar en un día de verano. Ahí estaban Barral y algunos de esos amigos suyos que confundo, además del propio Muñoz y de los Muchnik. Estaban inventando un viaje que no tenía otros motivos particulares que el hecho de que Barral iba a asistir a una reunión en Siena, una reunión de poetas o sobre poesía española, a la que le invitaban. Muñoz Suay proponía que aprovechásemos la ocasión, aunque no quedaba muy claro en qué consistía ese aprovechamiento y fuéramos a la Toscana embarcando un par de automóviles. Era verdad ¿cómo diablos lo sabría? que a mí podía interesarme en ese momento recorrer más que la Toscaca la Etruria, pero no era menos cierto que más bien me irritaba hacerlo con Barral y sus aduladores. Creo que fue Yvonne Barral la que me convenció, diciendo pestes de su marido. Mi presencia, sugirió, oscurecería la pedantería del poeta, que estaba seguramente convencido de lo que lo sabía todo acerca de la región y de sus florecimientos históricos. Su irónica teoría y un par de oportunas copas, me hicieron viajero sin ningún motivo y sin haberlo pensado antes. En realidad, yo tenía razones para viajar a Milán, donde Niké había organizado una exposición retrospectiva y antológica en sustitución de las desistidas muestras nórdicas. Milán era una ciudad tan fea y antipática que valía la pena pasar antes por la Toscana. Bueno, para mí, insistí muchas veces, no sería la Tostaca y el coñazo del Renacimiento, sino la Etruria. Seguramente ir personalmente a Milán haría un poco más rentable la muestra de Niké y la verdad es que empezaba a andar corto de dineros. Además, llevar a Ute a Italia sería un modo de restablecer una relación que se había, por lo menos, deteriorado. Y no estaría tan mal ver de nuevo unas cuantas parejas funerarias mucho mejores de las que yo podría inventar y claramente inspiradoras.

Se improvisó una comida, se hicieron cálculos y, a golpe de llamadas, Mario Muchnik estableció todos los detalles de aquel viaje que me había caído encima a menos de una semana vista. Detesto tomar decisiones rápidas, pero en general soy poco capaz de resistir a las que los demás toman por uno. Yvonne Barral fue la única, creo yo, que comprendió que mis motivos para añadirme o no a la excursión sienense eran complejos e inseguros. Mientras los demás seguían tomando café y abominables licores folklóricos, me propuso que diéramos un paseo y tomásemos alguna otra copa seria en otra parte. No me ocultó que su marido estaba últimamente insufrible, que bebía mucho, escribía mal y se había vuelto insoportablemente agresivo. Me dijo que sería incluso útil que frenase yo con mi presencia su estúpida manía de teorizar y de intentar explicar a los demás que todo lo que creían saber sobre las civilizaciones etruscas, latinas y renacentistas eran inaguantables paparruchas. Estaba tan comunicativa y simpática que le conté la historia de Ute en la fiesta de Ernest. El tono de mi relato debía ser el más convencional y distante de los que permitían abordar la historia sin cargar las tintas de la ironía, pero no se dejó engañar por eso. Me dijo, mirándome a los ojos, que había caído en la trampa de los amores seniles, que son mucho más peligrosos porque nunca se confiesan y porque, en el fondo, uno se juega prestigios, que por ser últimos, no son reemplazables. No entendí muy bien, al principio, lo que me estaba diciendo, pero enseguida me di cuenta de que hablaba de alguna experiencia seguramente ajena, ¿habría sido el caso del poeta? Si se hubiera tratado de ella misma no lo hubiera expresado con aquella frialdad. Protesté que no había sentido hasta entonces ninguna ternura por Ute; afirmé que desde hacía muchos años no había sentido ternura alguna por ningún ser humano. A lo sumo por los perros. Recuerdo muy bien su mirada en ese momento. Nunca nadie me había desmentido de un modo tan rotundo y definitivo. Decidió que me convenía tomar otra copa y se puso a hablar de lo aburrido y mezquino que era el mundo de los intelectuales. Yo me sentía completamente derrotado. Era inútil que le explicase que yo no era un intelectual, porque ella no estaba dispuesta a admitir que no lo fuera un artista. O que fuera solamente eso. No llegó a decirlo con claridad, pero evidentemente pensaba que mi problema consistía en que en lugar de crear, pensaba todo el tiempo en cómo y por qué hacerlo. Dijo, al final, que me vendría muy bien ese viaje a la Etruria, ya había aprendido la diferencia, con gentes que creían en paparruchas o que, como su marido, se sentían obligados a afirmar sin descanso que las cosas no eran como parecían, lo cual, por supuesto, tampoco era muy inteligente. Si no hubiera estado ya rendido a la idea del viaje, la conversación con Yvonne me hubiera absolutamente convencido. Yvonne sabía que yo pensaba sobre todo en Ute y me dispensó su paciencia, yendo de bar en bar, hasta que le pareció que era la hora de «El Paraigües». Yo creo que no había estado nunca allí, pero parecía conocer a todo el mundo y conversó con todos con absoluta naturalidad, como si se hubiera emborrachado con ellos la noche anterior. Cuando llegaron Ute y la francesa se dedicó a esta última, hablándole de qué sé yo qué cosas que parecían recientes y comunes. Ute se quedó conmigo en silencio, dándole vueltas a un vaso sobre el mostrador, hasta que le pregunté si al día siguiente iría a casa y todo volvería a ser como antes. Sonrió y no dijo nada y yo salí con Yvonne, todavía rumbo a otras copas. Fuimos a su casa y no a la mía y encendió un gran fuego, alrededor del cual, al poco tiempo, se instalaron los futuros compañeros de viaje. Tontos y encantadores. Estaban muy felices con la idea de volver a ver a Donatello.

Pensándolo bien no me vendría mal ausentarme del pueblo sin volver a otras rutinas que ya había comenzado a olvidar. Ese viaje era una de tantas cosas en las que me metían las circunstancias sin darme tiempo a tomar una decisión. Era el mismo caso de la relación con Ute o de la escultura impuesta por Gerard. Sería cómodo, además, no tener que ocuparme de nada, ser traído y llevado sin necesidad de tener que hacer ningún tipo de cálculos ni tomar menudas providencias. Quedaban, sin embargo, cosas por aclarar. ¿Me convenía viajar con Ute o solo? Cuestión en el fondo poco seria porque ya se veía que acabaría viajando con ella. Otra cosa que no podía dejar de preguntarme era cuáles serían los motivos de los demás. El de Barral estaba claro, aceptaba una invitación y asistía a una reunión que tal vez le interesaba. Pero ¿los demás? Muchnik y Muñoz Suay hablaban sobre todo golosamente de cocina italiana y de vinos. Yvonne parecía tener sed de paisajes. Juan Marsé no estaba seguro de querer ir. No estaba seguro tampoco de que el asunto realmente le interesase. Se hablaba de enrolar a otros en la expedición. A mí, realmente, empezaba a parecerme demasiados y me intrigaba, como digo, la cuestión de los motivos de cada cual. Nunca entendí muy bien el deseo gratuito de viajar que, en cambio, casi todo el mundo confiesa.

Había un motivo y debía habérmelo hecho sospechar mi conversación con Yvonne aquella tarde. En las largas horas que pasamos en la cubierta del ferry, misteriosamente detenido a la vista de Génova, otra larga y abierta conversación me lo aclaró todo. Se trataba de una amplia conspiración para sacar a Barral de un bache, de un estado depresivo y de neurosis alcohólica en el que tenían que ver el estado de sus negocios y el abuso de sus personajes. En la conspiración intervenía también un amigo psiquiatra, Mariano de la Cruz, el poeta Jaime Gil de Biedma, a pesar de que no pareciese la persona indicada para recomendar morigeración a nadie, algunos colaboradores de Barral en la editorial y numerosos amigos dispersos. Se trataba de romper sus círculos obsesivos, sacándolo de sus hábitos y sin abandonarle solo, en cambio, a los peligros de una borrachera ininterrumpida movilizada por el deseo de brillantez. Algo así como un intento de distraerlo en compañía. Por lo visto la situación relativamente crítica de Barral Editores, su segunda editorial, en manos de un capital mayoritario poco paciente y flexible y administrado por personajes muy antitéticos y, por otra parte, una agonía financiera precipitada por los manejos poco afortunados de algunos de sus más próximos colaboradores, le provocaban una situación depresiva de la que no parecía fácil sacarle y que le empujaba a los excesos alcohólicos y al abuso del encanto. Parece que no escribía nada o casi nada, lo que retorcía las cosas en el peor sentido y que se había encerrado en un diminuto mundo social del que sólo le apartaban las relaciones profesionales, es decir, editoriales, cuyas obligaciones asumía cada vez con mayor desgana. Se trataba pues de procurar que sospechase que el mundo no era tan pequeño y capsulado como se empeñaba en creer y de devolverle, dentro de lo posible, a un talante natural. Yvonne no creía que todo eso fuera tan fácil como aseguraban algunos de los cordiales conspiradores, pero creía que valía la pena probarlo y, además, a ella también le apetecía el viaje.

Efectivamente no hice nada y ni siquiera recuerdo mi rapidísimo paso por la ciudad hasta la estación naval y apenas el buque y las autopistas italianas. Ute parecía felicísima, desbordaba curiosidad, hacía preguntas, afirmaba que quería llegar hasta Roma, única ciudad del país que conocía. Enseguida se vio que se llevaría muy bien con Yvonne, así como con Barral y con Muñoz Suay que coqueteaban descaradamente con ella y no así con Nicole, la mujer de Muchnik, que ejercía sobre ella una actitud de suficiencia que la pobre debía interpretar como castigo de su etnia alemana. Al llegar a Florencia yo ni siquiera había comprendido si se trataba de instalarnos allí o en Siena. Por fin se aclaró que se trataba de hacer allí un alto de un par de días, después de los cual los Barral se irían a Siena y quizás los demás también, pero de visita y luego se trataría de recorrer la Toscana con base en la capital medicea. Yo protesté que mis planes no eran exactamente los mismos y que a mí lo que me interesaba, como ya había dicho, era la Etruria, de manera que mis puntos de destino serían Volterra, Cerveteri, Tarquina y esos sitios, lo cual me obligaría a alquilar un coche y a hacer mis propias rutas, lo que no impedía que nos encontrásemos frecuentemente. Pero de momento estábamos allí, en la ciudad empalagosa, y sería muy difícil que no la anduviésemos en grupo de iglesia en iglesia, de palazzo en palazzo y de museo en museo. Tampoco me vendría mal, aunque malditas las ganas que tenía, tropezarme de nuevo con el gigantón de Cosimo o el afeminado cruzado de Donatello mirando insolentemente al paseante desde las paredes del Or San Michele. Además Ute era realmente alemana y ya se había comprado una guía que pensaba seguir, seguramente, poniendo cruces en lo ya visto y angustiosas llamadas en lo todavía no descubierto. Como primera muestra de independencia afirmé que emplearía la primera mañana en una visita a la colección Stibert, una armería que está en las afueras de la ciudad y que seguramente no interesaba a nadie. A Ute no, no le interesaba en absoluto, dijo que detestaba las armas. Barral afirmó que la conocía. Los demás no dijeron nada, pero seguramente pensaban que lo de amar las armas estaba mal. Con gran sorpresa mía, Ricardo Muñoz Suay se empeñó en acompañarme. Puso como condición única que, a cambio de la visita minuciosa a la armería, que era lo único que a mí me interesaba, le acompañase a dar una vuelta por las salas de muebles y curiosidades. Su guía, él también había comprado una, le había interesado por el curioso personaje que fue el coleccionista y por su relación con la ciudad. El irónico valenciano me sorprendió mucho aquella mañana. Se interesó mucho por las armas, cosa más bien rara, estableció una relación cordial y espesa con el único guardián de la inmensa casa y me pidió explicaciones muy técnicas y precisas sobre las cosas más impensadas. Y también me habló de Barral. Me dijo que la idea de haber venido a esta casa seguramente había frustrado al poeta, apasionado de las armas antiguas, que se habría sentido robado en un derecho largamente adquirido, en una forma de superioridad que ahora, acaso, tendría que alimentar clandestinamente, viniendo aquí a escondidas, dijo riendo. Pero lo más sorprendente era la inmensa ternura que aplicaba al caso del deprimido poeta, al que en la vida corriente, en la relación cotidiana, vapuleaba con sus chanzas y murgas. Creía realmente que había que hacer lo imposible para sacarlo de esa peligrosa espiral en la que había entrado y devolverle unas ganas de vivir que evidentemente estaba perdiendo y que en gran parte había perdido irreversiblemente. Según Muñoz, más que los problemas económicos de su editorial y los temores en los que le envolvía esa situación de agonía, lo que influía en su estado era el sentimiento de catástrofe alrededor, el fracaso de sus relaciones con las gentes que le rodeaban, a quienes siempre, de un modo vicioso, había hecho excesiva confianza y que acababan devorándole o minándole la fe en sí mismo. Eso ocurría desde los tiempos antiguos, desde los tiempos de Jaime Salinas, ¿yo lo había conocido? Por otra parte, a Barral le hubiera convenido poner más distancia entre su personaje y su actividad profesional como editor, algo de lo que curiosamente él parecía ser consciente, pero no conseguía llevar a la práctica. Las anestesias de la vida profesional, en gran parte venenosas, lo esterilizaban como escritor y de eso sí que era plenamente consciente y eso estaba en la raíz de todos sus males. Tenía muchos amigos pero muy pocas grandes amistades y resultaba muy difícil, con la mejor voluntad, ayudarle. Ahora bebía de un modo desmedido, más neurótico que glotón, y él no creía que estuviese alcoholizado. Me preguntó por mis relaciones con el personaje en los años de la infancia y de la adolescencia y no le sorprendió mucho que le dijera que casi siempre nos habíamos llevado muy mal, que hacía pocos años que nos tolerábamos y poquísimos, los muy últimos, eran de amistad, aunque no demasiado íntima. Yo había admirado en tiempos la poesía de Barral, pero a él nunca le había interesado mi pintura y aún menos mi escultura. En realidad, Barral era un teórico al que le interesaban muy pocas cosas de verdad y siempre por razones misteriosas, pero últimamente le había tomado afecto. Aunque no veía muy bien cómo, procuraría colaborar en esa operación de salvamento que comenzaba a sospechar que era lo que nos había traído a este país. Muñoz sonrió y dijo que él no creía que hubiese nada particular que hacer, sino dar la impresión de compañía y crear un clima de camaradería que desdibujase los abismos. Claro que Barral se iba a Siena y quedaría allí bajo la influencia de otras gentes.

Volvimos dificultosamente a la ciudad, a esa ciudad de afueras tan mal comunicadas, en casuales autobuses que había que tomar a tientas y esperar largamente en desiertas esquinas, y llegamos un poco tarde a la cita en un céntrico restaurante, de esos que figuraban en las guías de los más conspicuos. Estaban allí todos, menos Juan Marsé que debía de haber llegado aquella mañana y del que no se sabía nada. Barral, en quien no podía dejar de fijarme especialmente después de lo mucho que me habían hablado de él en las últimas horas, estaba efectivamente como ausente y distraído. No participó en las bromas que desde que llegamos había ido inventando Muñoz, en su papel de eterno provocador. Al cabo de un rato, cuando ya habíamos empezado a comer y como si despertase de un sueño, dijo que estaban en la ciudad los poetas Gil de Biedma, Ángel González, Caballero Bonald y Ángel Valente y que se sospechaba que también el multifacético crítico Josep M.ª Castellet y que proponía para aquella noche una velada de literatos alcohólicos y maledicientes. Él se iría con ellos al día siguiente a Siena. Yvonne no; ella se quedaría un par de días más en la ciudad. La idea no era mala; los poetas viajeros eran amigos de casi todos y juntos podrían resultar divertidos, pero yo ya había dispuesto de aquella noche. Había aceptado acudir a una cena a casa del pintor Guido Cerni, en Fiesole, en la que, no me importaba confesarlo, encontraría gentes seguramente mucho más aburridas y que hablarían sobre todo de dineros y marchantes. Recomendé a Ute que se ahorrara esa cena y se fuera con los poetas.

Esas comidas grupales en viajes sin programa ya se sabe que reclaman siesta y anulan las horas de la tarde, así es que volvimos al hotel en rebaño. Yo no tenía sueño y me quedé un rato precisamente con Barral en el bar del hotel. Le pregunté por sus negocios, como si realmente no tuviera ninguna noticia y me sorprendió que hablase de ellos con gran realismo. Luego hablamos de lo que estaba escribiendo, un tomo de memorias, dijo, que no le provocaba ningún entusiasmo. Ese terreno de la conversación era peligroso para mí porque evidentemente él iba a fingir interesarse por lo que yo hacía y por lo que me pasaba en el plano de la creación, asunto acerca del cual estaba muy poco dispuesto a dar explicaciones. Procuré desviar el tema otra vez hacia el campo de los negocios y le dije que como aún me quedaban dineros de la liquidada galería y telas por vender, no tenía ninguna prisa por producir obra nueva y podía permitirme una especie de vacaciones más bien reflexivas buscando una etapa nueva que me pareciese razonable. Todo lo que hacía no eran más que ensayos, todavía entretenimientos. ¿Y el monumento municipal?, preguntó riendo. No había tomado ninguna decisión sobre eso y era imprevisible el que un día u otro me pusiese a pensar en él. Me pareció que habíamos llegado demasiado lejos y pretexté un sueño que no tenía para retirarme. Le dije que nos veríamos en Siena, que me apetecía mucho ver a los viejos poetas, si bien poco sus mesas redondas sobre las enfermedades de la poesía contemporánea.

Ute, cubierta con un edredón, parecía dormir cuando entré en la habitación, pero se incorporó al oírme. Tenía una expresión ansiosa y tuve inmediatamente la impresión de que había estado meditando una confesión, que no podía referirse a otra cosa más que a su sorprendente relación con la hermosa Martine y que iba a hacer un esfuerzo notable para entrar en materia con naturalidad. Le facilité mucho el camino, adelantándome al asunto y dando desde el principio la impresión de que no me parecía importante. Quedamos en que algún día me contaría esa historia con detalle. El breve diálogo la había transfigurado. Sus facciones se relajaron y parecía invadida por una sonrisa de agradecimiento. Entonces hice una cosa que me había propuesto seriamente no hacer tiempo atrás, cuando el asunto me preocupaba. Le dije que ya que estábamos en el terreno de las confidencias acerca de asuntos posiblemente poco importantes por qué no lo extendíamos al de los asuntos realmente más misteriosos; que lo que me gustaría era que me contase su versión del suicidio de Sam. Me había desnudado y tendido junto a ella con una pipa encendida y una copa recién servida en el minibar, decidido a escuchar con aire un poco distraído, de manera que la condicionase lo menos posible. Habló durante unos minutos muy confusamente acerca de los negocios de Sam. Parecía no saber nombrarlos y tal vez su francés no daba para tanto. A pesar del papel que me había propuesto en la conversación, tuve que interrogarla. Intuía que se trataba de drogas, pero, de qué tipo de drogas y cuál era el papel de Sam en todo eso. Se trataba de un serio asunto de exportación clandestina de anfetaminas. No solamente de exportación clandestina, sino de fabricación clandestina y en cantidades importantes, en el que estaba implicada bastante gente residente en el pueblo y en la comarca y gente en Holanda, los compradores y distribuidores. Precisamente el papel de Sam era ése, el de vendedor a los holandeses. Por eso hacía frecuentes viajes. Pero que ella supiera no ganaba con eso mucho dinero, lo debían ganar otros. ¿Quiénes? Ella no lo sabía. ¿Ricart, el socio, estaba implicado en eso? Me miró con terror. Creía que no, los negocios de Ricart con Sam consistían en compraventa de cuadros y antigüedades y alguna vez de automóviles de segunda mano, cosas que no creía que fuesen ilegales. ¿Y ella, sabía todo eso desde el principio de su relación con Sam? Sí, pero no creía que fuera grave. ¿Había intervenido alguna vez en esos viajes de transporte clandestino? En ese momento me miró todavía con más miedo. Sí, un par de veces había llevado maletas de mercancía a Holanda. ¿La conocían los compradores holandeses? Sí, unos amigos de Sam que vivían en Rotterdam. Pero, bueno, ¿por qué se había suicidado Sam? Había tenido lugar una investigación en Holanda, había intervenido la Interpol y habían detenido a varios de los compradores. ¿A los amigos de Rotterdam también? No, creía que no, no lo sabía. Pero Sam se sabía al descubierto. Se debió asustar y se mató. Le dije que no me parecía muy claro. Además, no todo terminaba en Sam. Si había intervenido la Interpol, también intervendría la policía española y estaban en serio peligro los fabricantes en Cataluña. Había gente muy influyente entre ellos, me dijo. No le dije yo que probablemente los tiempos habían cambiado, porque no me dio tiempo y empezaron a brotarle las lágrimas. Le pregunté si había estado muy enamorada de Sam. Con una mirada muy clara y evidentemente sincera, me dijo que no, que le había tenido afecto. Por decir algo le dije que eso era lo único que me importaba y le acaricié el cuello. Le dije que me interesaba, de todos modos, saber una última cosa: ¿Sus actuales negocios con Ricart, o lo que quedaba de ellos, tenían alguna relación remota con el asunto de las anfetaminas? No, en absoluto. Se referían exclusivamente a la liquidación de objetos que habían sido propiedad de la sociedad entre Sam y Ricart. Hice lo posible para explicarle que no tenía por qué preocuparse pero que le convenía cuidarse de la excesiva relación con las gentes que hubieran podido tener algo que ver con aquel lamentable asunto. Yo no quería saber quiénes eran, pero seguro que ella tendría sus sospechas y más valía que los evitase, porque tarde o temprano el asunto estallaría en el pueblo. Ahora, le dije, intentando ser gracioso, aunque no hubiera escultura, ella era modelo de escultor.

Ute fingió adormilarse acurrucada en mi flanco mientras yo seguía chupeteando la pipa. Se me hacía tarde y tenía que pensar en ir a Fiesole. Los horarios italianos eran casi suizos, molestísimos.

O el taxista era un fresco, un napolitano trasterrado, o la casa de Cerni era dificilísima de encontrar. Nadie sabía del maldito Viale. Finalmente, no era un viale, sino un camino en el flanco de la colina que da la espalda a Florencia, a lo largo del que se insinuaban entre la arboleda casas muy distanciadas. No había números. ¿Cómo dar con la del pintor? Por fin, en un recodo había una verja con el número buscado, el único en todo el camino. Desde la verja abierta, un sendero entre cipreses llevaba a la pequeña villa de fachada más bien espectacular. En la pared entre las aberturas, figuraban numerosos *stemme* con emplumados yelmos, indirectamente iluminados, y, frente a la casa, en el centro de un pequeño estanque, había un Poseidón de bronce de tamaño natural, seguramente reproducción de uno hacía pocos años encontrado en las aguas del Pireo y muy solemnemente instalado en el Museo Nacional de Atenas. Me abrió la puerta una mujer encantadora, la esposa o la mujer de Cerni, elegantemente vestida y con fuerte acento lombardo. Era el último en llegar. Me presentaron a un matrimonio norteamericano de edad madura y maneras refinadas y me dijeron, señalando a una persona que estaba de espaldas, sentada hojeando un álbum: a Ángela ya la conoces. La reconocía, pero ¿quién era? Una mujer joven y sonriente, atezada por un lejano sol veraniego. Ella me ayudó. Era Ángela Álvarez, a quien había conocido hacía algunos años en México, cuando era estudiante de bellas artes. Ahora era escultora, dijo, y muy profesional. Le dije que a mí más bien me parecía modelo de escultor y la besé afectuosamente en las mejillas.

Cerni quiso enseñarme la casa, llena de curiosidades. Tenía una colección notale de *pupi* napolitanos, no de los sicilianos vestidos de armadura, sino de los disfrazados de rufián. Había también estupendos maniquíes de madera, verdaderas esculturas articuladas y notables cuadros de amigos. Un Gutuso inmenso, ocupaba un paño de pared. Tenía un saloncito lleno de cuadros propios, curiosamente todos de la misma época, de un período del que yo no recordaba nada y que no se parecía en absoluto a sus últimas etapas, claramente ausentes de las paredes. Eran cuadros que recordaban, por lo menos en la intención, al más clásico Paul Klee, con fondos afranjados sobre los que destacaban figuras esquemáticas, en el caso de Cerni, de un cierto esquematismo oriental. Le pregunté que por qué guardaba cuadros de una sola época y me dijo sonriendo que eran de la única etapa de su biografía de la que se sentía seguro. También me dijo que el matrimonio yanqui, cuyo apellido yo no había entendido, eran famosos coleccionistas y que después de la cena tendría que llevarlos al contiguo estudio donde entre nosotros, dijo no había nada interesante que ver.

El aperitivo era muy circunspecto, de campari y amaros en vasitos y tuve que proclamar mi condición de alcohólico para que me sirvieran tragos largos. La cena excelente y aburridísima. Se habló largamente de Matisse, de quien el matrimonio poseía nada menos que cinco telas de mediano tamaño. Me pareció sospechoso y estuve a punto de cometer la impertinencia de preguntar si estaban seguros de que todos eran auténticos. No lo hice y Ángela se dio cuenta de los peligros de mi expresión y me dirigió desde el otro extremo de la mesa una mirada de complicidad. Después de cenar se siguió hablando de pintores famosos que tenían alguna relación con las colecciones de los señores Rossenblat, como creo que se llamaban, hasta que Cerni pidió permiso para enseñarles el estudio, sin invitarme a que les acompañara, lo que le agradecí. La señora Cerni se puso en ese punto locuaz, contando cosas terribles de los coleccionistas y de los marchantes, hasta que volvieron. Entonces inicié un aparte con Ángela, preguntándole qué hacía allí. Estaba en Roma con una beca, que justamente terminaba dentro de poco y cuyo precio era una escultura de encargo de una institución de Monterrey. Había venido a Toscana a buscar un bloque de alabastro rosado, que ya había localizado en un almacén de piedras de Volterra, en donde residía desde ayer, mientras esperaba el bloque prometido. ¿Por qué alabastro rosa? Ahora hacía una escultura de formas muy insinuadas y necesitaba materia muy luminosa. Si nos volvíamos a ver me enseñaría el proyecto de la beca. Era una pieza mediana que ya tenía muy pensada. Arrastrado por la conversación le conté la historia de mi grupo funerario y de la maldita piedra del Romeu y ella me aseguró que el almacenero de Volterra me podía proporcionar la materia ideal. Le dije que no estaba en absoluto dispuesto a pagarla de mi bolsillo, pero ella estaba segura de que en esos casos el cliente, aunque fuera gratuito, se hacía siempre cargo de la materia. ¿Por qué no me iba con ella a Volterra esa misma noche y veía las posibilidades que me ofrecía ese almacén de piedras, uno de los más importantes de Italia? Aquí, no creas, no todo es mármol de Carrara, como demuestra la Historia. Seguimos hablando de piedras y cada vez más tentado, no sé si por sustituir la piedra del Romeu o por la misma Ángela, decidí ir a Volterra y llamé por teléfono al hotel florentino, dejando el recado de que no regresaría hasta el día siguiente por la tarde, ya que Ángela me había dicho que ella volvería a Florencia una vez comprobada la existencia de su bloque nacarado.

La velada no se prolongó mucho más; ni los americanos ni los Cerni eran nocturnos. A bordo de su viejo y rugiente *cinquecento,* Ángela me contó muy espontáneamente sus experiencias de los últimos años, su paso de la escuela a la profesión, el catastrófico final de sus relaciones con un novelista cuyo nombre no dijo pero que reconocí, con el que había vivido algo más de un año y la escasa utilidad de sus meses de residencia en Italia. No quería volver a Méjico por ahora y había pensado instalarse precisamente en España, en Barcelona, donde tenía amigos, ¿qué me parecía? ¿La ayudaría a encontrar un estudio cómodo? Ella no trabajaba grandes piezas y no necesitaba un instrumental complicado. Con cierta precipitación, le dije que mientras no encontrase otra cosa podía compartir mi estudio en la costa. Sonrió, evidentemente satisfecha.

En el hotelito de Volterra, casi en la plaza del castillo, Ángela disponía de una habitación con dos camas, así es que me quedé con ella, quien consideró, sin embargo, que no era cosa de pasar la noche en juegos y, aunque espléndidamente desnuda, me dio unas buenas noches muy corteses que no dejaban lugar a dudas.

Hablamos todavía un poco de cama a cama y me dormí pensando que Ángela, hija de españoles y criada en la provincia mejicana era lo que era por unos años de residencia en California, que la habían marcado con cierta ingenuidad y frescura, como a muchas americanas de su generación, gracias a una efímera filosofía de la felicidad y a una ética muy simple que cruzó como un relámpago por las universidades de la costa oeste, pero que habían sido lo bastante intensas como para definir la manera de ser de por vida a las gentes que vivieron esa mínima revolución moral.

Por supuesto, encargué la piedra, pagué a riesgos de no recuperar el dinero y la facturé al ayuntamiento del pueblo. Escogí una materia muy parecida a la del Romeu, algo más ocre y seriamente consistente. Eterna, decía el vendedor. Le dejé las medidas exactas y la distancia precisa de la división en dos bloques, lo que, una vez más, me comprometía con algo que no había decidido, en este caso con el proyecto de las dos figuras, tal como había nacido en los primeros bocetos. Esa tarde sí, la dedicamos con Ángela a la felicidad, en su habitación de dos camitas y en agotar los encantos de Volterra y no volvimos por la noche a Florencia, con la excusa de que a mí me interesaba dedicar la siguiente mañana íntegramente al museo, donde incluso tomaría notas, lo que nos regalaba una noche de asueto y, tal como ella era, de erotismo infantil y desenfadado. Fui muy feliz en Volterra y bebí poquísimo. Ángela es rigurosamente abstemia.

No tenía la menor intención de renunciar a la compañía de mi nueva amiga durante los días que me quedase en la

Toscana. Eso, pensaba, cuando llegábamos a Florencia al anochecer del tercer día, me crearía incomodidades no sólo con Ute, sino con mis compañeros de viaje. Todo estaba justificado, pensaba. Había cambiado de piedra.

Capítulo IV

Llegué al pueblo varios días después del regreso de Ute, en realidad después del primer fin de semana que había reunido de nuevo en el «Garbí» a la mayoría de mis compañeros de viaje. Mi estancia en Milán se había prolongado más de lo previsto. Había sido útil. Niké había vendido algunas piezas en buenas condiciones y establecido un compromiso muy aceptable con un marchante local, convencida pese a mis repetidas e inescuchadas protestas, de que estaba entrando en una época de fecunda invención. Había ido a Milán con Ángela, que pensaba quedarse allí hasta el final de su estancia en Italia y que conocía mucho mejor que yo el mundillo artístico lombardo, sobre todo el de los jóvenes artistas, entre los que gozaba de gran consideración, seguramente más por causa de su evidente atractivo y de su exotismo que por el reconocimiento de una obra que allí nadie conocía. Ángela consiguió que yo tuviera la impresión de que el círculo de gentes en el que nos movíamos tanto Niké como yo y, sobre todo, los dos juntos, estaba desfasado y definitivamente envejecido. No sólo el de los artistas plásticos. Barral me había puesto en manos de una editora muy amiga suya, Lisa Morpurgo, directora de la Longanesi, novelista y astróloga, a quien él llamaba *la strega,* quien además de hacerme el horóscopo me metió en un vertiginoso mundo de cócteles y cenas de editores y escritores. En una cena en casa de Alberto Mondadori, conocí a Giulio Einaudi, el maestro Barral, según él mismo, que se empeñó en comprarme un dibujo que, naturalmente, acabé regalándole. En esa cena estaba también un amigo de Valerio Riva, el germanista Nani Filipini, en cuya casa me amaneció y al que vi con frecuencia durante aquellos días, lo que echó por tierra mis propósitos de menguar mi dosis cotidiana de alcohol. Arbasino parecía ser el escritor de moda y se encontraba en todas partes, así como al poeta Edoardo Sanguineti, siempre flanqueado de mujeres espectaculares y del que se sospechaban concomitancias con grupos terroristas como en el caso trágicamente comprobado del editor Feltrinelli, cuya viuda, encantadora por cierto, tampoco faltaba en ningún guateque. Coincidía conmigo en la ciudad Italo Calvino, a quien conocía de París y a través de quien conocí a Manganelli, cuya conversación era imprescindible para orientarse en el laberinto de las penúltimas vanguardias. Porque también esas gentes, decía la *strega,* representaban en la literatura, como mis amigos los pintores, una etapa más bien conclusa y, en efecto, la coincidencia casual de cualquiera de ellos con los amigos de Ángela producía un inmediato efecto de imagen desenfocada. Lo pasé bien en Milán y aquellos días resultaron estimulantes y no sólo por los encantos y la ingenuidad de Ángela. Debió ser esa efímera manifestación de vitalidad la que convenció a la gorda Niké, que en realidad transitaba por otros caminos, de mi rejuvenecimiento artístico.

El encuentro entre Ángela y Ute, la noche en que regresé con esa última a Florencia, tras las alegrías de Volterra, fue cordialísimo y fundó instantáneamente una relación que a mí, de momento, me iba a resultar muy cómoda. Repartí los últimos días del viaje toscano entre la compañía de una y otra. Viajé a Siena con Ute y a Lucca con Ángela, a comprobar que la tumba de Eugenia del Carretto era una escultura medieval y totalmente antirrenacentista, contra lo que afirmaba Barral siempre enfermo de ortodoxia histórica. Luego, cuando llegó el momento de ir a Milán, Ute se fue a Roma y me habló varias veces desde allí por teléfono. Al regresar al pueblo, se había incluso ocupado del futuro alojamiento de Ángela, que llegaría unas semanas más tarde. Había dispuesto para ella la habitación más alejada de la mía, de la nuestra, y hacía insistentes bromas sobre mis futuros paseos nocturnos, en pelota, por escaleras y pasillos.

Curiosamente, en ese pueblo en el que nunca pasaba nada en esos meses de invierno, hasta la avanzada primavera, habían acontecido en esos pocos días algunas cosas notables. La más espectacular era la instalación, en un hotelillo normalmente cerrado en esa época, de una troupe de cómicos negros, más bien gente de revista o de show de sala de fiestas, que de pronto aparecían por la playa vestidos de manera estrafalaria y tocados de chisteras con estrellas y plumeros. Eran todos altísimos, ellos y ellas, y sus apariciones a deshora parecían verdaderas fantasmagorías. No hablaban con nadie, aunque alguna vez comparecían en grupo en «El Paraigües» y hacían monerías, con la generosa intención de divertir a los habituales derrumbados sobre sus copas reflexivas. A los pocos días de su estancia, murieron dos de los hombres, una pareja quizás, según parece por emanaciones de una estufa de gas en la habitación herméticamente cerrada. El entierro, al que casi todos nos asomamos, parecía un sueño de Jean Genet o una versión surealista de «*l'enterrement d'Ornans*». También Gerard, de quien al llegar encontré recado invitándome a cenar, para hablar, por supuesto, del cambio de material para el monumento y asegurarme que había tenido que convencer al Consistorio para que admitiese esa gasto imprevisto, de cuya aprobación, recalcó, se había levantado acta en el pleno municipal, andaba metido en una historia de negros. No se trataba de la hermosa sirvienta somalí, sino de una negra todavía más esbelta, una princesa hausa, me aseguró, llamada Amina, de la que había decidido tener un hijo. No conseguí entender las complicadas razones de tan extravagante decisión y ni siquiera intuir los lejanos motivos. Porque no se trataba de una cuestión erótica, o por lo menos, no era solamente eso, aunque Amina tenía un cuerpo extraordinariamente hermoso y lo movilizaba con increíble elegancia. Gerard me enseñó un plano de días y de horarios que le aseguraba el embarazo. Acostumbrado a criar caballos y perros de raza, aplicaba fríamente sus técnicas a su loco proyecto de mestizaje. Hoy, por ejemplo, me dijo la noche de la cena, probaré al amanecer, tras tomarle la temperatura. Por lo visto Amina estaba convencida de ser estéril, lo que tenía connotaciones mágicas en las que seriamente creía, a pesar de su fe musulmana. Leía y escribía el árabe, el árabe coránico, que conocía tan bien como su lengua natal y chapurreaba, en cambio, una mezcla de inglés y francés que hacía pensar en los piratas barrocos. Tenía una hermosa cabeza rematada en un tocado de trencitas, pero lo más notable de su figura era el cuello, tan largo y suave como musculoso y que forzaba a la admiración con independencia del resto del cuerpo, lo que a alguien como a mí no podía menos que recordarle los clásicos fragmentos de yeso que se copian en los primeros años de la Escuela. Iba vestida con una túnica corta de raro dibujo en negro y granate, que creo se llama bubú en el Senegal e iba descalza. Llevaba pesados brazaletes de oro labrado en una muñeca y un tobillo y un collar de cuentas de hueso en el escote casi total. No sonreía nunca.

Gerard lo había previsto todo para la sustitución de la piedra. Nueva demolición de la tapia del jardín e instalación de los nuevos bloques en lugar de los antiguos que los obreros se llevarían. Le dije que no, que prefería que los dejaran y que me servirían de material de prueba, ya que hacía tanto tiempo que no manejaba topos, mazas y escofinas. Y a lo mejor me quedaba una semirréplica en blando o quizás una contrafigura buena para interiores. Cada vez estaba más comprometido con el indecidido monumento.

No todas las noticias eran simplemente curiosas. La policía había expulsado del país a dos extranjeros más o menos relacionados con la gente de «El Paraigües» que, aunque no habituales de esa tertulia constante eran amigos de todos y habían tenido un cierto protagonismo en la fiesta de invierno de Ernest. Eran un holandés dueño de una discoteca y su amigo, un altísimo y fornido inglés barbudo. Intenté que Ute me dijera si tenían alguna relación con el asunto de las anfetaminas. Lo negó repetidas veces pero siempre de una forma rara, que parecía esconder algo, lo que me infundió la sospecha de que el asunto era mucho más complicado y que el tráfico de las anfetaminas no era más que uno de los aspectos de la república delictiva cuyo secreto parlamento sesionaba, aparentemente en silencio, en «El Paraigües». —¿Eran los expulsados amigos del difunto Sam? —Sí. —¿Muy amigos? —Sí, como de todo el mundo. —¿Y de ella? ¿Habían sido muy amigos? —Sí, el inglés había sido casi su novio cuando llegó a España. —¿Sabía por qué los habían expulsado, qué es lo que hacían, aparte de regir la discoteca durante la temporada? —No, negocios casuales, como todo el mundo. Era evidente que mentía y que sabía mucho más, pero también lo era que no diría nada. Como hubiera dicho el Dimoni, el viejo pescador, hacia ya rato que se estaba oliendo la tormenta, aunque los cielos estuvieran limpios de nubes.

La última de las noticias llegaría con el siguiente fin de semana. Barral se iba a operar del estómago y pasaría en el pueblo una convalecencia previsiblemente larga. La operación no era peligrosa, pero la recuperación no sería fácil. A él, de momento, ninguna de las dos cosas parecía importarle mucho. Incluso parecía más bien ilusionado. Creía que unos meses en el país, precisamente al apuntar el buen tiempo, le permitirían escribir con continuidad y sin ninguna otra preocupación y terminar el libro que tenía entre manos. Y alejarse de sus tensiones empresariales, quitarse la armadura de editor constantemente en el terreno del torneo y acuciado por sus impacientes capitalistas madrileños. La noticia tenía sus pros y sus contras. Conversar con Barral de vez en cuando tendría su encanto, sobre todo si la enfermedad lo debilitaba y le quitaba parte de su agresividad verbal y su irreprimible inclinación al equilibrismo intelectual y a pontificar sobre lo que ignoraba. La presencia de Yvonne, su mujer, sería, ésa sí, refrescante en ese mundo de mujeres indefinibles en el que me movía, aparte de que moderaría toda clase de excesos de su marido, incluso los de ridículo seductor, que ya había puesto de manifiesto en Florencia desde que apareció Ángela y que constituían, sin duda la parte menos divertida de su personaje. Lo único que parecía inquietar a Barral era el problema de la anestesia pero, no principalmente por el miedo a no despertar, sino porque se planteaba problemas casi metafísicos sobre la naturaleza de esa ausencia no temporal, decía, sino acrónica. Había escrito anticipadamente un par de poemas sobre ese asunto. Un par de poemas que me parecieron buenos, a pesar de que no se entendía muy bien acerca de lo que trataban. Por lo demás, hacía pormenorizados proyectos acerca de cómo serían sus paseos por la playa con bastón y con perro y de los que esperaba iluminaciones rilkeanas. Yo le dije repetidas veces que recordaba sin ninguna nostalgia los míos en la época de la doble cojera, al fin y al cabo hacía muy poco tiempo, y que las limitaciones físicas eran muy desagradables. ¿Por qué, si aparentemente no estaba más enfermo que de costumbre decidía de pronto extirpar una vieja úlcera gástrica con la que venía conviviendo desde hacía veinticinco años y con la que había llegado a acuerdos de coexistencia conyugal? Barral juraba que estaba harto de insomnios con las manos sobre el vientre y que, sobre todo, pretendía seguir bebiendo hasta el fin de sus días sin temor a las resacas dolorosas. Yvonne, más realista, aseguraba que la úlcera se había vuelto un problema grave y que dentro de unos pocos años, si no había hecho una perforación, sería ya de todos modos difícilmente extirpable. Afirmaba que lo de los insomnios dolorosos era bastante más serio y frecuente de lo que el poeta pretendía dar a entender y que el asunto, finalmente, tenía mucho que ver con las muchas neurosis que en vano disimulaba, incluida la dipsomanía. Que, en fin, todos a su alrededor quedarían más tranquilos con el poeta liberado de sus úlceras, ya que eran más de una. Últimamente creía haber descubierto que el vodka a palo seco le eliminaba las crisis de dolor, lo que frecuentemente le hacía beber mucho más de lo tolerable y aunque sus borracheras, cuando rebasaban la verbosidad disparatada desembocaban en un pacífico sueño, no eran por eso, a la larga, menos irritantes y desagradables. Lo peor de todo es que el poeta se creía brillante cuando bebía mucho y en realidad se ponía reiterativo y, si no estúpido, por lo menos muy pesado.

No me puse enseguida a trabajar al regreso de Italia, pero cuando lo hice, quizá al cabo de una semana, fue con intensidad y a horario de obrero. Hacía varios barros diarios, infinitos dibujos de caballete y comencé a manipular en serio la piedra blanca, decía yo que a título de ensayo, pero con la secreta esperanza de que haría con ella algo finalmente más interesante que el monumento. También hice algunas telas. Una de ellas era una figura, más o menos retrato de Ute sentada junto a una ventana, que recordaba mucho a Klosovsky, ese Balthus, maravillosamente lento y perfeccionista, y que a mí me parecía mejor que el maestro. Para parecer más Balthus, la dejé voluntariamente interminada y la coloqué sobre la cornisa del armario que había en mi habitación, de manera que era lo primera que veía, si había un poco de luz, cuando abría los ojos por la mañana. Una de esas mañanas, o quizá era el despertar de una breve siesta, en una jornada en la que había trabajado mucho desde temprano, me pareció que uno de los ojos se movía. Se movía, realmente. Durante lo que me pareció largo rato estuve viendo oscilar la pupila. No era un efecto óptico, era absolutamente cierto. Me entró un ataque de terror y empecé a sentir un sudor frío. Se trataba de una mosca que tardó sencillamente mucho tiempo en abandonar la posición que la hacía coincidir exactamente con la pupila del ojo. Comprendí que nunca debía terminar ese cuadro y que debía dejarlo donde estaba indefinidamente, pero ese terror que se manifestaba en forma de breves mareos se reprodujo con frecuencia y empecé a sospechar que estaba enfermo. El sudor y la pupila con mosca habían sido pura coincidencia. Lo supe casi enseguida.

Además de trabajar mucho, lo hacía con orden, contra lo que siempre ha sido mi costumbre. Programaba con mucha precisión la tarea de toda la jornada, archivaba los dibujos según una lógica muy complicada, pero que respondía a su función y preparaba con orden las escayolas de las distintas figuras que irían constituyendo un testimonio del proceso de una idea perseguida. No sólo la del monumento, sino la de la contrarréplica. También hacía, por higiene, ejercicios completamente marginales a esa cuestión principal. Las carpetas se iban llenando de dibujos de varia lección y los barros se amontonaban en los rimeros del que había sido comedor en la planta baja. Esa habitación se había hecho profundamente desagradable en su vacuidad incompleta, violada por algunos trastos testimoniales de su decoración antigua que le daban aspecto irritante de trastienda, de manera que yo procuraba no pisarla y era, en cambio, un dominio de Ute.

La memoria de ese período de actividad inmediatamente anterior a la llegada de los Barral es compacta y casi únicamente referida a las indecisiones y vaivenes del proyecto del monumento y al inicial entusiasmo con que ataqué el esculpido de lo que yo llamaba la réplica, aunque cada día tuviese menos relación con la otra, no comenzada talla. Era no sólo entusiasmo a causa de las incidencias de un continuado acto de invención, sino un gratificante sentimiento de satisfacción artesana que me producía el reencuentro con los instrumentos elementales y las técnicas del oficio. Como si estuviera de nuevo en la Escuela y tuviera la sensación de aprender bien y de prisa.

Frecuentaba apenas «El Paraigües» y casi perdí el contacto con la chismosa sociedad de sus larguísimas tardes. Durante los tres o cuatro fines de semana que transcurrieron, a pesar del excelente clima, tampoco dejé correr mi tiempo sin medida en la terraza del «Garbí», como los meses anteriores y, aunque las gentes del sábado y domingo me visitaban, tampoco estaba muy al corriente de sus asuntos. Supe que Barral se había operado, que todo había ido bien y que llegaría dentro de unos días. Mi relativo aislamiento, sin embargo no constituía una sana enmienda de costumbres. Seguía bebiendo mucho, en casa y en bares solitarios, sobre todo por las noches. Los mareos que había empezado a notar al regreso del viaje se habían hecho más frecuentes y tenía la sensación de que el alcohol los disipaba. El médico Rotés confirmaba esa posibilidad desde el supuesto de que los mareos se debían a intermitentes caídas de la presión sanguínea.

Desde mi posición retirada, me enteré con retraso de días de lo que durante muchos fue el acontecimiento local. Habían dado una seria paliza a Ricart, según parece, una noche a la puerta de una discoteca. Debió ser un viernes, ya que, las noches del viernes y el sábado eran las únicas de la semana en que abrían esos establecimientos, algunos, no todos, durante el invierno y sábado no era porque ninguno de los noctámbulos sabatinos del «Garbí» lo había presenciado o lo había sabido directamente. Por lo visto había sido bastante temprano, a la hora de abrir el local o poco después y no quedaba claro si Ricart estaba en el establecimiento y salió a la calle con los agresores o si éstos le aguardaban en la puerta. Dos holandeses y un inglés. Ute los conocía pero a mí sus nombres no me decían nada. No vivían en el pueblo, pero lo frecuentaban ¿no me acordaba? Uno de ellos era inconfundible, fornido, casi pelirrojo, con barba y un aro en la oreja izquierda. Pero no. Yo no recordaba ese personaje de comic y, probablemente, no lo había visto nunca. Si era tan pintoresco como me lo describía, no lo hubiera olvidado. Ute decía ignorar las razones de la paliza, pero suponía que era por negocios, por deudas incumplidas. No eran negocios en los que ella tuviera parte; las actividades de Ricart eran muy variadas. No, ella no tenía nada que ver ni el difunto Sam tampoco. Serían cosas de Ricart con otras gentes.

El herido tuvo que ser hospitalizado en Tarragona y Ute fue a verle un par de veces. También tuvo que hacer una declaración de trámite en el atestado policial. Los agresores, denunciados, no habían vuelto, evidentemente, por el pueblo, pero no se sabía si habían sido detenidos. Lo de Ricart no era grave, pero había sido seriamente magullado. A pesar de haberlo visto en el hospital, Ute no sabía si, además lo habían herido con arma blanca.

El incidente de Ricart transformó el talante de Ute durante bastantes días. La notaba fría y distante y, aunque no se me hubiera ocurrido llamarlo así entonces, preocu-

pada. En la intimidad estaba como distraída, pero lo más
notable era que estaba menos colaboradora en el trabajo,
menos atenta a sus escayolas y menos dispuesta a posar.
Incluso, sin ninguna explicación, dejó de comparecer alguna
mañana o alguna tarde, o quizás un día entero. En alguna
copa de paso en «El Paraigües» noté algo extraño en aquella compañía habitual. Estaban todos como recelosos. O no
me había dado cuenta antes de lo mucho que Ricart, o cada
uno de ellos, les importaba.

La llegada de Ángela, la de los Barral para instalarse
en el pueblo y la primera ausencia de Ute se produjeron por
las mismas fechas y en un orden que no podría restablecer
ahora. Ángela y Ute coincidieron un par de días en la casa,
pero no sé si, cuando llegaron los Barral, Ute ya se había
marchado. Fue un viaje precipitado, a Madrid, dijo, que
venía a coronar un período de rarezas y de actitudes sospechosas. El motivo del viaje era el de efectuar unos trámites, apoyados por amigos bien relacionados, para la ob-
tención de la tarjeta de autorización oficial de residencia,
que de otro modo debería solicitar en la cabeza de partido,
acompañando la solicitud de unos certificados y avales de
buena conducta extendidos por las autoridades locales, de
cuya actitud hacia ella y hacia sus amigos desconfiaba seriamente. Se quedaría unos días, no sabía cuántos, aprovechando la invitación de esos amigos influyentes que la pasearían
por Castilla. ¿Era interesante en esta temporada, al final
del invierno? Le dije que sí, que muy interesante, pero
que no encontraría mimosas florecidas como en la Costa
Azul, ni ninguna otra clase de árboles de los que pudiera
sentir nostalgia. Ni el verde de sus añorados deshielos. Le
dije que, de todos modos, se llevase mi vieja cámara e hiciera de japonesa persiguiendo monumentos por los seca-
rrales inhóspitos, lo que no le hizo gracia. Se despidió muy
afectuosamente, tras una cena privada en el puerto vecino
y tras haberme confiado a los cuidados de Ángela, quien
había empleado esos días de coincidencia en instalarse una

habitación estudio muy de estudiante de la costa oeste. Se veía venir que sería por poco tiempo, porque Ángela confesó enseguida que el lugar no le gustaba nada y aún menos las gentes que tropezó un par de veces en «El Paraigües» y que le parecía asombroso que yo frecuentara. A los más constantes clientes del «Garbí» ya los había conocido en Italia y a los Barral, con quienes se llevó muy bien desde el principio, también. Así que se encerró en la casa y sus alrededores, dispuesta a una vida muy privada y laboriosa que no parecía perjudicar su jovialidad ni su generoso y afectivo sentido de la compañía, incluso por las noches, pero evitando todo amago de regularidad en la relación.

Barral, recién dado de alta —había pasado dos o tres días en casa antes del viaje—, llegó bastante fuerte y aunque pasaba muchas horas tendido o, según él, trabajando en su habitación, me visitaba con frecuencia. Aún no habían llegado los días que se prometía felices con largos paseos con sus perros, en plural, ya que además de la vieja alsaciana había traído un perro nuevo, un espléndido cachorro negro. Se desplazaba poco —me hizo acompañarle al puerto a comprobar el estado de su famosa barca— y era su mujer quien le llevaba al más vecino hospital para las curas postoperatorias. Le veía a veces por la mañana, más bien al mediodía, antes del almuerzo, cuando salía a tomar el sol al acerón o a la playa, y generalmente a la caída de la tarde, cuando yo dejaba de trabajar y él aún no había comenzado, en visitas con copas —por mi parte— en su casa o en la mía. Cuando era en la mía, revolvía dibujos o comentaba cuadros y piezas, aunque sabía que eso me molestaba y más bien lo aceptaba con resignación. No negaré que a veces decía cosas interesantes y que tenía una extraordinaria memoria visual que le orientaba certeramente en el mundo de las semejanzas y de lo que él llamaba influencias inconscientes. Una de esas tardes, abrió una carpeta de dibujos antiguos, probablemente anteriores a las sesiones de pose de Ute, de cuando el modelo principal era Degas y se detuvo en un estudio muy detallado del perro sentado, de tres cuartos, en el que había una tarjeta prendida con un clip. Estaba escrita por Ute, sin firma y con fecha de pocos días antes de su partida. Decía textualmente:

«...wessen Kreaturen, reiner, schöner als Menschen ... aus leuchtenden Farben und prismatisch aufgesplitteren Strukturen oder rund-organisch schewellenden Formen erchuft...»

«*Der weise Hund*», Franz Marc
(unsprüglicher Titel «*So sicht mein Hund der Welt*», Marc Tiermaler

Era un extrañísimo mensaje. Figuraba que Barral y yo conocíamos el alemán bastante bien y nos pusimos a descifrarlo. Evidentemente se componía de dos elementos distintos. La primera cita, que leímos por fin dejando en la ambigüedad el sentido exacto de algún verbo, era un fragmento incompleto de un análisis de las formas animalescas de Marc, probablemente sacado de una historia del arte o de una historia del expresionismo. Era una frase sabia que no parecía tener nada que ver ni con el apunte de Degas, ni con la misma Ute y debía ser evidente, incluso para ella, que mi pintura y la de Marc no tenían relación ninguna. La segunda cita era el título de un cuadro, «El perro blanco», que anteriormente se había llamado, como aclaraba el paréntesis «Así ve el mundo mi perro», era pues, verosímilmente, un pie de grabado que podía figurar en el mismo impreso, página de libro se me ocurría, que la cita anterior. Pero ¿de qué cuadro se trataba? ¿Dónde estaba? Yo, por supuesto, no recordaba haberlo visto nunca y era incapaz de imaginármelo. Y luego estaba el misterio de la firma. Evidentemente, Franz Marc no había firmado nunca ni se había autodenominado *Tiermaler,* pintor de animales, o de bestias. En cualquier caso ¿de dónde había sacado Ute una historia del arte o una monografía? En casa no había nada de ese tipo y en el pueblo ¿quién podía poseer un libro así? Barral aventuró que podía tratarse de una revista. Pero una revista culta ¿quién la podía recibir en esa sociedad de negociantes analfabetos y desocupados? La pareja de holandeses pintores que tenían un bar estaba ausente desde hacía meses y el bar cerrado. Finalmente ¿qué quería decir? ¿Por qué quería Ute señalar una coincidencia? A Barral se le ocurrió algo que me fue pareciendo poco a poco verosímil. Ute me estaba acusando de haberla tratado, o más bien de haberla considerado como un animal, no diría que una bestia, bueno sólo para posar. Y para otras funciones animales, añadió sarcástico. Tal vez, pero quizás no fuese una acusación tan descarnada y Ute apoyaba el acento en la, digamos como los traductores de filosofía, cosmovisión del perro, indicada en la cita del primer nombre del misterioso cuadro. Quizá me estaba acusando de haberla tratado como algo digno de observación, que era menos brutal que acusarme de tratarla como una bestia.

La tarjeta de Ute me deprimió mucho y su efecto debió notarse inmediatamente. Irónico, Barral, abstemio a la fuerza, me sirvió una copa cargada, pero pareció asustarse ante mi palidez, me la quitó de las manos e instó a que la tomase despacio. No imaginaba, dijo, que esa muchacha te importara tanto. ¿Me importaba, realmente? Cuando Ángela entró en el estudio unos minutos después, duraba aún el embarazoso silencio. Ángela no sabía alemán y hubo que explicarle de qué se trataba y, aunque ya no era necesario, Barral lo contó detalladamente a Yvonne cuando vino a recogerle para la cena, bastante rato después. Yvonne apuntó la opinión más sensata. No tenía por qué tratarse de una conclusión de Ute, sino de una ocurrencia malhumorada a raíz precisamente de haber tropezado con el texto y el grabado de Marc casualmente, quién sabía dónde y cuándo, un día en que estaba descontenta de sí misma, del mundo en general y, naturalmente, de su relación conmigo. Lo único que cabía preguntarse era el porqué había dejado ese testimonio como si se propusiera no volver. No era mala explicación y me pareció tranquilizante, porque me impuse la idea de que esa última posibilidad, la de que Ute no volviera en mucho tiempo o nunca no me preocupase seriamente. Y me propuse olvidarme del asunto. Pero esa noche dormí mal, pensando todo el tiempo en aquello y, a la mañana siguiente, cuando me proponía trabajar, me dio un mareo bastante más grave que los acostumbrados. Perdí en la puerta del jardín el sentido del equilibrio, me entró sudor frío y asfixia y, a pesar de que hice un esfuerzo por evitarlo, se me escurrió de la mano el mazo que sostenía. Estuve mucho tiempo sentado y sufriendo y prácticamente no hice nada aquel día. Nada, ni comer ni beber, pero no dije nada a la hora de las copas vesperales.

El episodio de la tarjeta marca un período de mi historia de aquellos meses casi tan claramente como la mañana del suicidio de Sam. En la memoria se acumulan como si fueran una sola esas crisis de mareo, la intervención de los médicos hasta la aparición en escena del psiquiatra y un cambio en el ritmo de la actividad que se hizo más exigente y escasa y, sobre todo, difícil. Padecía insomnio y a veces pasaba parte de la noche, distraído y como obnubilado, exageradamente abrigado, en el porche o en los escalones del portal. Una de esas noches ocurrió el incidente del perro. No sé qué hora sería. Era una noche despejada y de luna llena. De pronto subió las escaleras y entró en el porche un gigante al que grité no recuerdo qué. Al contraluz era altísimo y se abalanzaba sobre mí. Había allí a una mano, un tornillo de traviesa de ferrocarril, una pieza oxidada y absurda que yo recuerdo desde siempre abandonada en un macetero vacío. La empuñé y me lancé sobre la sombra, golpeando a ciegas y rabiosamente. El agredido, que se tambaleaba, chilló más que gritó; eran gritos agudísimos y palabras ininteligibles. A los gritos acudió Degas, que debió bajar las escaleras corriendo y sin un ladrido, y se echó sobre la sombra mordiendo y rugiendo. El hombre huyó dando alaridos, ahora evidentemente de dolor, perseguido por el perro furioso, al que logré detener tras mucho llamarle. Al volverme hacia la casa vi encendida la luz y a Ángela asustada, casi desnuda, con una especie de blusa transparente. En el suelo había una chistera. Comprendí que se trataba de uno de los negros de la misteriosa troupe de *showmen* que yo creía que hacía ya tiempo que no estaba en el pueblo e imaginé que el herido estaba borracho o drogado. Yo mismo estaba entonces como si hubiera recibido una paliza, casi sin fuerzas para moverme.

Ángela, en su espléndido deshabillé, me recondujo a la casa, me instaló, me dio de beber y estuvo encantadora y afectuosa. Estaba asustado y le pedí que se quedase conmigo hasta la mañana y que me acompañara al cuartelillo de la Guardia Civil para dar parte de lo ocurrido. La Guardia Civil no me hizo ningún caso. Me dijeron que era el agredido quien debía dar parte y que no se había presentado. Suponían que no se presentaría, lo que era ventajoso para mí, porque, a pesar de las circunstancias de autodefensa, tendría problemas con el perro y líos con el veterinario. Con el albéitar. El sargento dijo el albéitar, lo que me sorprendió mucho y me hizo imaginar que era una especie de mercenario mudéjar. La indiferencia de la autoridad me hizo pensar también que tenía prevención a los extranjeros. No, no sería racismo, pero sí desconfianza en los ociosos del invierno, entre los que por cierto el pobre negro que debía bailar o tocar el contrabajo por ahí, no se contaba. Pensé que lo buscaría para interesarme por sus heridas y excusarme por mi reacción y por la agresividad del viejo Degas, pero no encontré modo de dar con él y no volví a verle nunca. No volví a ver más a ninguno de los esbeltos cómicos de color. Pero sí a la no menos esbelta Amina, que, embarazada o no de Gerard, vino con frecuencia, por consejo de él a sustituir a Ute. Era un modelo magnífico, no sólo por sus formas admirables y para mí muy nuevas, sino por una impasibilidad y una paciencia estatuaria que ninguna mujer de otra raza hubiera podido practicar. Era de una inmovilidad perfecta y no cambiaba en absoluto de expresión por larga que fuera la pose. Daba además la impresión de que sabía en qué detalle de su cuerpo estaba pensando o qué es lo que buscaba el lápiz o la escofina y parecía ayudar sin moverse o ponerlo de relieve. Hablaba poquísimo y era de una cortesía exquisita. Hice de ella muchos dibujos, una tela y varios barros. Me ayudó también a perfilar a Ute comenzada en la réplica del monumento y sus medidas me sirvieron en la tarea de cortar y desbastar la piedra definitiva durante un par de sesiones.

Las cosas iban de mal en peor. Los vahídos o mareos se hacían muy frecuentes y algunos días constantes. Tomaba cantidades ingentes de café, pero trabajaba como dormido. Salía poquísimo y esperaba con impaciencia la hora de los encuentros con los Barral, sediento de conversación y copas. No bebía prácticamente nada hasta esa hora, pero a partir de ella, tanto si la velada se prolongaba, como si me quedaba solo, bebía copiosa y desordenadamente. Me acostaba borracho y crispado, herido por una suerte de lucidez masoquista y desesperada, que el alcohol en lugar de mitigar, exageraba. Aparte de Ángela, Amina y los Barral, procuraba no ver a nadie. Dejé de acudir a los sólitos bares. Sin embargo fue período de visitas y de ciertos compromisos, digamos profesionales. En pocos días pasaron por la casa el psiquiatra italiano Franco Basaglia, el escultor Haro, mi mujer, que esta vez venía con mi hija casada, a la que no veía hacía muchísimo tiempo y otra vez Niké, que contra todo sentido común, quedó muy contenta de lo que vio y de lo que estaba haciendo. El paso de Haro implicaba la necesidad de que yo viajase a Madrid para un imprescindible negocio: la fundación de una asociación profesional. También tuve que asistir, por compromiso de Gerard sobre todo, a la inauguración de una exposición en Vilafranca de la obra de un pintoresco artista chileno y a una colectiva en Tarragona en la que el belga estaba muy personalmente interesado y, naturalmente, eso desemboca en cenas a larga distancia, en los supuestos templos gastronómicos de la región y en noches en blanco disparatadas y alcohólicas, con gran quebranto de una salud más que dudosa.

Estuve trabajando unos días en una pieza de regalo para los Barral, premio de una conversación reconfortante. Se trataba de montar en piedra, en una laja amuescada y con algunas protuberancias, la caña *d'una ancora de mort,* un fragmento como de un metro de caña de un inmenso rezón, con argolla, grillete y unos cuantos eslabones, de lo que había sido uno de los muertos enterrados en la arena donde los pescadores enganchaban la *talla,* la polea de desviación del cable de su varadero mecánico. Era un hierro maravillosamente bien oxidado con misteriosas incrustaciones, que hubo que preparar cuidadosamente con barnices seguros y no alterantes y alojar con pretensiones de eternidad en su cuna de piedra, en la que parecía acostado y clavado, con los eslabones felizmente inmóviles. Grabé en la cuna en griego una cita de Píndaro, tomada más bien de un poema cualquiera y de eso me arrepentí cuando ya era tarde, cuando me di cuenta de que la pedantería deslucía para siempre la posible gracia de la cosa.

La conversación premiada con Barral tuvo lugar en una de mis pocas tardes de admitido asueto es decir una tarde en que consideraba ganada la vacación tras unas horas de forcejeos estériles, de torpe discusión con los instrumentos y de constante conciencia de mi estado de debilidad física y de evasión espiritual. Era en su casa y, a poco de reunirnos, compareció Muñoz Suay, el Ninot que Parla, le llamaba en esa época Barral, que lo provocaba en cuanto lo veía con chistes antivalencianos cuya verdadera agresividad no era fácil de medir y que el cineasta soportaba con humor, así como los constantes y disparatados testimonios de su mimada antipatía por el arte del cine y su mundo alrededor.

No hacía mucho del fugaz paso de Franco Basaglia por el pueblo, por casa de Barral, y fue la evocación de la última velada con él el origen del asunto de la conversación. Barral había planteado al polémico terapeuta el problema de sus depresiones, y me pareció intuir, desde el principio, que había aludido largamente a las mías, y Basaglia había descartado absolutamente el recurso al psiquiatra y no parecía haber sido contrario a una medicación psicofarmacéutica autoadministrada con prudencia, lo que parecía raro. Pero así lo contaba Barral, dando pie a que el Ninot metiese baza haciendo bromas escatológicas no siempre demasiado ingeniosas. Barral quería hablar sobre sus problemas del alma, pero hizo un largo circunloquio acerca de la personalidad del médico italiano, sobre todo intentando retratarlo en su propio ambiente, en su refinada casa veneciana del Campo degli Apostoli, en un ambiente aparentemente contradictorio con sus convicciones y su combate social. Describió la casa como un antro sombrío y lujoso, de decorado del *Andreas* de Hugo von Hoffmansthal —la cita literaria era suya—, llena de muñecos articulados, viejos modelos de artista y títeres napolitanos, y con buhardillas extrañas en las que se amontonaban muebles de imposible uso, libros e instrumentos de magia. Parecía querer contar la conversación con el antipsiquiatra desde un punto de vista que lo neutralizase de antemano, de manera que no resultase obligatorio tomar en serio sus opiniones. Que tampoco quedaron muy claras. Al parecer Basaglia había situado el teórico caso de Barral en el plano de las contradicciones de la personalidad histórica de ciertos sujetos, en cierto sentido independiente de la fluencia de la actividad psíquica. Una postura que parecía más bien sartriana y muy poco psiquiátrica. Barral la nombraba como «la teoría de los desacuerdos». Los desacuerdos serían zonas de fracaso temporal más o menos largo de cada proyecto individual de «estar en el mundo». Contradicción entre la imaginaria esencia y la experiencia de existir. Casi una aplicación de la escolástica a la psicología. Así contada, la teoría de los desacuerdos, y atribuida a Basaglia, parecía más bien especulación del propio Barral, uno de los temas —él lo reconocería en algún momento— de su literatura. Curiosamente, los ejemplos de Barral eran todos de personajes de la historia del arte y no de literatos o de personajes literarios. Lo que fue confirmándome progresivamente en la sospecha de que estaba hablando de mí, no de él. Hizo una excursión por la biografía de Miguel Ángel, más bien un poco a tientas, para poner de relieve las esterilizantes fidelidades a proyectos inconclusos, abandonados por fuerza mayor. También intentó interpretar el caso de Giacometti, al que habíamos conocido los dos, pero no quedó muy claro cómo lo insertaba en los argumentos. Fue el Ninot el que disipó esas densas nieblas de abstracción, empujando el asunto hacia el terreno concreto del trabajo artístico y de sus lagunas de esterilidad. Muñoz intentó imponer la identidad entre artesanía y creación artística. Lo que contaba era el grado de eficacia artesanal de cualquier empeño artístico; el trabajo artesano transmitía automáticamente el contexto ideológico del artista, con tantos más matices cuanto más refinado y preciso. Las esterilidades y, en definitiva, los desacuerdos de personalidad del artista-artesano, eran consecuencia de lagunas de convicción ideológica que se disfrazaban en la conciencia del artesano de burbujas de incapacidad imaginativa que hacían dudar al pobre sujeto de la continuidad de su propia existencia. Se trataba en definitiva, de quiebras de la fe. Si, a pesar del sospechoso realismo de su punto de vista, el Ninot hubiera hablado de religión o de mítica en vez de ideología, probablemente yo me hubiera rendido a su interpretación, en lugar de alinearme con los argumentos de Barral, cuando éste, con absoluto irrealismo, afirmaba una y otra vez que una empresa estética sólo era válida cuando uno se proponía en ella, en cada una, cada vez, provocar todos los significados que una forma previamente imaginada fuese capaz de transmitir. Cada poema, decía Barral, que uno se propone escribir, tiene que pretender ser *Un coup d'idées jamais ne abolira le hasard,* con todo su riesgo de fracaso significativo. La falta de imaginación relativa a las formas y a los posibles, o más bien previsibles, significados era una sola ausencia. Y esa ausencia era reflejo de un estado de ausencia del creador provocado por el desacuerdo entre él y su personaje, es decir, entre cada sujeto pasivo de las agresiones y los espectáculos del mundo y la imagen constante, histórica, que se hacía de sí mismo. Como alguien que se mira al espejo y no reconoce en él. Mi inconvencido acuerdo con el planteamiento de Barral y la renuncia del Ninot a prolongar la evanescencia verbal del asunto, nos hizo derivar al terreno de los ejemplos contradictorios y de ése al de la mera anécdota y finalmente a la banalidad. La conversación entró en la fase en la que suele calificar de divertida, pero yo me quedé preocupado no tanto por los planteamientos de Barral, que, a pesar de lo que él decía, seguramente nada tenían que ver con opiniones de Basaglia, sino por el hecho de que en la conversación a la que se aludía y en ésta, resultaba ser yo la materia. Mi caso. Era lo mismo que había dicho distraída y brutalmente Marsé hacía unos meses. Yo era un artista acabado. Era probablemente lo que Barral me estaba diciendo, a lo mejor sin darse cuenta de que lo estaba pensando.

Recuerdo esa tarde como muy larga y más bien seria. El convaleciente Barral estaba casi abstemio y no bebía apenas. Muñoz es en eso prudente y a mí no me dio por el abuso. Estábamos los tres bastante sobrios, cuando el Ninot se empeñó en que fuéramos a cenar juntos a un restaurante campestre, montuno más bien, que le habían recomendado; era una de esas masías en las que asan carnes en una parrilla a la vista, algo sanísimo, justo lo que a Barral le convenía. Le habían hablado de un excelentísimo vino de la casa y se anunciaba una noche primaveral y espléndida. Dijimos que sí, aunque a mí me apetecía poco y me desdije en el último momento. Yvonne Barral tampoco quería ir y su marido no era muy entusiasta, pero como Muñoz no conduce y no había manera de convencerlo de que lo dejáramos para otro día, se fueron los dos, al fin, solos al restaurante del bosque.

Yvonne preparó unas tapas, restauró la bebida y se quedó conmigo frente al fuego. Debimos hablar un poco de todo antes de entrar en materia. No sé con qué excusa, le planteé directamente la cuestión. Quería saber si Barral me consideraba un artista acabado e incluso me gustaría saber si lo lamentaba y, finalmente, si lo iba diciendo por ahí. Yvonne no había asistido a nuestra conversación que había cogido a retazos y tuve que repetírsela; tuve que contarle lo esencial. Pero se situó enseguida. No, Barral no estaba hablando de mí, sino de sí mismo. Estaba de acuerdo en que había interpretado arbitrariamente a Basaglia para exponer su propia preocupación. No era imposible que hubiera hablado con el psiquiatra de mis dudas y mis angustias profesionales, a propósito de contarle mi extraña residencia en el pueblo y esa vida a la que parecía haberme condenado. Pero ni estaba preocupado por mi caso ni hablaba de él con nadie. Que ella supiera. Y lo sabría. La teoría de la distancia entre la persona y el personaje era efectivamente uno de sus temas literarios. Recordaba un verso de alguno de sus poemas, no sabía de cuál ni de qué libro, «vivir a través de un personaje», escrito hacía bastantes años. Y sus intermitentes diarios, ¿no los conocía?, y hasta sus *Memorias*, reflejaban recurrentemente esa obsesión. Barral era muy consciente de ese dualismo en su vida real, entre una persona muy secreta y relativamente sensata que, por fortuna, a menudo escribía sus versos y unos personajes activos en la vida social que serían «su personaje». Ella creía que los desacuerdos, en realidad, no se producían entre la persona y el personaje, sino entre los distintos personajes. El que las gentes generalmente le atribuían, el del editor exigente, al mismo tiempo aristocrático y radical, que era también, más o menos, la figura despectiva e impertinente de los actos y reuniones sociales, era la forma de personaje más alejada de la persona, el menos real y el más controlado. En realidad el Barral de la gorrita, disfrazado de capitán Akhab o devoto de Ulises, hablando exagerada jerga marinera, era, por ejemplo, mucho más próximo a la persona real. Esas formas aparentemente pintorescas del personaje eran alcanzadas por las neuras y los estados psicopáticos mucho antes que las formas sociales, más ficticias y resistentes y apoyadas en el crédito de los demás. El Barral de la gorrita se desmoronaba más o menos en las crisis de esterilidad y de vacuidad intelectual —que es realmente de lo que estaba hablando antes con Muñoz y conmigo—. El Barral de los cócteles era destruido sólo por el alcohol, cuando le llegaba la hora, o por la enfermedad, como ahora. Le pregunté que en qué punto del espectro personaje situaba al Barral infiel y galante. Si es que no le importaba hablar de eso. Sonrió e hizo una larga pausa tomándose el tiempo de volver a servir las copas. ¿Quieres saber realmente lo que pienso sobre eso? Porque quizá ése sea otro acuerdo. O tal vez no. Más bien no.

Las aventuras reales de la biografía del poeta que ella conocía no habían llegado a preocuparle nunca. No porque no fuera celosa, que en cierto sentido sí que lo era, sino porque sabía que no tenía ningún contenido profundo y por lo tanto peligroso para ella. Habían sido curiosidades estéticas, intentos del narrador que no era y hasta del artista plástico que le hubiera gustado ser. Esa idea le hizo reír, le pareció jocosa a ella misma. Lo que sí le preocupaba, realmente, es que, en esas excursiones sentimentales, su marido se viese obligado a mentir, a mentirla a ella y a mentirse a sí mismo, finalmente. ¿Me daba cuenta de que sí, de que era lo mismo? La mentira era una superposición del personaje a la persona y si bien el personaje no tenía más que sentimientos imaginarios, la mentira quitaba del medio a la persona y provocaba un vacío angustioso. Otro terreno era el de las habladurías y el de las atribuciones de historias galantes que podían ser mortificantes por otras razones. El que las gentes de Cadaqués o más o menos de ese bordo ¿no había sido uno de los Goytisolo el que había puesto eso en circulación? hubieran inventado, por ejemplo la historia de que su marido y Rosa Regás eran amantes, no tenía ninguna importancia, pero resultaba irritante, porque eso era dar un nombre, el más fácil, a una relación de dependencia bastante real, justamente del personaje social de Barral. Ese Barral de los cócteles o del oficio de editor que era sumamente débil e influenciable y al que las gentes manejaban con facilidad, no en todo, pero sí modificando una parte de su conducta que seguramente él no consideraba importante. Contra esas dependencias cambiantes, dictadas por las circunstancias y por el trabajo profesional, ella no podía hacer nada. Daba lo mismo que se tratase de Rosa Regás, de Jaime Salinas, de Toles o de una secretaria. Eran intromisiones lentas y duraderas en unos terrenos en que una persona, digamos que en muchos aspectos su marido no lo era mucho, hubiera considerado de la vida privada. Lo que a ella le resultaba muy irritante. Evidentemente cuando esas dependencias eran femeninas, el mundillo alrededor las calificaba de eróticas. No excluía que en algunos casos hubiera algo de eso, pero sería en forma tan transitoria que no daba motivos a tomarlo en serio. ¿Qué clase de relación auténtica podría haber por ejemplo, para volver al mismo, entre esa Rosa Regás, obscenamente vital y ese juego de espejos que era su marido? Las aventuras ocasionales, las de los viajes, por caso, fueran cuales fueran y cuantas fueran, no tenían más interés que la posibilidad del cuento. Si no podía contarlas a alguien con la gracia de García Hortelano, por ejemplo, no existían. En todo caso no eran historias por las que hubiesen de preocuparse ni ella ni el protagonista. Tal vez en alguna ocasión habrían sido anécdotas felices y eso más bien la alegraba. En todo caso él no se las contaba y eso es lo único que tenían de malo para ella. Para contestar a mi pregunta, diría que, cuando no eran historias atribuidas, los gatuperios del poeta eran cosas de sus personajes, del más lejano y banal de sus personajes. ¿Conocía yo alguna historia que ella no supiera? Sinceridad contra sinceridad, era el momento de contarla. ¿Se había acostado con Ángela o con Ute en Italia o aquí? Aquí no, ya veía que no. ¿Y con alguna de esas zorras de «El Paraigües»? ¿En qué quedábamos? Me acababa de asegurar que esos incidentes le importaban un pito. Sí, justamente un pito y se rió. ¿Qué sabía? No, verdaderamente no sabía nada. No había gatuperios locales, ni de ahora ni de antes. Bien. Qué importaba.

Nos pusimos a hablar de lo que Barral estaba escribiendo. Parece que lo hacía con mucha regularidad. Era un nuevo volumen de memorias, en el que que trabajaba casi cada noche. Ella, en general, no leía esas primeras versiones. Además de escribir tomaba muchas notas y tenía, cosa rarísima, los papeles aparentemente muy ordenados. ¿Y yo qué estaba haciendo? Ella no tenía la impresión de que atravesase un período difícil sino que estaba más bien desorientado. ¿Trabajaba realmente en ese grupo escultórico o era eso una excusa alrededor de la cual me estaba interrogando sobre lo que realmente me gustaría hacer?

Esa vertiente de la conversación me metía en un terreno incómodo, propicio a la crispación y a sentirme mal conmigo mismo. Procuré desviarla enseguida hacia las sólitas generalidades. Improvisé una teoría que establecía las diferencias entre un trabajo artístico programado, a partir de una decisión primero iluminada y después poco a poco razonada y al tanteo inteligente, en el que eran la materia y el método los que iban poco a poco configurando el resultado, tirando de la intuición del artista. El ejemplo por antonomasia de esa segunda forma de actividad era Picasso, por supuesto. A donde yo quería llevar la teoría era a explicar que esa forma de colaboración, que para entendernos empecé a llamar mágica, no era siempre posible, porque era muy tributaria de los estados de ánimo del artista e incompatible con los períodos depresivos o de intensas preocupaciones ajenas al trabajo creativo. La otra vía, se me ocurrió mientras improvisaba, era básicamente de testimonio autobiográfico. Para no poner ejemplos relativos a la historia del arte, me metí en una teorización más bien abstracta y sociológica acerca de lo que era la fotografía para la mayor parte de los que la practicaban, con pretensiones artísticas o no. La fotografía, colaboración siempre casual entre un espectro óptico mecánico y el deseo de congelar, de retener una impresión, era un medio de expresión esencialmente estúpido. No sólo, y era otra cuestión, porque no había nada más pobre como representación de esa realidad que ese espectro que además no transmitía veracidad ninguna, sino porque los efectos artísticos eran pura imitación de las artes representativas. La foto se componía siempre en función de la historia de la pintura. Una buena foto era siempre a la manera de un pintor, o de un gran grabador o de un dibujante, fuera por la sabiduría del encuadre o por las trampas químicas del revelado o del posterior recortado de la imagen. Desde ese punto de vista una buena foto no podía pretender verdaderos valores estéticos propios. No le quedaba más función que la de congelación del recuerdo, la de ser dato interpretable según un código indulgente con la imposibilidad creadora. No era impensable que en el futuro existieran métodos mecánicos de retener el volumen de manera semejante a como la fotografía retenía la impresión óptica plana. Pero el resultado sería igualmente extraartístico, insignificante. Ya había escultores, o más bien inventores plásticos norteamericanos, que hacían como si eso existiese. ¿Conocía la obra de George Segal? Segal había hecho una representación realista de tamaño natural de los viajeros de un autobús sentados en auténticos bancos de autobús y en las actitudes que recogería una foto de reportaje. Pero esos monigotes blancos, espectros volumétricos de los verdaderos viajeros en autobús, carecían de toda posibilidad de significación. Probablemente los japoneses del siglo XXI inventarían un método de fabricación de volúmenes testimoniales a la manera de Segal, que resolvería los problemas de falta de imaginación de los viajeros que querían recordar cómo era un gondolero veneciano en aquel viaje tan agradable que hicieron con sus compañeros de oficina. Lo de la fotografía era una exageración del caso y lo de Segal también, pero yo estaba un poco en la situación de la cámara fotográfica o fabricadora de testimonios plásticos de tres dimensiones. Mi monumento, si llegaba a hacerlo, era un Segal sin modelo instantáneo, una fabricación, lo que estaba en la línea de una larga tradición del arte pobre. Yvonne me escuchaba con mucha paciencia y disimulando lo mucho que se aburría. Fue entonces, al darme cuenta de su afectuoso interés, su mucha cortesía y la voluntad de hacerme hablar, casi como un terapeuta, cuando se me ocurrió la idea del regalo, esa pieza de *objet trouvé* que finalmente estropearía con la cita en griego.

Cuando Barral y Muñoz regresaron yo estaba muy contento, gracias a la conversación y al vino y ellos también, tal vez por la misma razón, y la noche se prolongó todavía bastante por ese camino eufórico de sentirse en todo los mejores. Hablamos de política y estábamos todos de acuerdo en que los tres teníamos la razón desde nuestros diferentes puntos de vista, y hasta desde nuestras débiles militancias, aunque fueran contradictorias. El criticismo acrático de Muñoz, mi fidelidad al PSUC de la lucha antifranquista y el socialismo de Barral parecían ser la misma cosa sin mayores matices. Creo que a lo largo de tres o cuatro copas no conseguimos discrepar en nada. Pero Barral había abusado de sus débiles fuerzas y tuvo que confesar que empezaba a sentirse mal, lo que irritó a Yvonne, que hasta entonces se había mantenido en una exquisita tolerancia con nuestros dislates y contradicciones. Cuando Barral decidió retirarse, yo me di cuenta de que estaba mucho peor que él, de que las piernas me pesaban y de que me costaría mucho mantener el equilibrio en cuanto me pusiera de pie. Yvonne cambió de pronto y se puso agresiva y cruel, y Muñoz entró en la etapa de los chistes buñuelianos y escatológicos. No recuerdo si me excusé, pero sí como llenos de traspiés los pocos metros de acera que me separaban de la verja de mi casa. Era realmente una noche espléndida. La puerta de la casa estaba abierta de par en par y la luz de la habitación de Ángela estaba encendida. Degas dormía enroscado en un rincón del porche. En algún momento de la conversación, entre abstracciones y teorías Yvonne me había hablado de Ute. Pero ¿qué me había dicho? La luz de Ángela estaba encendida.

Capítulo V

La visita de mi mujer era más bien un hecho rutinario y estaba como siempre relacionada con asuntos de dinero —que a mí también empezaba a preocuparme— y de difuntos negocios. Pero la presencia de mi hija Adriana no se debía, como ella decía, a un gesto de apoyo a la madre, sino a la necesidad de contarme sus problemas que no eran, a pesar de que ella pusiera eso en primer plano, fundamentalmente de convivencia, conyugales y extraconyugales, problemas de pareja y de parejas, sino de crisis de identidad, desde sus particulares coordenadas bastante parecidos a los míos. Le dije bromeando, repetidas veces, que eran cuestiones genéticas. Se resistía a confesar que no soportaba más su trabajo en el instituto y que se había equivocado en el tema de la tesis, al que le había arrastrado un historiador maniático que además de mal especialista, mal medievalista, era un tramposo y la había metido en una falsa vía de la que no sabía cómo escapar. Y eso, claro, no era lo grave, sino que se sentía extraña a sí misma, ridícula y metida en un embrollo provinciano. Bien, en el fondo, que no sabía qué hacer consigo misma ni ahora ni en un futuro previsible. Había estado embarazada y había abortado irreflexivamente, sólo porque todo el mundo se lo aconsejó. Y no sospechaba que eso podía provocarle una frustración que parecía destinada a propagarse y a durar y a hacerle la vida despreciable y penosa. Evidentemente, yo no estaba en buena situación para procurar consuelos, y menos en situaciones en las que, en el fondo, me reconocía. Recuerdo los paseos bajo el reconfortante sol de esos mediodías de invierno como tensos, parecidos al recuerdo de los exámenes del mal preparado.

Juan Haro, aparte de embarcarme en un viaje a Madrid que me parecía totalmente inoportuno, me hizo una crítica tan benévola de todo cuanto vio y sobre todo de la semitallada réplica del monumento, que más bien agravó mis desconfianzas. Lo que hubiera podido interesarme de Haro, serios intercambios de experiencias puramente artesanas, no llegó a producirse; y Haro hubiera sido en ese campo el interlocutor ideal, porque es tanto un escultor como un picapedrero, se pelea a lo bruto con la piedra y entiende como pocos de topos y macetas.

Lo del viaje a Madrid era más bien complicado y sumamente incómodo para alguien como yo que había hecho provisional filosofía del propósito de no moverme de mi rincón marítimo. Se trataba de dos reuniones, la primera casi inmediata y con carácter preparatorio y la segunda probablemente seria y constitucional, al cabo más o menos de quince días. Me costó mucho convencer a Haro de que, aunque, efectivamente, volar a Madrid y tal vez regresar en el día no era muy diferente que ir y volver en autobús de mi casa a la capital de la comarca, para mí representaba una seria alteración de costumbres y necesitaba dos días para hacerme a la idea; así es que iría a la segunda reunión y me excusaba ya de la primera, en la que él podía representarme en todo y hablar en mi nombre cuanto quisiera y de lo que le pareciese. Haro se quedó sin comprender mis razones, tan contradictorias, decía, con la imagen que se tenía de mí, personaje de historia trashumante. Quedamos en que yo iría a Madrid la víspera de la fecha prevista y que él me guiaría en el para mí extraño mundo de los artistas capitalinos. Pensé, claro está, en la posibilidad de coincidir allí con Ute, si es que no regresaba antes, y me entró cierta curiosidad por conocer el ambiente en que andaría metida y del que no daba noticia en sus llamadas y recados.

En esos días de visita de Adriana y de Haro se fue configurando una nueva rutina en los hábitos de mi empleo del tiempo. Me levantaba muy temprano, generalmente con dura resaca del día anterior y dolor de cabeza, desayunaba mucho café negro y recalentado y trabajaba con más o menos convicción hasta primeras horas de la tarde. El clima era bueno y muy templado durante las horas de sol y era agradable trabajar en el cobertizo del jardín. Invitaba a trabajar artesanalmente sin necesidad de usar mucho la cabeza, apelmazada por la evaporación del alcohol. En muy pocos días avancé mucho en la talla de la contrarréplica que estaba casi lista para el pulido y terminé en la piedra dura del monumento el trabajo de sierra mecánica y el de encaje de volúmenes. Los dos bloques habían terminado por no parecerse en absoluto. Buena o mala, la talla en la piedra del Romeu era una obra coherente e imaginativa sin ninguna relación ya con los numerosos estudios del monumento que habían determinado la estructura definitiva, inmodificable del grupo definitivo, aunque lo hubiese acometido después. Era curioso, los dos intentos indicaban dos puntos de partida radicalmente distintos de la empresa artística. Descubrí eso y muchas implicaciones en las conversaciones con Yvonne durante sus frecuentes visitas de media mañana.

La puerta de la casa estaba generalmente abierta e Yvonne, que regresaba de sus compras y recados, entraba con el díscolo cachorro al que no se atrevía a soltar por la calle porque se hacía dificilísimo recuperarlo. Entraba, soltaba el cachorro en el jardín y se sentaba a la sombra a conversar conmigo sin interrumpir mi trabajo. Sus visitas me hacían bien, ayudaban a desperezar mi maltratado cerebro. Estaba seriamente preocupada por la lentitud de la convalecencia de su marido que no respondía en absoluto a lo que los médicos habían previsto. Llamaba casi cada día al especialista y con frecuencia al cirujano, que le aconsejaban esperar, tomarlo con paciencia, pero a ella le parecía que sin mucha convicción. El médico local no escondía su preocupación y era evidente que Carlos se depauperaba y aceleraba un adelgazamiento que estaba a las puertas de la caquexia. Él no se daba cuenta o no quería dársela y eso hacía las cosas más difíciles porque no parecía conveniente preocuparle y malbaratar su aparente bienestar y ese período de creatividad que lo mantenía en la máquina de escribir desde el atardecer hasta entrada la madrugada. Pero la situación no podía prolongarse y, de no intervenir una súbita mejoría muy clara y rápida, tendría que volver a la ciudad, lo que sería una catástrofe psicológica. A propósito del estado de su marido hacía frecuentes alusiones al mío, simpáticas e irónicas, pero no menos preocupadas. Decía que le gustaba hablar conmigo a esa hora, porque por la tarde o por la noche, cuando solía reunirme con Carlos y con ella estaba, yo no me daba cuenta, lamentable. Reiterativo e irritable, pero además físicamente mal, sin sentido del equilibrio, con gestos descoordinados y de una torpeza que yo no podía imaginar. No quería ni saber cómo eran mis madrugadas, pero sospechaba lo peor. ¿Por qué no reducía mis dosis de alcohol durante algún tiempo? Estaba segura de que ésa era mi única enfermedad. No comprendía cómo podía trabajar por las mañanas con ese lastre del día anterior. Estaba dilapidando una naturaleza excepcional.

Yvonne no pretendía entender de escultura, pero estaba realmente muy interesada por el contraste de las dos parejas de piedra. Intenté convencerla de que en la talla definitiva me había equivocado y que el error no tenía enmienda porque era consecuencia del error continuado de la primera idea y de sus desarrollos. Entre las dos figuras, entre las cabezas de los dos personajes, quedaba un vacío demasiado grande y ya irremediable que hacía imposible una composición con otra legalidad que la del estúpido paralelo entre la figura del marinero y la de la mujer desnuda. En cambio en la réplica las dos figuras estaban dinámicamente ligadas en un movimiento que iba desde el ojo externo de la figura masculina a la ingle externa de la mujer sentada, que constituían los dos puntos sin peso del volumen total, las dos partes más externas que estaban referidas a un punto central: el del gesto de la mano de ella sobre el muslo de él. En cambio en la piedra dura las figuras estaban pesadamente sentadas una al lado de otra y el gesto de la mano resultaba indiferente. En el monumento definitivo las figuras eran como juguetes o como muertos, eran la versión egipcia del asunto, en la piedra del Romeu en cambio, la escena era la versión etrusca, menos hierática y con posibilidad de representar lo vivo, el gesto y las actitudes gestuales, de una manera armónica. ¿No le recordaba, a pesar de que no hubiera ninguna semejanza formal, los grupos funerarios de los museos toscanos? Pero Yvonne pensaba que la versión rígida, la definitiva, podía ser salvada con sutileza, dotándola de una cierta vibración, de algo incongruente, decía ella, que le quitase la solemnidad y el hieratismo. Lo solemne podía volverse irónico y tierno. No, no estaba perdido, pero había empezado un camino más difícil. Las figuras griegas arcaicas eran hieráticas, pero no necesariamente muertas y solemnes. Cuando hablaba de juguetería egipcia me refería probablemente a las tallas pintadas de madera, porque los faraones y las esfinges no eran propiamente esculturas, eran tótems, decía. Y el escriba del Louvre por ejemplo, tal como ella lo recordaba, no se parecía nada a un juguete muerto. Yo estaba pensando en faraones totémicos y haciendo trampa. A lo que tenía miedo era al parecido con esas familias de mármol de los cementerios, hechas de personajes endomingados y cogidos de la mano. Eso era cuestión de intención y finalmente de sensibilidad y esperaba que el alcohol no me hubiera estropeado tanto. Lo del boquete entre las dos cabezas era una obsesión maniática. Bueno, sería un problema que obligaría a reorganizar la forma a su alrededor, eso que Barral llamaba un verso determinante pero insustituible que cambiaba de rumbo un poema. Lo que tenía que hacer era dejar de cultivar el miedo religioso y probar a buscar las formas a partir de esos volúmenes que ahora eran obligatorios, igual que hacían esos artesanos que tallaban una rama o una raíz obligados por su forma natural o las vírgenes góticas en marfil sin poder remediar la curva del colmillo.

Esas conversaciones de media mañana y la relativa ingenuidad de Yvonne eran estimulantes y efectivamente me ayudaban a no mandarlo todo definitivamente al diablo, que era una tentación constante. Las vespertinas con su marido se hacían, al contrario, intrincadísimas y a veces irritantes. Claro que, como Yvonne decía, tal vez el alcohol de la tarde me quitaba de un personaje y me metía en otro menos paciente y razonable y con menos ganas de sobrevivir. El alcohol en las fases anteriores a la borrachera no me volvía eufórico, sino triste, me hundía en la depresión casi enseguida, casi instantáneamente, como quien se pone una prenda que le disfraza. Esas noches avanzadas y esas madrugadas que Yvonne no imaginaba no tenían nada de locas y disparatadas. Ni siquiera excusadas por la búsqueda de la aventura, me ponían sin remedio torpe e impertinente. En los sólitos agujeros nocturnos, adonde acudían los más angustiados amigos de «El Paraigües» y desconocidos siempre antipáticos y desagradables, resaca nocturna de los pueblos vecinos, yo era un constante espectáculo penoso. Me caía con frecuencia o me ponía en tal estado que obligaba a la gente a ocuparse de mí tanto para ayudarme como para quitárseme de encima. Nuria me había llevado varias veces a casa y una tarde en «El Paraigües» me describió con tal crueldad esos fines de jornada de los que yo no guardaba ninguna memoria, que consiguió preocuparme y dejé de salir durante bastantes días. Nuria esa mañana también quiso advertirme con medias palabras, sin explicarse claramente, de que algo estaba pasando a nuestro alrededor, algo peligroso y ya bastante serio que afectaba a muchos de nuestros amigos. Pero no me enteré muy bien de a dónde apuntaban sus insinuaciones y mi escasa curiosidad por la vida de los demás y sobre todo por las peripecias policiacas ayudaron al alcohol a borrar casi del todo esa confidencia. Al cabo de unos días, tomando una copa con Nuria en mi casa, me volvió a hablar de lo mal que se anunciaban las cosas para muchos de los amigos comunes, dando por supuesto que yo tenía noticias sobre lo que parecía ser un complicado asunto. No entendí nada y cuando le pedí que se explicara con claridad, me dijo que mejor se lo preguntase a Gerard que lo sabía todo y que Ute me daría detalles cuando volviera, si es que volvía. No conseguí sacarla de ahí y esa vez me dejó muy preocupado. Me hubiera gustado hablar con Gerard enseguida, pero pasaron algunos días.

Gerard no estaba dispuesto a decir todo lo que sabía y aún menos lo que sospechaba, en medio de la gente, en la terraza del «Garbí», en la soleada mañana del domingo. Ese día, además, las curiosidades estaban muy repartidas. Ángela se había marchado la víspera y, quién sabe por qué, todo el mundo tenía la sensación de que precipitadamente. Seguramente sospechaban que había tenido conmigo una relación muy personal, lo que era incluso contrario a las apariencias. Muñoz Suay hacía chistes. Miguel Montoliu estaba realmente consternado; por lo visto la mexicana le importaba mucho. Barral quería saber qué había sido de su trabajo y si se había llevado sus esculturas y dibujos. Todos sabían más que yo, por otra parte, de las historias policiales, que, por lo visto, eran al menos dos, y no les daban la importancia que a mí, de pronto, me parecía que tenían. Aunque el que sabía más era Gerard, por supuesto.

Los hechos, eso sí, estaban claros. Habían detenido al farmacéutico a instancias, parece, de la Interpol, en una carretera, camino de una fábrica clandestina de anfetaminas que se exportaban desde el pueblo, básicamente a Holanda. La fábrica estaba muy lejos, al norte de Barcelona, en un caserío montaraz, y el farmacéutico la regía a distancia. Según Gerard, era, como dicen las leyes, asunto de mayor cuantía, importante en Amsterdam. La fábrica del farmacéutico era peón en un tablero todavía con muchas piezas de pie. Evidentemente, el asunto tendría ramificaciones en la colonia extranjera del pueblo. Era difícil saber si la detención de Ricart y sus amigos tenía que ver con eso ¿pero quiénes eran los otros detenidos? Yo no los conocía. O tal vez sí pero no podía acordarme. No eran residentes sino visitantes más o menos frecuentes. ¿Recor-

daba a Klaus, ese Tarzán barbudo con un aro de cobre
en la oreja que cabalgaba una BMW pintada de añil metálico? Andaba siempre con una pareja, ella bastante espectacular, morena, agitanada, y él un hombre maduro y
un poco encorvado. ¿No?, pues ésos. ¿Y el rumano con
dos niños rubios, que había vivido por lo menos dos años
en una masía junto al caserío gótico de Montpeó y luego
marchó a Ibiza, pero que venía con frecuencia, el de los
perros San Bernardo, tampoco? Quizá era más bien húngaro y más bien nazi. Sí, hombre, una especie de feudal trasplantado que se paseaba a veces con botas de montar de
vuelta roja. Barral lo recordaba muy bien. Habían tomado
muchas copas juntos. Tuvo una temporada dos espléndidos caballos de silla que Barral había montado. No hacía
tanto, tres o cuatro años. Lo del catamarán era otro asunto, según Gerard. Yo no sabía nada del catamarán. Barral
me había contado la arribada de ese barco gobernado
por borrachos o drogados, que había quedado al través,
como se dice en el mar, en medio de las rompientes y que
seguía varado en la playa, con el casco dañado, a un par
de kilómetros del pueblo. Barral me lo había contado a
título de ejemplo para ilustrar sus manías que rechazaban
los barcos de plástico y los aparejos extravagantes y novedosos, inventos sacrílegos, según él o al menos contrarios a las liturgias de la mar. Gerard había alquilado un
apartamento a uno de los náufragos, el que se quedaba al
cuidado del barco averiado; los otros habían ido a la ciudad. Y hacía un par de días los habían detenido a los tres.
Un asunto de contrabando, probablemente, Gerard no sabía de qué y tampoco si importante y además no le importaba nada. En los asuntos de contrabando, claro está,
había mucha gente pringada. Mucha gente del pueblo, nativos y de la colonia. El contrabando era una de las actividades ancestrales del pueblo y sus mecanismos en el
lugar eran viejísimos y muy complicados. El pacto del
silencio tenía aquí caracteres casi genéticos. Sí, antes, en
tiempos de los pescadores era un tráfico voluminoso, de
tabaco, de sedas; ahora, claro, era sobre todo de drogas y

era cosa menos vista. Barral me miraba con sorna ¿qué justificación creía yo que tenían esas lanchas-automóvil que no se usaban para ningún deporte y aún menos para navegar? El placer de arrastrar muchachas haciendo esquí náutico unas cuantas mañanas del verano resultaría demasiado caro para algunos de nuestros amigos de «El Paraigües» de no tan sólidas economías. Pero ¿quiénes? ¿qué amigos? Bueno, vaya usted a saber. A Gerard le hacía mucha gracia mi ignorancia de lo que pasaba alrededor. ¿Pero de qué diablos hablaba con la gente? Ricart estaría metido en algún lío o resultaría sospechoso de estarlo, pero no había por qué suponer que se trataba precisamente del asunto del farmacéutico o del caso del catamarán. ¿Ute? No sabía. Ricart hacía muchas clases de negocios más o menos lícitos. En todo caso, por la libre; no pagaba contribución por ninguno de sus comercios. Hacía sociedad con unos y con otros. Él le había prestado una vez bastante dinero. Un millón de pesetas, o algo más, no se acordaba, y de forma muy formal —legal, decía él—, ante notario. ¿Cómo ante notario? ¿Con contrato? Sí, con contrato, no fuera a creer. Y se lo había devuelto. Y hacía unos años, Sam y Ricart habían trabajado para él, recorriendo los pueblos de la región para comprar los viejos coches fúnebres. Como el que tenía en el jardín. ¿Lo recordaba? Había resultado un buen negocio, sobre todo por los fanales que se habían vendido muy bien. Sam había vendido cuatro en París, cuatro espléndidas piezas de bronce, precisamente en el viaje del que regresó con Ute. Yo creía que Ute había caído aquí por casualidad. No, no, vino cuando lo de los faroles. En cuanto a lo del farmacéutico, el que debía saber mucho era mi amigo Joan Solá, el viejo falangista, ex-jerarca provincial de la Guardia de Franco. El farmacéutico era, claro, el jefe de la Guardia de Franco local, que hace unos años era un grupo de gángsters bastante influyentes y con buena mano en los negocios.

Se pasó a hablar de Ángela. A Barral también le interesaba mucho el asunto de su partida y de la probabilidad de que regresara. Le interesaba de pronto, porque no había preguntado por ella en los últimos días. Montoliu, como digo, estaba consternado. Tuve que explicar cómo eran las dos piezas acabadas que Ángela me había dejado en custodia y prometer que las enseñaría, lo que me apetecía poco. Ángela volvería quizá a quedarse otra temporada o tal vez sólo de visita y por lo de las esculturas, pero no sabía cuándo. De momento se había ido a Madrid. Seguramente la vería en mi próximo viaje. No, no sabía dónde paraba. Montoliu estaba empeñado en saberlo. Muñoz Suay se puso a atormentarlo.

Esa misma tarde tuve una larga conversación con Barral que provocó él y que resultó más bien complicada. Barral pretendía hablarme de sus angustias, de las que le causaba su enfermedad o más bien su estado, del que parecía haberse dado súbitamente cuenta, y de su situación profesional, que parecía delicada. A mí, lo que me interesaba era completar la información de la tertulia de la mañana; averiguar cosas que me permitieran situar el papel de Ute, si lo había, en la intriga policial. Tenía que intentar ponerme en contacto con ella, pero no se me ocurría cómo.

A Barral se le ocurrió contarme historias del contrabando y se puso pesadísimo, remontándose a leyendas locales del siglo pasado. Lo que intentaba explicar era la naturaleza del secreto en cosas que todo el mundo sabía, pero de las que nunca se hablaba y la complicidad generalizada de las gentes que consideraban en el pueblo y, según él en muchos lugares de la costa, el negocio del contrabando como un bien comunal, sometido a una legalidad consuetudinaria.

Hacía algunos años, bastantes —de cualquier cosa que uno recuerda de improviso hace ya al menos veinte, repetía Barral—, una mañana que volvía a casa a la vela en el «Capitán Argüello» con el barón D'Anthés, fíjate si hará tiempo, había observado unos curiosos dedos blancos que seguían su misma ruta a barlovento. Los curiosos objetos le intrigaron, pero por pereza de maniobrar orzando y tumbando luego la vela, esa maniobra tan pesada de la vela latina, y porque se hacía ya tarde, renunció a acercarse a ellos. Unas horas más tarde, en la sobremesa en casa del barón, les avisaron de que estaban arribando a la playa docenas de bultos de tabaco y de que la Guardia Civil no se había dado todavía cuenta. Un cuarto de hora después, cuando salieron a recorrer las playas, las del pueblo y las de más a poniente, a las que habían ido llegando los bultos a favor de la corriente, quedaban ya muy pocos, cuatro o cinco, en los que la autoridad había puesto centinelas. Como si eso hubiera sido todo. En realidad, en poquísimos minutos se habían repartido y escondido más de medio centenar. El reparto se había hecho según una ley sobreentendida, sin discusión ninguna. A Barral no se sabe por qué, le había tocado uno que encontró en su casa. Era un dado perfecto de papel impermeabilizado que contenía cien cartones de cigarrillos rubios norteamericanos. Seguramente ese arribo de bultos había sido frustrado alijo que casualmente llegó a su destino pero que ya no pertenecía, por intervención del destino, a los propietarios del negocio, sino a la comunidad de intermediarios en el contrabando. Nadie parecía tener dudas sobre eso. Entusiasmado por su relato, Barral se puso a contarme anécdotas de la historia contrabandística del pueblo; se puso a hacer historia municipal. Me estaba contando con mucho detalle y mucha intención caricaturesca una anécdota de la guerra del catorce, la de unos pescadores que habían encontrado unas cajas con barras de fósforo flotando en la mar y que incendiaron con él las velas al intentar reconocer la mercancía, cuando, quizá porque yo hubiera dado algún síntoma de impaciencia, cambió bruscamente de asunto y me preguntó con brutalidad si finalmente lo que me preocupaba era la posible implicación de Ute en los revuelos policiales de los últimos días. Me cogió por sorpresa, se dio cuenta y cambiando de tono me preguntó, con una ironía más bien tierna, si de verdad me interesaba Ute. Luego, sin esperar mi respuesta me dijo que a él todo aquello le parecía demasiado embrollado como para vaticinar qué probabilidades tenía de alcanzar a unos y a otros. Dijo que de todos modos, el caso de Ute y el de Ricart debían estar necesariamente implicados. Lo que ocurría es que no estábamos en situación de saber si Ricart, o mejor su detención, tenía que ver con el asunto de las anfetaminas o con el del catamarán. Pero era imposible que Ute y sus negocios de viuda, con Ricart, o los negocios pendientes de Sam que había heredado, no tuvieran relación con las trapisondas sospechosas del detenido. Ahora, en cualquier caso, no se sabría nada de los negocios de Sam, de los verdaderos, aunque era probable que los que fueran interrogados le atribuyesen falsas aventuras y responsabilidades. Era imposible prever qué clase de historias saldría de las pesquisas. Sólo la misma Ute podía medir el riesgo que corría. Si me interesaba su seguridad, debía advertirla, pero lo más probable es que estuviera advertida ya.

Según Barral, a esa clase de asuntos había que aplicarles el esquema de la explicación más bárbara, más causal, a partir de la sospecha que se desprende de las primeras coincidencias, pero no había que quedarse en él, como generalmente hacen los policías, sino que había que ir modificando ese esquema con los caracteres de excepcionalidad de cada caso. El instinto literario suele invertir ese proceso de deducción, excepto en los escritores de novelas del género policíaco, que precisamente practican la antiliteratura desde el punto de vista del análisis de una historia. Él era en ese preciso momento muy consciente de esa contradicción de métodos, ahora que estaba obsesionado dándole vueltas a su situación en la editorial y a la misma situación de la empresa, considerándolas no como abstracciones, sino como relaciones entre gentes.

Por un lado estaba todo un aspecto de la cuestión que gravitaba sobre la personalidad de su colaborador más directo, el peruano Herminio Toles. Todo lo que había de disparate en su política de inversiones en producción, de irresponsabilidad en la política financiera, de megalomanía en esa política de ventas y de exportaciones desmesuradas, hinchadas, irrecuperables, eran proyecciones de las particularidades del personaje y se entendían mucho mejor desde esas singularidades del carácter y esas desmesuras de su imaginación que en una cuenta de aciertos y errores hecha con abstracción de los atributos literarios del personaje. Incluso su propio papel pasivo de él, de Barral de distracción, también irresponsable, o de irresponsable confianza, sólo se entendían mirándose al espejo y prescindiendo de análisis morales, ateniéndose a los descriptivos. Era probable que tal como era Toles, tal como estaba obligado a seguir siendo por su legalidad literaria, ahora, desde que estaba en América, su conducta tuviese ribetes seriamente delictivos.

Por otro lado estaba ese García —la hiena le llamaba Barral— decidido a fagocitar desde la amorfa editorial Arbor la editorial artesana, a riesgo de asesinarla si no lo conseguía fácilmente. La hiena era una especie de mandatario juramentado de unos capitalistas de carne y hueso, pero absolutamente neutros y vacíos, las apergaminadas gentes de Arbor o los tontos solemnes y ceremoniosos de la multinacional de la que dependían, necios automatizados por las leyes estúpidas de los negocios, al mismo tiempo bondadosos e inflexibles en su trabajosa interpretación de los números, desplomados en sus paltronas de peluquería de lujo de la sala de consejos de Madrid. Ésos eran personajes abstractos, anónimos en la historia, pero la hiena no. La hiena era un héroe, completamente poseído por su papel dramático. Según Barral el cuadro de su situación no era inteligible, aun manejando todos los datos de política de poder y de política de los negocios y de toda clase de intereses, sin poner en la misma página y en confrontación heroica las particularidades de dos personajes tan extravagantes como Toles y la hiena.

A Toles había que imaginarlo un sábado por la tarde en su casa, encerrado en la biblioteca, sentado en el centro de la habitación en penumbra, en un sillón giratorio, mirando al vacío, o a los lomos parejos de los libros correctamente encuadernados, todos iguales, que atesoraba ávidamente y coleccionaba por tamaños, sin intención de leerlos nunca, en los anaqueles de distintas alturas. Así practicaba un maniático enciclopedismo literario, puramente de espectador, que ocupaba la mayor parte de su tiempo libre. Ese sábado por la tarde o quizá todo el fin de semana. Mientras él meditaba en la penumbra o en la obscuridad, tras haber desviado el foco de la mesa desnuda de papeles hacia un rincón del pulcro y ordenado gabinete de lectura, su novia, era obligada a esperar horas y horas en la habitación contigua, contemplando la televisión, a que llegara la hora formal de la cena, que practicarían en algún restaurante del barrio, y de la urgente consumación de la relación amorosa inmediatamente después, con el regalo de una sola copa. Luego, despedida la amante, Toles volvería a su meditación catatónica en la biblioteca o a caminar por la habitación, fingiéndose que pensaba en un siempre aplazado libro futuro. Para estas fiestas, Toles se vestía con un poncho negro de paño, un poncho castilla de guaso chileno, y adoptaba una actitud aristocrática, la de su apellido de Ehrlich, civilizado por la sombra de su padre, el orientalista Toles, pero con esplendor de feudal polaco y terrateniente criollo. Adoptaba probablemente esa expresión, más bien hueca, de altiva indiferencia que ponía también a veces en la vida social. ¿La recordaba? Una actitud de agresiva defensa, de *chien arreté*. Ese personaje podía asumir perfectamente una moral de animal predador, una moral de gángster, cuyas leyes había aprendido en el cine, fuente de formación humanística de la mayoría de los literatos latinoamericanos. Se decía que los hermanos Toles, que eran tres —uno de ellos era un pintor simpático pero enredado en el tráfico de estupefacientes en Lima y el tercero un místico que vivía en una ermita, en un bosque de Baviera, traduciendo filósofos chinos no se sabe de qué lengua—, habían despeñado a un acreedor de la familia por el precipicio de una apartada carretera limeña y podía ser cierto, era una posibilidad inscrita en la heroica por lo menos de ese Herminio, traficante de huacos, periodista de escándalo y duro de la publicidad antes que ayudante de editor. No tendría nada de particular que se estuviese lucrando ahora en México a costa de los editores que le habían confiado sus fondos en aquel país, in-

cluido Barral Editores, sin quebrar su particular fidelidad
a esa marca que era como el escudo de un linaje amigo.
Cabía perfectamente en la honestidad de su moral de pistolero en los sueños. En su moral de rapaz y misionado.
Toles haría esas cosas que generalmente las gentes consideran feas y los catalanes particularmente horribles, esas cosas
basadas en el principio de que el dinero no huele, no apesta,
sin traicionar la amistad con él, con Barral y con los amigos
de Barral. Toles haría esas cosas, las firmaría en los pertinentes papeles, o mejor las haría por medio de intermediarios y correos, sin mover un músculo de la cara y con
un gesto de gran dignidad, cuajado en los pliegues verticales de su negro poncho de paño. Por supuesto, Toles odiaba
a García, a la hiena, con un odio lleno de énfasis y de decorativos desprecios. García era un ejemplo ideal del mediocre agresivo, en posición de poder, naturalmente delegado, y subrayado en su indignidad por el hecho de que
era filósofo frustrado. Era el baboso ejecutor de la mediocridad de los gestores del dinero, mediocres inconscientes,
en tanto que él era mediocre convicto, obligado a odiar y
a reprimir todo brillo y toda eminencia. Para Toles, odiar
a García, era un sagrado deber moral y una muestra de fidelidad a Barral, víctima del poder estúpido y vengativo
que ejercía la hiena contra todo y contra él. Perjudicar a
García era una forma de cumplirse y de honrar la amistad
con Barral, aunque Barral también resultara dañado, y la
editorial que era su obra y su medio de vida. Qué se le iba
a hacer, así eran las cosas. Era el precio de la guerra y esa
guerra era inevitable. El que él, Toles, resultase beneficiado
en la guerra era inevitable, era la guerra misma. El odio
era una pasión noble. Toles era un vengador y, por otra
parte, un maldito.

A Barral, pese a lo que le estaba costando su relación
con él y esa complacencia póstuma con el personaje, ahora
que las relaciones formales ya estaban rotas, le encantaría
verlo en México, encastillado en una casa de campo que
parece que había hecho construir en mitad de un desierto
de henequenes, en la parte más deshabitada del Estado de

Puebla, una casa que había llenado otra vez de libros maniáticamente encuadernados y con dependencias industriales, una verdadera imprenta, en las que hacía trabajar a indítos locales gobernados por un capataz también indio, pero andino, que se había traído exprofeso del Cuzco. Al poncho de guaso habría añadido un sombrero ancho y se pasearía por entre las cajas y las minervas con una fusta de verga de buey. Ahora su personaje estaría viviendo una experiencia de empresario renacentista en el Nuevo Mundo recién descubierto y de humanista a caballo por el desierto lleno de salvajes. Claro, el hecho era que los dineros de Barral Editores, cuyo agotamiento iba a dejar a Barral en la calle, y el de los editores amigos estaban financiando esa magnífica fantasía. Pero ése era otro aspecto del asunto y para Toles no el más importante.

A García, esa hiena a la que Toles odiaba y a la que Barral también detestaba, había que imaginarlo de pie, tras la puerta cerrada de su despacho en la editorial Arbor, con las manos juntas sobre el culo, con la cara contraída y los dientes apretados. Tenía siempre aspecto fúnebre, pero más en ese despacho con las paredes empapeladas con una muestra floreada de perfiles dorados que recordaba mucho el camerín de velatorios de una funeraria centroeuropea o norteamericana. La mesa de trabajo y la de reuniones estaban vacías de todo papel e impolutas, maniáticamente limpias; las librerías eran a ras de suelo, de manera que coger un libro representaba cada vez un singular esfuerzo. García meditaba generalmente así, parado frente a la puerta cerrada. Se le sorprendía así si por casualidad —en el pasado, en épocas de confianza— uno entraba de improviso sin llamar. Meditaba, es decir conspiraba contra el mundo, con esa cara de palo y perdida la mirada miope. Tenía una laciedad de pelo y de la obscura barba que contribuía a la expresión mortificada que daba a su atuendo de ejecutivo tono de disfraz de jefe de la policía local o de gobernador civil en día de huelga general. Era su manera de ser correcto. En su terno gris de gusto madrileño, en la corbata granate con lunares, en la cadena del reloj y en el modo antipático de sostener y mover una curva pipa irlandesa que no casaba con su personaje, se hacían evidentísimos tanto su viudedad civil por incompatibilidad de caracteres, como su odio a la literatura, a las artes y al pensamiento especulativo. Era constantemente, sin perder un minuto, un alto funcionario de prisiones exiliado en un mundo de intelectuales del que le defendía la puerta cerrada del despacho y con el que comunicaba, aunque estuviera a pocos metros de distancia, por teléfono, alzando inútilmente la voz y poniéndola aguda y chirriante, como si reclamase siempre la presencia de los bomberos.

García había sido discípulo del profesor Aranguren en la Facultad, parecía mentira, y era amigo de casi todos los filósofos, psicólogos y otros supuestos científicos, más bien frivolones, de su generación, era autor de un tratado, no, de una antología de textos, de lingüística moderna —que había publicado el cura Aguirre, quien también lo había casado con una mujer encantadora y sociable de la que se había separado por obvias razones—, aunque desconfiaba del estructuralismo. La filosofía moderna se reducía para él a Wittgenstein y a sus secuelas más pragmáticas. Su Atenas era el MIT informatizado, pero creía poco en lo que no fuera estadístico y experimental. Pensaba que los dioses modernos comunicaban en inglés de carta comercial, pero personalmente hubiera preferido que los intercambios humanos se hicieran en esperanto y, por escrito, en lenguaje matemático. Era muy aficionado a la electrónica y se pasaba las noches construyendo complicadísimos aparatos que no tenían otra función que el esplendor de su funcionamiento, trazar correctamente ondas trenzadas en una pantallita, por ejemplo, y que pensaba que finalmente se podrían aplicar a operaciones de grosera psicometría. Durante las vacaciones se ponía poético y construía telescopios como los de Galileo con los que podía proyectar sus frustaciones a las estrellas.

García, había, recién licenciado, ejercido algún tiempo de funcionario eventual del Ministerio de Información, en los últimos tiempos de la censura; después había ingresado en el ejército de ejecutivos, en calidad de jurídico o de secretario del presidente, también sería abogado, de esa multinacional de la dinamita. Ese cambio de estado, de filósofo a guardián del dinero y de la efectividad en los negocios, le había incrustado en la cara para siempre esa mueca de amargura. Seguramente ese tránsito del sueño a la burocracia, había sido asumido; en un cierto momento, antes de ser hiena, la hiena había colgado los hábitos de clérigo de la sabiduría. Pero le quedaba la tonsura y por eso lo habían nombrado editor cuando el monopolio de los petardos compró la mayoría del moribundo cetáceo que era la editorial Arbor. Desde el principio de su misión, García consideró un deber burocrático la absorción total de la pequeña Barral Editores, en la que sus dueños y señores habían puesto dinero de juguete por frívolas razones personales. La alternativa de ese deber era aniquilar la editorial artesana, por razones de estricta lógica wittgensteiniana. El pobre Paco, como le gustaba oírse llamar, que no en vano era de Madrid o más bien de su provincia, no había podido permitirse el lujo de simpatizar con una editorial de combate cultural ni con el mismo Barral, aunque al principio de su relación profesional habían parecido condenados a ser amigos e hicieron un pequeño esfuerzo por parecerlo.

Desde su camerín funerario con la puerta cerrada, García comunicaba varias veces al día con los decrépitos gerifaltes de la empresa madrileña a la que servía y que le dispensaban con solemnidad de alta política consejos banales acerca de la conducta profesional. Su hombre en Madrid era un profesor de derecho ya jubilado, caricatura del viejo intelectual al servicio de la industria privada. Desde ahí, desde su despacho, García estaba al tanto, con el teléfono en la mano, de las oscilaciones del poder en el micromundo de la gran empresa, oscilaciones que en nada le afectaban pero que le importaban mucho, porque eran el precio variable en influencias de haber dejado de ser filósofo y haberse puesto a detestar activamente las expresiones culturales y a demostrarlo publicando libros. Ese teléfono, del despacho tan penumbroso como el de Toles, además de servir para mantener su corriente de poder desde Madrid y de ser útil para increpar a sus empleados que así tenían constancia de su existencia, servía a Paco para comunicar con los artesanos que colaboraban con él en la construcción de maquinitas y aparejos electrónicos. Uno de ellos, recalcaba Barral riendo, un carpintero, se llamaba señor Calavera, lo que era sumamente emblemático en aquel panteón de los sueños.

La hiena, según Barral, era un personaje odioso pero probablemente no odiante. No parecía tener capacidad de odio, pero se movía en el mundo automáticamente como si el odio fuera su única emoción. Lo que inclinaba al consumo de pornografía o a la frecuentación de prostitutas frías y desinfectadas, sus debilidades de mayor apariencia en la vida social, era instinto también disfrazado de odio, odio expansivo de consumación erótica. García, como Toles, era también un maldito.

Los dos filos de los cabos de la tenaza que estaba estrangulando la vida profesional de Barral y atormentando con la consiguiente incertidumbre su vida personal y su quehacer literario, eran, como se veía, dos personajes por lo menos notables, nada comunes y corrientes —él no se atrevía a calificarlos decididamente de extraordinarios— y en constante y paralela presencia. Las reflexiones de Barral sobre su propia situación y sobre el futuro de sus negocios tropezaban a uno o a otro lado, según se orientasen desde el origen, con los decorados de la representación dramática que de sí mismos hacían Toles y García. Cuando se orientaban en el cuadrante del realismo económico chocaban con la declamación de García y cuando en el cuadrante de la vocación profesional con el cartón piedra de la tragedia de Toles, que seguía ahí aunque Toles se hubiera trasladado a México. Barral no podía no asumir los errores de Toles, de manera que era él quien declamaba el texto tolesco en su decorado de ruinas.

Por supuesto, lo grave era que el mal fin del negocio era ineluctable y el futuro de Barral, con una vida social nada sencilla, sin fortuna y sin otras habilidades que las literarias, sin muchas posibilidades de reflejo en la profesión editorial sino en circunstancias muy especiales, era oscurísimo y angustiante. Se sentía como en la agonía de una personalidad social pacientemente constituida a base de pactos y renuncias y continuamente asumida no sin distancia. La agonía física que parecía ser ese postoperatorio sin éxito no era más que un subrayado sanitario a su catástrofe social. Yvonne, claro, no pensaba así y creía que lo determinante era el estado de debilidad de Carlos, la progresiva caquexia que iba agravando una depresión disimulada que era causa de mala gestión de la editorial en dificultades y de pésima política de relaciones con sus capitalistas. Según Yvonne, Carlos había desistido de la lucha por abandonismo maniático y agrandaba el papel de sus antagonistas a consecuencia de un estado depresivo que el debilitamiento causado por la operación y que prolongaba esa convalecencia sin éxito, agravaba alarmantemente. Había que poner fin a ese proceso de decadencia física y acudir al psiquiatra sin perder más tiempo.

Barral se dejó llevar luego, durante largo rato, por una reflexión obscura y complicada acerca de sí mismo y de su relación con el mundo, en la que confieso que me perdí. Probablemente lo que decía no era disparatado y lo había meditado largamente, quizás era una transcripción de su discurso poético, pero no lo expresaba con mayor claridad que en sus difíciles poemas. Ponía mucha vehemencia en lo que decía y de cuando en cuando lo abrillantaba con imágenes sorprendentes, pero me había fatigado y ya no podía seguirle. En el fondo, pobre Barral, su caso había dejado de interesarme. Seguramente, porque habíamos entrado en un terreno en el que su experiencia y la mía ya no se parecían, y ya no me distraía con malignos retratos de personajes más o menos conocidos. La desnudez de las propias angustias sin aparato literario tiende a ser obscena y resulta aburrida. No le escuché en esa última parte del relato de sí mismo, pero me dejó muy preocupado. Preocupado por él y por mí, por los aspectos de su caso que se parecían al mío. Esa noche me quedé largo tiempo pensando en ello, sentado a obscuras ante la ventana abierta del estudio. Era una noche muy clásica del equinoccio, de un azul de Patinir que, claro está, hacía pensar en Caronte. Por lo que tocaba a Barral, era evidente que Yvonne tenía razón y era urgente acudir a los médicos y acabar con la falsa convalecencia y, simultáneamente, introducir al psiquiatra en la comedia. Un psiquiatra que tal vez también me conviniese a mí, pensaba, mientras bebía con rabia y con un poco de asco una copa ya venenosa y superflua.

Al día siguiente, cuando se fueron reuniendo en casa los amigos del «Garbí» con la excusa de ver las piezas de Ángela, la preocupación no me había abandonado. O me la resucitó Montoliu con un comentario aparentemente banal sobre el pésimo aspecto de Carlos. Así es que, cuando él llegó, para colmo con bastón y afirmando que se encontraba muy mal y que había pasado una noche pésima, me puse a observarle obsesionadamente, como se estudia un modelo. Realmente estaba flaquísimo y de pronto descubrí que encorvado; lo del bastón podía ser más que un número, tal vez efectivamente lo necesitase. Era un bastón muy bello, de caña de ébano y empuñadura de plata de moldeado modernista. En la caña tenía incrustaciones de signos balleneros, un perfil de ballena, un bote de persecución con escálamos, un garfio, un arpón y un remo. Según Barral, se trataba de un bastón de mando de capitán escandinavo de finales de siglo. Más bien de principios, diría yo, a juzgar por el estilo. Caminaba con torpeza y parecía respirar con dificultad, pero no cesaba de fumar nerviosamente.

Con los vasos en la mano y las botellas a cuestas, bajamos al viejo comedor que Ángela y Ute habían transformado en estudio y en el que yo no había entrado desde hacía muchos días. El gran buró que Ute utilizaba como mesa de trabajo tenía la tapa abatida y había allí dos escayolas estropeadas y unos trapos ya secos, lo que me produjo una irritación súbita. Me puse a maldecir a Ute, mitad en broma, mitad en serio. Las dos piezas de Ángela estaban en el suelo al pie de unos estantes, la de alabastro rosa medio envuelta, la de piedra dura sobre unos patines de madera. La de piedra dura pretendía ser una obra importante. Yo no la había visto terminada. Seguramente lo estaba; el contraste entre las superficies muy pulidas y el natural de otras era, evidentemente, efectismo voluntario. La pieza, casi de medio metro de base por otro tanto de altura, era una roca plegada sobre una incisión central de bordes desiguales que figuraban encima y abajo del corte en la piedra dos labios planos y pulidos. La parte superior del volumen se inclinaba hacia el vacío en una oblicua que sugería humildad y mansedumbre. Podía ser una forma animalesca, una cabeza de perro, como podría indicar una protuberancia redondeada en la esquina más alta de la supuesta cara, tal vez una oreja caída, compensada en el extremo inferior de la figura por una protuberancia del mismo tamaño pero enroscada, tal vez una cola. Todas las caras anteriores de la figura estaban como martelés y la espalda era de un astillado lacio que daba la impresión de llovido. El conjunto también podía consistir en dos volúmenes, agresivo el alto y paciente el inferior, separados por el corte hosco que perfilaban los labios pulidos. Las dos protuberancias extremas sugerirían misteriosos personajes vivos, dos en esa lectura. Estaba muy bien de proporciones: un diálogo de formas vivas inscrito en un tetraedro muy poco desfigurado. Los comentarios de los amigos no remontaron mucho las más obvias vulgaridades. A todos les parecía la representación de un combate sexual y el Ninot no se ahorró ninguno de los chistes que propiciaba la circunstancia. Montoliu repetía con embeleso que estaba muy bien, muy bien. Barral confesó que no le interesaba nada y Marsé me pidió que le explicara el posible significado, lo que desató en mí un ataque de ira y me puso muy impertinente, acusándole a él y a todo el mundo de insensibilidad y de ceguera. Me encontré de pronto en el papel de defensor de un tipo de imaginación plástica con el que estaba profundamente reñido. Barral se dio cuenta y se empeñó inútilmente en facilitarme una salida irónica. Me serví una ginebra hasta arriba y me la bebí como un vaso de agua.

Nerviosamente, desnudé la figurilla de alabastro, más bien convencional: un torso con adherencias florales y dos ojales simétricos, y sin saber por qué arremetí contra ella y me puse a injuriar a la pobre Ángela con plena conciencia de que lo hacía sin razón y de que la figurilla era probablemente más honesta que lo que me empeñaba en llamar la roca sarcástica, aunque no hubiera duda de que no pasaba de sonriente. Me excité mucho y me puse agresivo y desagradable. Bebía con furia sin soltar la botella con la que rellenaba el vaso. Todos se habían sentado. Tan sólo yo permanecía de pie, apoyado en la esquina obscura de la habitación. Estaba como en escena, representando un personaje congestionado.

De pronto me sentí muy mal. Se me nubló la vista, se me doblaban las piernas, me sobrevino el ahogo. Era la misma sensación que la de la noche en que caí de rodillas sobre el acerón, pero más aguda y rápida. Debí palidecer y se me descompondría la cara. Alguien dijo varias veces: ¿Qué tienes? ¿Qué te ocurre?, quizás algo más que ya no podía oír. Me oí decir desde muy lejos: Llevadme al hospital, a Tarragona. Todo se había vuelto obscuro, verdoso. Mi último recuerdo fue el azul de la noche anterior, el azul de Patinir. Y de Caronte.

Capítulo VI

Los días pasados en la clínica tarraconense no habían sido tan desagradables. Recordaría con afecto aquella habitación pretenciosa y los árboles del jardín vecino con mirlos mañaneros. Incluso de doña Amalia, la enfermera sabia e irritante, guardaría un cariñoso recuerdo. Finalmente era gracioso que se hubiera empeñado en tomarme por un imaginero, un modelista de santos de yeso, y hubiera presumido de tanta erudición iconológica acerca de vírgenes y santos, aunque en el fondo las redujese a una sola especie. La escultura, para ella, era una industria de *mares de déu,* lo que no dejaba de excitar la imaginación acerca de lo mucho que había estrechado las devociones el clericalismo decimonónico. Aparte de explayarse sobre polícromas purísimas con arbitrarias palmas, lirios y rosarios, doña Amalia empleó todo su tiempo libre en explicarme cómo debía reorganizar mi vida sin viciosos y extragantes abusos del alcohol y del tabaco. Era un militante de base de ese modesto partido de los fascistas sanitarios, de los insufribles apóstoles de la higiene que, porque nacieron con asco al alcohol y no tuvieron necesidad de esclavizarse al tabaco, se consideran en posesión de los secretos de la salud. Doña Amalia, por otra parte, era obesa y se negaba a reconocer que la gula era peor pecado y más insalubre vicio que la dipsomanía. O a lo mejor era dipsómana, pero de agua, porque se empeñaba en convencerme que lo más sano de este mundo era tomar, al despertar por la mañana, agua fresca del botijo. A la pobre, el agua se le acumulaba en los tobillos, o al menos lo parecía, según los tenía hinchados. Se escandalizó mucho un día que dibujé su desnudo imaginario con recias piernas sin formas y le aseguré que eso era una buena idea plástica. Le escandalizó el desnudo, no las piernas columnarias.

El doctor Raset, al contrario, era una persona más que notable, un superviviente de una clase médica absolutamente extinguida o refugiada, según parecía, en provincias. Un sanador humanista, con mucha ironía acerca de su profesión y de sus garantías científicas y generosa comprensión por las singularidades de la personalidad de sus enfermos. Daba por supuesto que el remediar mi estado, la fase crítica de mi lenta pero irreversible agonía de suicida, no implicaba la total reconversión de mis viciosas costumbres. Me habló, eso sí, del peligro de hacer un síndrome K o Q, creo que decía, que era algo así como un viaje sin retorno a la estupefacción o al alelamiento, en que podía parar una crisis futura. Pero no le parecía peligro inminente. Su conversación, escasa, fue siempre entretenida y acababa las charlas recomendándome que me pusiera en manos de un psiquiatra de cualquier clase o de cualquier escuela, no importaba, porque, afirmaba, lo que me hacía falta era un interlocutor frecuente sin relación con mis manías y obligado a sufrir mis confidencias. Le dije que ese tipo de conversaciones las tenía a diario con Barral, mi vecino, pero mi descripción del personaje le horrorizó y me dijo en términos muy médicos, o más bien farmacéuticos, que era exactamente lo contraindicado. Le rogué varias veces que viniera a visitarme e insistí en ello casi con impertinencia, como si solicitase un favor en lugar de hacer un cordial ofrecimiento, el día que abandoné la clínica y le visité en su casa. En realidad, verle allí, en su terraza, volcada sobre el mar, como saltando sobre la franja de ruinas trituradas por el ferrocarril y las más varias formas de barbarie, tan bien casado con la representación de paz y de sabiduría que figuraban sus plantitas y sus muebles de jardín, me provocó una efusión de simpatía y quizás de envidia. Por eso insistí tanto; tenía probablemente la sensación de que perderle definitivamente de vista sería como una mutilación. En realidad, no quería marcharme, no quería volver a casa. Era como si él fuera ya el psiquiatra que me recomendaba. Le dije que aquella breve convalecencia en su casa, en su clínica, había sido muy importante para mí y estuve al borde de contarle incluso lo de Rosa, la enfermerilla joven de por las noches, tan encantadora que me había hecho en sus tres guardias con tanta naturalidad y dulzura una fellatio no solicitada, como un regalo, una delicadeza que formara parte de sus habituales amabilidades. Empecé a describirle el rijo que me provocaba su manera de andar y la tentación de sus piernas enfundadas de blanco y su paso silencioso y enérgico. Había empezado a compararla con una azafata de ciertas líneas aéreas orientales, de esas que tienen la obligación contractual de satisfacer la libido de los viajeros, lo que hubiera acabado denunciando su generosidad nocturna, pero por fortuna me contuve a tiempo ante la evidencia de que eso era contrario a los límites de la sabiduría del doctor y seguramente la perjudicaría. Pobre Rosa, me despedí de ella sin mandarle unas flores, cosa que había pensado hacer y habiéndola, en cambio, emplazado también a que me visitara y prometido que la regalaría una escayola que reprodujese su tierna sonrisa. Esa visita podía cumplirse, cosa que ahora, al cabo de unos días, no me apetecía nada. Por fortuna, me iba a Madrid y pasaría el tiempo necesario para los desencuentros.

No me daba tiempo a pensar si prolongaría unos días la convalecencia, como había prometido a Raset ni si, como aconsejaba la sensatez, mantendría la rigurosa abstemia en el trajín del inoportuno viaje. Tenía que marchar enseguida; las reuniones en las que Haro me había embarcado, habían comenzado ya. Durarían más o menos una semana con, como decía Haro por teléfono, más que probable prórroga. Seríamos huéspedes del Ministerio, parecía, pero eso era a condición de vivir en el mismo hotel, con otros artistas provincianos, y eso era superior a mis fuerzas. En cualquier caso, tenía que irme enseguida. Tomaría el tren, decidí, para no tener que pasar por Barcelona ni hacer eso tan irritantemente empresarial y ejecutivo de dejar el coche en un aparcamiento del aeropuerto. Las semejanzas im-

primen carácter, y nadie mejor que yo para saberlo.
 También Barral estaba a punto de abandonar el pueblo, camino de su segunda operación de estómago. Lo que le iban a hacer, me explicó, se llamaba anastomosis yeyunal —un nombre estupendo, muy grecolatino, según esa tendencia a los híbridos estériles que caracteriza la pedantería de los médicos— y consistía en una operación de lampistería que achicaría el estómago y lo haría desaguar directamente en el yeyuno, dejando fuera de circuito el duodeno obturado por la exagerada cicatriz de la primera operación. Algo facilísimo, decía Barral sin ninguna convicción y sin fuerzas para disimular un terror bastante evidente. Decía que le preocupaba muchísimo su insuficiencia bronquial en relación con una anestesia presumiblemente larga, pero en realidad se notaba que estaba atormentado por un miedo irracional y sin referencias precisas. Tampoco Yvonne disimulaba su preocupación. Me confesó que la intervención era imprescindible para evitar la caquexia y que no sería nada fácil dada la extremosa debilidad del poeta. Me miraba a los ojos cuando me hablaba de ello, revelándome una silenciosa y profunda angustia. Como casualmente también andaban por allí esos días las hijas, Dánae e Yvonne, aunque no eran de vacación ni en el trabajo ni en la universidad, e incluso me pareció que Alexis y los gemelos, Marco y Darío, prolongaban el fin de semana. A Dánae me hubiese gustado hacerla posar para un par de estudios, pero tampoco estaba de humor. Todos parecían estar muy pendientes de los acontecimientos. Con Yvonne, hija, tuve la tarde de mi partida una conversación sobre pintura contemporánea en la que dio muestras de mucha sensibilidad al tiempo que de poco interés. Empezó como un flirteo entre abuelo y nieta, pero sus puntos de vista acabaron por inquietarme y me hubiera gustado prolongar ese diálogo. Pero era el último día. Me acompañó a la vecina estación donde paraba el expreso y durante la larga espera me habló sobre todo de su hermana, de su estúpido matrimonio y de su maternidad prematura. Era de un realismo escalofriante que no excluía la ternura y una nada pragmática atención a los

problemas de los demás. Me dijo adiós cuando el tren ya arrancaba y me dejó con la sensación de una seria despedida.

Me instalé en el Hotel de Suecia, el habitual de Barral en Madrid y que me había recomendado con insistencia. Era realmente muy cómodo y tenía ese punto de deterioro que precede a la decadencia y ya proclama la condición de muy vivido, algo que yo necesito en las casas y que agradezco en los aposentos extraños. Tenía además, no sé si por la pretensión de eficacia de los cuartos de baño o por el prestigio de la bandera, un cierto halo erótico. Me resucitaba un verso de Barral que dice más o menos: «era el hotel de rápido desnudo», aunque podía referirse, claro, al *hôtel* de Rambouillet. Pero no, se referiría seguramente a esta pensión y a una experiencia vivida en ella. Tenía toda la mañana por delante o para presentarme en la sesión de turno del ya iniciado congreso o lo que fuera o para hacer las llamadas necesarias para crearme una situación y obligar mi empleo del tiempo con compromisos claramente provocados sin ninguna razón seria. Opté por lo segundo. En el fondo, estaba poniendo cerco a Ute, buscando la casualidad del encuentro. Iría a la sesión de la tarde, aunque no sabía a qué hora precisa comenzaba y quedaría excusado de prolongar la reunión por la noche porque ya estaba comprometido con Juan García Hortelano, el novelista, tan amigo de Barral, por cierto, y tan hablador y divertido, que me pondría al corriente de las cosas de la Corte y en situación, lo que me haría más fácil maniobrar al día siguiente entre las gentes de mi gremio.

Las sesiones se celebraban en el Palacio de Congresos del nuevo Ministerio de Cultura, antes de Información y Turismo, una especie de supercolegio mayor inventado por el ministro Fraga y puesto con un gusto de sala de espera de aeropuerto en el que los modestos lujos se diluyen completamente en la desproporción. Desde la puerta de entrada, los policías y los murales del *hall* parecían parte del mismo decorado que no podía ir más lejos de la horrible bayeta color calabaza de los incontables divanes y sillerías. La sala de sesiones era un salón ocupado por una mesa infinita ni siquiera rectangular. Era un óvalo del tamaño de una pista de aterrizaje a cuyo alrededor, entre grandes perfiles vacíos, se agrupaban los sesionantes en pelotones de tres o cuatro juntos que hacían esfuerzos para oírse de extremo a extremo los unos a los otros. A la primera ojeada reconocí a muy poca gente. El pintor Canogar, que estaba hablando en ese momento, mi compinche barcelonés Rafols Casamada, Saura, a lo lejos, Eusebio Sempere, que cuchicheaba con una mujer bellísima, aparentemente al margen de lo que se decía, y el escultor Pablo Serrano en el flanco externo del grupito más numeroso y más cercano a la puerta en la que me saludó un ujier muy ceremoniosamente. Me senté en la silla vacía junto a Serrano, que estaba elegantísimo y como distraído y que tardó medio minuto en reconocerme. Le pregunté que quién era el lejanísimo señor que parecía presidir la sesión tan en solitario con una secretaria en asíntota, en mesita aparte, detrás de él tomando notas taquigráficas. Era, me dijo, un notario valenciano, Eduardo Bellestar, ahora director general. Pero yo creía que era una reunión de profesionales, huéspedes a lo sumo del Estado. ¿Qué coño pintaban allí los directores generales? Madrid era así, ¿no lo sabía?, y los funcionarios eran anfitriones a cambio de su presencia y de asumir la autoría de cuanto pudiera pasar a ser prosa de los informes.

Bellestar estaba hablando de un proyecto del Ministerio para la creación y el mantenimiento de talleres colectivos, a la vez escuelas autónomas de oficios artísticos y cooperativas de instalación e instrumental para los artistas jóvenes. Los sindicatos de artistas, las agrupaciones como la que pretendíamos fundar y a las que el Estado reconociera personalidad pública y carácter nacional, cooperarían a su mantenimiento y tendrían un papel principal en la atribución de plazas y en la administración de la ayuda pública. Sus ejemplos se referían a la escultura y hablaba de maquinaria pesada con gran reiteración. Por lo visto, no concebía otra escultura que la monumental o imaginaba que el país era un inmenso e inagotable mercado de gigantescos monumentos de piedra o que en pocos años quedaría cubierto, como un campo de menhires, de colosales mementos de materiales eternos. Su discurso sugería la existencia de multitudes de ambiciosos artesanos guardando turno a las puertas de los edificios del gobierno, a la espera del favor del príncipe. Le comuniqué por lo bajo esa impresión a Serrano, que me confirmó subrayando las palabras con gestos muy expresivos, que todo aquello era de un absoluto irrealismo y no sólo por parte de las autoridades, sino de la mayor parte de los reunidos. Lo que Bellestar estaba haciendo, me dijo, era huir de un asunto que se había planteado con mucha insistencia y que para la Administración no era de recibo: la sugerencia de que se estudiase, con vistas a la legislación el problema de los derechos de propiedad intelectual en segundas y ulteriores ventas de obras de artistas vivos o durante el período de vigencia de los derechos *post mortem* del derecho de propiedad intelectual que las leyes reconocen a los escritores. Por lo visto, Canogar había presentado un proyecto de adaptación del sistema legal escandinavo sobre ese asunto y pretendía que la aspiración a ese derecho formara parte del texto estatutario de la futura asociación. Según Serrano, se trataba de una pretensión tan irrealista como los estudios y talleres de implantación comarcal de los que hablaba el director general. Un señor desconocido, parece que pintor valenciano con mucha reputación local, interrumpió al gerifalte para preguntar si esos talleres se extenderían a artesanías consideradas menos nobles y Serrano y yo tuvimos la súbita inspiración de que se refería a la industria fallera y nos echamos a reír. En ese momento, por fortuna, entró un camarero y recorrió el inmenso perfil del óvalo preguntando a cada uno de los presentes qué le gustaría tomar y las copas servidas casi enseguida acabaron con la cómica solemnidad de los discursos. Después, Bellestar se marchó y nos dejó solos y el resto de la sesión fue un gran guirigay en el que cada cual pretendía ser escuchado acerca de sus graves problemas particulares. Según se me dijo, llevaban así dos días, sin haber ni siquiera abordado cuestiones tan elementales y previas como los medios de financiación del sindicato, los sistemas de participación o la definición de artista que habría de servir para excluir a los aficionados de toda especie, que, esos sí y no los verdaderos profesionales, como imaginaba Bellestar, eran tan numerosos como los braquicéfalos. Serrano me hizo saber que se había nombrado una comisión —en la que se contaba conmigo— que redactaría fuera de sesiones un anteproyecto de estatutos. Precisamente se reuniría por primera vez esa noche después de cenar. No, esa noche no, lo sentía mucho, pero estaba comprometido. Serrano se reía. Sí, él también, estaba irremisiblemente comprometido aquella noche y todas las demás. Siempre había, decía, un voluntario para redactar a solas ese documento que, para lo que iba a ser, no merecía a la postre más que una lectura aprobatoria con alguna corrección de estilo para dar la impresión de que lo tomábamos en serio. Hablaba mirándome a los ojos con mucha dificultad, fijando los suyos en el centro de las gruesas lentes de sus gafas. Sabía que era miope pero no imaginaba que tanto, y mientras me hablaba no podía menos que preguntarme cómo se las arreglaba para trabajar con esa limitación tan grave. Haciendo gala, quizá, de ese don que la crítica estúpida y cursi atribuye a los escultores, el don de pensar con la yema de los dedos. Serrano me pareció en ese encuentro enormemente simpático y sobre todo elegantísimo, de una elegancia como muy antigua. Sentí no poder irme a cenar con él y conversar sin prisas fuera de aquel recinto de guiñol político. Cuando ya estábamos de pie, despidiéndonos hasta el día siguiente, entró Jesús Aguirre, el duque Aguirre, que venía a proponernos, a unos pocos, que nos fuéramos de copas, y había tomado del brazo, arrastrándolo, a Eusebio Sempere. Lástima, hubiera sido divertido.

Juan García Hortelano seguía siendo erudito en cenadores y tabernas de legalidad galdosiana. Parecía que esos sitios con hedor o con olor según se mire, a jamón graso y a barrica, sobrevivían sólo aguardando su presencia. Eran lugares despoblados, sin clientela o con bebedores de paso y de prisa, en los que, generalmente, se cenaba a solas, solícitamente atendidos por mesoneros ancianísimos y simpáticos y se comía muy bien. Eran lugares que invitaban a la confidencia, en voz alta porque no había peligro de ser escuchado, y que resultaban tan decrépitos que rejuvenecían. Uno no podía ser tan viejo como aquello, es decir que era menos viejo de lo que creía. Ésa era seguramente la trampa hortelánica. Que resultó funcionar muy bien, porque a mitad de las sopas de ajo ya le había contado al novelista la historia de Ute, la detención de Ricart y las intrincadas sospechas de las implicaciones de la mitad del pueblo en la novela de contrabandistas, ladrones y traficantes, en la que me había introducido la alemana. A pesar de que yo pretextaba mi total indiferencia por la chica y repetía cada dos frases que no tenía ningún interés en dar con ella, Juan se dio cuenta enseguida de que encontrarla era lo único que me importaba y de pronto me interrumpió para decirme que, aunque no sabía quién era, ni cómo era, ni podía sospechar, de momento, quiénes serían sus amigos madrileños, estaba seguro de que encontrarla resultaría facilísimo. ¿Tú crees?, no tengo ninguna pista. Dijo un sí larguísimo sostenido mientras clavaba en mis ojos una mirada irónica, y al cabo dijo: ¿Cuándo quieres verla?, ¿qué día? Mejor una mañana... ¿Te parece el jueves? Te llamaré... Resultó inútil que intentase hacerle confesar de qué o de quiénes se valdría para encontrarla. Eso no tiene importancia, decía, en este pueblo no se pierde nadie y menos una «moderna» nórdica y que vale para modelo de escultor. Quédate tranquilo, que el jueves la encontrarás.

Hortelano me había advertido que atravesaba una época de sensatez en la que apenas bebía y que pensaba retirarse temprano, lo que me había parecido muy bien y muy conveniente a mi estado y de acuerdo con mi humor. Pero la sensatez de Juan era muy elástica, y del restaurante al «Oliver», el bar en el que, al cabo de veinte años, volvía a ser obligatorio acabar la noche, nos detuvimos en cinco o seis establecimientos en los que, decía, la ginebra le parecía de fiar. Antes de llegar a los divanes del «Oliver», probablemente sabía mucho más que yo acerca de lo que había ocurrido en mi pueblo en los últimos meses, y seguro que tenía ideas más claras que las mías sobre la medida de mi interés por Ute. No daba la sensación de que ninguna de las historias que me rozaban o me tocaban le pareciese seria o preocupante. Lo único que realmente le hacía cambiar de expresión y lo volvía serio y súbitamente triste era la situación de Barral. Aludía constantemente a ella como si la tuviera siempre presente, como una imagen de fondo, en todos los episodios que, con los datos de mi relato, transformaba, contándolos de nuevo en divertida farsa. Dijo varias veces que llamaría a Barral y en uno de sus últimos momentos de lucidez, antes de sentarnos en ese bar en el que presumiblemente terminaría la noche, ya muy trabajados por lo que él llamaba la ginebra catalana, me dijo muy seriamente que iría a Barcelona, a la que hacía años que no acudía, en cuanto operasen al poeta, a visitarle. Me preguntó si no resultaría oportuno hablar ya mismo con Yvonne. Le dije que era mejor que no lo hiciera.

Recuerdo muy poco del resto de aquella vigilia, a partir del momento en que hicieron parpadear las luces del «Oliver» para indicarnos que iban a cerrar enseguida. Entre apagón y apagón, Hortelano, con una cara muy seria y voz de ofendido, repetía que no, que no nos vamos. Pero nos fuimos. Luego anduvimos mucho, pero tengo la impresión de que recorriendo un sector muy pequeño del mismo barrio y pasando muchas veces por la misma esquina. Creo que buscábamos un lugar aparentemente cerrado pero en el que se podía seguir tomando copas y en el que, según Juan, coincidía todo el mundo; pero al cabo de tanto andar y tanto repetir: espera, me parece que es por ahí, yo estaba convencido de que probablemente no era más que un mito de la noche, un mito de la felicidad nocturna del que Hortelano había a lo sumo oído hablar, un local en el que, contra lo que decía, no había estado nunca. De pronto nos encontramos acodados en la barra del «Boccaccio», el «Boccaccio» de Madrid, que es igual que el de Barcelona, pero con la simetría invertida, lo que al barcelonés que ha bebido mucho le agrava los efectos del mareo, haciéndole creer que se ha trastornado su sistema de referencias. El local estaba lleno de gentes de aspecto antipático, recios cuarentones vestidos todos, diría, con ternos azul marino de rayas blancas y luciendo sujetadores de corbata, con aspecto de ganaderos salmantinos, de cuernócratas, aunque Hortelano afirmaba que eran todos diputados, y señoras menos jóvenes vestidas de jovencitas, como de prostíbulo de lujo, aunque Hortelano juraba que eran todas marquesas. Estuvimos hablando me parece que fue allí, con un poeta de gestos mesuradísimos y rubricados que llevaba, más bien arrastraba, una larga bufanda roja. Era Hortelano el que decía que era poeta, e incluso notable, y que imitaba a Marcel Proust. Pero ¿en qué imitaba a Marcel Porust? En el atuendo, claro. Hombre, te diré... Hortelano y el poeta hablaban de una novelista catalana que no logré saber quién era, pero no se referían a lo que escribía sino al esplendor de su anatomía. Exigían mi testimonio, como si estuvieran hablando de una prima. El condado, visto desde la capital, puede parecer una comarca en la que todos fuéramos parientes. De esa barra al mostrador grasiento del tugurio de los fideos debe mediar un episodio, pero no recuerdo nada en absoluto. Lo de los fideos era asunto de vinazo y teóricamente se trataba también de *spaghetti,* pero los fideos aceitosos y con hojas de lechuga que pretendían que me comiera tenían poco que ver con la pasta italiana. Allí había mucha gente, teóricamente todos compinches, gente de la letra y del teatro que me trataban con gran familiaridad y me consideraban partícipe de los sobreentendidos de sus chanzas y sus historias. En realidad al único que recuerdo y al que conocía bien era al poeta Ángel González con el que, según parece, mantuve una conversación muy seria y erudita sobre el vanguardismo norteamericano, cosas de borrachos. Ángel González pretendía que fuéramos a su casa a desayunar y se comprometía a tocar allí la guitarra y a cantar, actividad que según parece sólo se practica a esas horas precisamente en Madrid. Y la verdad, no sé si desayunamos en casa de González. Desperté en el hotel a primeras horas de la tarde con el tiempo justo para acudir a otra de las sesiones de la fundación sindical. Y aquella noche no me libré de la cena con los redactores del documento. Llevaba la voz cantante un cierto Rosón que dictaba a una señora de aspecto feroz y montaraz que me dijeron que era ceramista y que vivía en Cuenca y la dirección espiritual, la inspiración del documento, naturalmente el duque Aguirre que, aunque era Director General de Música, entendía más bien de todo. La verdad era que hacía observaciones muy sensatas y que en los intermedios del dictado hablaba de otras cosas y estaba ingeniosísimo. Esa noche la había tomado con un supuesto historiador llamado Ramírez, al que llamaba el mono. Cada vez que le nombraba, además, en un gesto rapidísimo, encogía las manos, dejándolas colgar y deformaba la cara, imitando certeramente la actitud de un primate. Dibujé uno de sus gestos, en el que resultó parecidísimo además de muy reconocible, y lo guardé en el bolsillo. Seguramente, hubiera pagado una fortuna por ese esbozo.

Volví al hotel enseguida, después de la cena, y me encontré en la conserjería con un recado de Juan García Hortelano, citándome a media mañana en el Museo Lázaro Galdeano. En la nota decía que le llamase aquella misma noche si no era muy tarde, pero era muy tarde para llamar a casas de familia. Era una cita sorprendente. Al principio, totalmente desconcertante, luego, en el ascensor, camino del cuarto, se me ocurrió que podía tener relación con un encargo que me había hecho Barral: llevarle una fotografía de una pieza de la armería del Lázaro Galdeano, una daga *cinquedea,* concreta, con una hoja muy ancha de cuatro canales y que me había advertido que no sería fácil de identificar, si no atendía a unos detalles que la verdad es que ya había olvidado. Pero por qué se brindaba Hortelano a ayudarme en la búsqueda de la daga o cómo se permitía fijar día y hora. Le había notado muy preocupado por Barral, pero su solicitud me parecía exagerada.

Sólo en la puerta del museo me di cuenta de que era jueves, el día en que me había prometido Hortelano el encuentro con Ute. Sería fantástico que hubieran venido los

dos juntos. Pero Hortelano no estaba. Ute sí, precisamente
en la armería y fingiendo gran interés por una armadura
nielada. Estaba de espaldas cuando la descubrí, esbeltísima
frente a su caballero inexistente. Reconocí enseguida sus
medias grises, del color del humo de la hierba quemada.

Debió de oír mis pasos en la sala vacía, pero esperó a
que me acercara, a que llegara junto a ella. Entonces, se
dio súbitamente la vuelta, mirándome intensamente, sin son-
reír. Confieso que consiguió estremecerme. Estaba bellísima
y daba la impresión de una extraña seguridad. Me ofreció
las dos manos sin decir nada y luego, manteniéndome cogida la derecha, me guió a una vitrina, en el otro extremo de
la sala, donde efectivamente colgaban tres *cinquedee*. Probablemente, la de Barral era la del centro, claramente la más
importante y rica. Del bolsillo del chaquetón, Ute se sacó
una diminuta leika. Pareció no oírme, mientras manipulaba
las ruedecillas del objetivo y se apartaba unos pasos y yo
le decía que eso estaba rigurosamente prohibido, que había
que comprar las horribles postales del museo. No había postales de las armas ni transparencias, me dijo con una voz que
me sonó muy alegre y segura, mientras disparaba una y otra
vez y hacía correr rápidamente el carrete. Luego, sin darme
tiempo a decir nada, me tomó del brazo y me empujó hacia
la puerta. En la escalera, en el rellano inferior, le propuse
hacer un alto para ver un Goya que estaba allí mismo, casi
a la entrada de ese piso. No, no, vámonos, otro día, ya lo
veremos otro día. Entonces me di cuenta de que estaba
representando una escena ensayada en la imaginación. Me
pareció que se estaba moviendo a ritmo cinematográfico y
que tenía exactamente previsto su comportamiento para el
resto de la mañana. A mí me tocaba, claro está, proponerle
que nos sentáramos en una terraza y esperar hasta ese momento para preguntarle cómo estaba, dónde y cómo vivía y
qué era lo que estaba haciendo. Y ella demoraría las respuestas y diría que luego me lo contaría todo, que le dijera
primero qué se había hecho de mí en ese tiempo, qué pasaba en el pueblo y preguntaría, fingiendo que distraídamente, por algunos amigos comunes, no precisamente por aque-

llos cuya situación le interesaba verdaderamente y que tenían relación con sus preocupaciones. Eso vendría luego. Entretanto, y hasta que llegáramos a la terraza de ese café cualquiera, haría más bien monerías, gestos de alegría infantil, sugeriría de mil modos su satisfacción por ese reencuentro que no sería necesario explicar, ni entonces ni más tarde, que había estado esperando con impaciencia. Y, en efecto, en cuanto pisamos la calle me acarició el brazo, más bien la manga, con un gesto largo e insólito, y me miró a los ojos como si quisiera comprobar que eran distintos a la plena luz del sol. Y sin darme tiempo a un gesto, tiró de mí con vitalidad, obligándome a seguir un paso elástico y cadencioso que tenía algo de proclamación juvenil o de reproche a mi lentitud y mi pereza.

En el velador de la terraza, bajo una luz que me pareció súbitamente intensa y fría, como si ella la hubiese convocado a propósito para la ocasión, y en el restaurante, durante el almuerzo, Ute llevó la voz cantante, como entrevistadora, no como entrevistada. Preguntaba, me hacía hablar y aprovechaba cualquier pormenor para una nueva pregunta, sin dejarme preguntar a mí. Se enteró de todo, de todo lo que yo sabía, de la vida del pueblo durante su ausencia. Nunca aludió directamente al asunto de las detenciones y, cuando yo hacía referencia a ellas, desviaba el discurso con un «sí, claro, y... dime», que me obligaba a saltar a otra cosa. Cuando nos despedimos, tras la larga sobremesa, yo seguía ignorando qué estaba haciendo en Madrid, por qué se había quedado allí tanto tiempo e incluso dónde y con quién vivía, a pesar de que habíamos convenido que aquella noche cenaría en su casa. Me recogería en el hotel a las nueve y media, dándome tiempo a reponerme de las fatigas de mi asamblea de artistas. Se interesó mucho por mi trabajo y sobre todo por el progreso del monumento que presumía ya casi terminado y quería saber en qué medida la recordaba, se le parecía. Le dije que me pasaba un poco como al pintor Marc, cuyos ciervos o caballitos acababan pareciendo perros, y que había avanzado muy poco. Pero no pareció interpretar la alusión.

Vino a recogerme en un cochecillo muy elegante con asientos tapizados de cuero y matrícula extranjera. Me dijo que era el coche de Blanca, la dueña de la casa donde cenaríamos y en la que vivía. Y estuvo frívola y jovial durante el camino, mientras conducía con gran seguridad por el intrincado laberinto de vías rápidas y autopistas de circunvalación que se trenzan en las afueras de Madrid por entre un damero de barriadas deprimentes e insospechables encinares que produce en el viajero un gran desconcierto y la impresión de cambios de dirección y que de pronto marcha en sentido contrario. Me dijo que íbamos a Pozuelo, población que yo no conocía y que podía perfectamente no existir porque de pronto, tras un puente, en terreno despoblado y a la vista de un inmenso erial, me dijo «ya hemos llegado» mientras me señalaba un cercado rectangular, igualmente desértico, con un caserón en medio. Se entraba en la casa por una cristalera, puerta vidriera de una amplia galería encristalada que se abría al jardín lunar. A unos diez o doce metros de la puerta había un árbol solitario, robusto y frondoso, que la oscuridad no me permitió identificar. La galería daba directamente al salón, muy amplio, con varios tresillos modernos y mesitas con tablero de cristal, de esas que tanto odio, decorado con plantas de interior. En una de las paredes del fondo había un armario descomunal de un estilo rústico centroeuropeo y cornisa con blasones, seguramente pieza extraordinaria pero de insospechables utilidades. Blanca no estaba. Nos recibió una muchacha muy atractiva, con pantalón rojo y una camisa de seda muy viril desabrochada hasta la cintura, que pareció que no era de la partida y que no se quedaría a cenar con nosotros. Era una sobrina de Blanca, me dijo Ute, que estaba estudiando decoración, trabajaba con un anticuario y vivía temporalmente en la casa. Blanca no tardaría en llegar con Martine. ¿Me acordaba? No, no caía en la cuenta de que me estaba hablando de la bella francesa de la fiesta de invierno de Ernest.

Fue la jovencita quien nos sirvió los aperitivos antes de marcharse o, al menos, de desaparecer, a pesar de que circuló por allí una camarera vestida de negro aunque sin delantal y que luego nos serviría la cena. Todo muy oligárquico. También entró, a poco de que llegásemos, un perro grande con aire cansino, una especie de mastín leonado y con manchas que tenía una mirada tiernísima y que la tomó conmigo desde el principio y no paró de ponerme encima las manazas de seis dedos y de pedir conversación. En todo caso, abrevió la espera de Blanca y salvó a Ute de la evidente obligación de aprovechar aquel rato para hablar de sí misma, para confesar, más que explicar, su situación.

Blanca era una mujer madura, con una planta espléndida y una nobleza de gestos que se hacía notar. Iba muy sobriamente vestida, con un *tailleur* gris de suave cachemir y llevaba un extraño collar de plata sucia con rubíes sobre la blusa ocre muy tostado. Tenía un acento raro o que me pareció tal, hasta que supe, mucho más tarde, que era bilbaína y había residido hasta hacía muy poco, durante muchos años, en Francia. Era amabilísima, aparentemente encantadora, pero su manera de moverse desprendía un autoritarismo excesivo, la sensación de violencia contenida y sugería un carácter intransigente. Tras darme la mano insistió en que me pusiera cómodo, en que me quitara la chaqueta, pero comprendí instantáneamente que si lo hubiera hecho, si hubiera atendido su invitación, hubiera sentido por mí un gran desprecio, cosa que probablemente pretendía, que deseaba justificar.

Martine me pareció muy desmejorada. Estaba ojerosa, traía una cara triste y estirada y se movía sin aquella seguridad provocativa que había excitado mi curiosidad y la de mis contertulios en la terraza del «Garbí» la tarde en que la descubrí, cuando regresaba de un paseo con Ute por las playas de poniente.

Durante la cena Blanca expuso una teoría sobre el arte moderno y sus enfermedades contemporáneas que no hubiera soportado en circunstancias diferentes; quiero decir si la expectativa de lo extraordinario, que seguramente regía mis gestos y actitudes aquella noche, no me estuviese obligando a la prudencia o a la hipocresía. Con gran desparpajo y una seguridad que parecía afianzada en un gran depósito de reflexión, Blanca pretendía explicar las contradicciones de la plástica de vanguardia como consecuencia de una loca carrera de todos los artistas que se pretendían modernos para mantenerse en cabeza de la invención, sin que a ninguno le importara nada el valor real de sus obras de artesanía. Era un planteamiento moralístico de la vocación artística que usan los partidarios del arte imitativo y retrógrado, pero que en Blanca estaba en clara contradicción con confesiones de admiración por unos cuantos modernos determinados y que no tenían nada de común entre sí, ni como personajes ni como obra artística. Hablaba con igual reverencia de Picasso y de Marc Chagall mientras daba por supuesto, no se entendía por qué, que Matisse era un impostor o Braque un frustrado. Tampoco se sabía por qué Tàpies resultaba ser un vividor y, en cambio, Sempere un pintor angélico cuyas telas eran una lección ética y —tal como hablaba aunque no lo dijera— religiosa. Las afirmaciones de Blanca parecían apoyarse de antemano en el asentimiento de sus interlocutores —tramposo procedimiento de convicción nada original— y ese efecto era muy exagerado, tanto que sus interlocutores, yo por ejemplo, teníamos prontamente la impresión de que no creía nada de lo que decía y que estaba provocando a una polémica con segundas intenciones. Martine seguía el juego de Blanca con docilidad, subrayando oportunamente con observaciones paralelas, las más disparatadas e insólitas afirmaciones de la dueña de la casa, una táctica social muy de intelectual postulante de Saint-Germain-des-Prés, algo pasada de moda. Ute, callada, me miraba con inquietud, como si temiera que de un momento a otro mandase al diablo a su parlanchina anfitriona o le dijera que no había oído nunca pedanterías tan lamentables.

A la hora del café, Blanca había cambiado de actitud, parecía interesadísima por mis aventuras profesionales y pretendía hacerme hablar, cosa a la que no estaba en absoluto dispuesto. Era Ute la que contaba anécdotas más o menos inventadas de mi vida, que me pintaba como personaje atrabiliario. Estábamos sentados en uno de los tresillos, frente a la mesa de cristal ahumado a la que habían arrimado por el otro frente otro sofá. Blanca y Ute estaban sentadas frente a mí, las dos con las piernas cruzadas. Las piernas de Blanca empezaron a obsesionarme. Eran de un modelado extraordinario. Ella debió darse cuenta de mi mirada obsesiva y se puso a moverlas constantemente, como si estuviera muy nerviosa, lo que no era cierto, y yo sentía que se me iban las manos. Me invadía un deseo terrible, urgente, de tocar esas piernas, quizás en realidad para averiguar cómo eran, quizá por lujuria irreprimible. Por fin, de pronto, me levanté y le agarré una rodilla con la palma de la mano. Con la otra mano le levanté la falda y recorrí la cara del muslo con un dedo. Fue todo rapidísimo y las tres mujeres rompieron a reír casi al mismo tiempo. Yo me senté de nuevo, feliz y riendo. A partir de ese momento, la noche cambió. Se puso divertidísima. Blanca parecía otra persona, descrispada, ocurrente y cuyos chistes me parecían ingeniosos y las maledicencias oportunas. Claro que también a partir de ese momento yo me dejé ir, me puse a beber a chorro y a decir tonterías. Al cabo de poco rato me sentía feliz en compañía de las tres mujeres, que me parecían guapísimas y sueltísimas, y comencé a desear intermitentemente una cama redonda que no parecía imposible y de la que cabía imaginar el papel de cada cual; incluso pensé que tal vez, si había suerte, regresaría a tiempo la sobrina. Pero la también intermitente lucidez me advertía que si la excitación crecía y se orientaba a buen fin, me echarían a tiempo. En uno de esos nódulos de lucidez, decidí ponerme cariñoso e insinuante con Ute, que es lo que me tocaba hacer, y confiar en la providencia de los dioses. Los dioses, a través de Ute, decidieron que me encamara con ella, como mandaba la lógica de la historia, pero me permitieron ciertos achuchones y simbólicos tocamientos a sus amigas. Cuando ya estábamos muy borrachos, llegó en efecto la sobrina, muy seria y con un amigo, un joven diputado, creo que dijo que era, y, naturalmente, que venían a tomarse una copa, lo que, en vista de la situación, harían a solas en un apartado rincón. El inoportuno intruso era un cursi vestido de azul oscuro, con corbata granate brillante y zapatos, aunque obscuros, de color. Lo maldije, tal vez en voz alta, y observé que las derechas rectoras del país habían heredado las zafiedades de las sufridas clases medias de antaño. Dije seguramente otras impertinencias, o pullas, en todo caso muy reídas por mis damas, pero el lamentable jovenzuelo no pareció ni siquiera irritarse y me sentí muy despreciado. En un cierto momento, Ute me arrastró tirándome de la mano, mientras yo pretendía arrastrar a Blanca con la otra. Es curioso, creo que al final de esa sobremesa erótica tan hablada y bailada me había olvidado de la existencia de Martine y de la probable y excitante relación particular que presumía con Ute. O tal vez Martine, por lo que pudiera ser, se había marchado antes.

El piso alto, al cabo de una escalera de madera que arrancaba del otro lado de la puerta del fondo del salón, de una especie de *office* enlosado de blanco hasta el techo y con puertas esmaltadas y basculantes, como antesala de quirófano, parecía de otra casa. La escalera desembocaba en una galería de palacio colonial, o de hotel que lo imita, con puertas de cuarterones a distancia regular unas de otras y mesitas labradas entre ellas que sostenían ostentosos cacharros de cobre. La galería se interrumpía frente a una puerta mayor que las demás, flanqueada por una gran tela embutida en un presuntuoso marco barroco con columnas salomónicas y tímpano esculpido. Era un retrato de dama zurbaranesco, una especie de Santa Cecilia, aunque no se distinguían bien los atributos, con capa damasquinada. Ute se detuvo en la puerta inmediatamente anterior al ángulo del retrato e hizo sonar la aldaba de hierro de la puerta. La alcoba era sobria como celda de fraile; una cama de cabeceras de hierro con perindolas de porcelana, un buró muy austero de madera natural, un banquillo de rodapié, de cuero, y un anacrónico sillón isabelino con tapicería francesa. Junto a la cama había una puerta que podía ser de un *closet* o del cuarto de baño. La puerta, que resultó ser de un breve corredor que daba a un baño común a otras habitaciones, era estrechísima y, mirada de cerca, se revelaba como un fragmento de tabla con unas figuras ya muy borrosas que sugerían elefantes persas o hindúes, con las trompas para abajo, qué mal presagio erótico. Era la única decoración plástica. Había también un espejo de azogue muy llovido, enmarcado en pergaminos negros y un ventano muy alto con el cristal translúcido. Sobre el secreter había un santito de palo, probablemente un San Roque, en cuyas manos oferentes y vacías Ute había enredado varios collares.

Tras ir a orinar nerviosamente repetidas veces, como hago siempre que estoy inquieto y borracho al mismo tiempo, seguramente porque me olvido al instante de que acabo de mear, me senté desnudo en el sillón solemne. Me imaginaba que era un perro faldero y que me había situado allí a observar lo que ocurriera. Que no podía ser gran cosa. Ute, desnuda en la cama, apoyada en la cabecera con las dos almohadas a la espalda, me observaba a mí irónicamente. Interpretó mal la situación y acabó preguntándome, seguramente con disgusto, si quería que me contase su vida en Madrid. No, por supuesto, no en aquel momento, y no tuve más remedio que reunirme con ella en la cama y todo resultó de una frialdad decepcionante, a pesar de su evidente buena voluntad. Sólo la madrugada despertó mis ternuras, pero Ute estaba seriamente cansada y más bien pasiva y resignada. La luz de la mañana nos despertó definitivamente, sorprendiéndonos a los dos, creo, con la aguda impresión de que apenas nos habíamos visto y que nos habíamos acariciado y amado bajo los efectos de una anestesia. Ute se sentó en el sillón, de regreso de la ducha, para calzarse las humosas medias y en ese momento sí que me entró el rijo, un rijo inútil. O el priapismo, que producen en ciertas coincidencias la fatiga, el sueño y la resaca. Tenía sueño, entonces tenía sueño de veras. Ute me dijo que tenía que hacer una gestión en la ciudad, totalmente imprescindible, que me quedase durmiendo hasta su regreso —no tardaría más de dos horas— o que bajase a desayunar cuando me pareciera. En todo caso, ella regresaría para devolverme a la ciudad al mediodía. Se había puesto una blusa violeta y una falda negra y en sus últimas idas y venidas por la alcoba me pareció la mujer más deseable del mundo.

No debí quedarme mucho rato más en la cama. Intenté tomar un baño caliente, pero el agua no salía más que tibia, y me vestí con un poco de repugnancia por la camisa sucia del día anterior. Junto a la taza del retrete había un revistero con revistas francesas de modas y horribles magazines de ejecutivo con señoras flacas masturbándose a página entera y sobrados colorines. Lo que era una lata, porque yo no sé cagar sin noticias del día. Además no había papel higiénico o no supe encontrarlo y había que recurrir a unas cajitas de pañuelos de papel. Todo lo cual me puso de muy mal humor. Los dientes sin cepillar estaban ásperos y sabían amargo. Una verdadera lata, pensaba mientras salía al pasillo e intentaba orientarme. La puerta principal, a la derecha, estaba entreabierta y se oía una conversación. Me pareció oír mi nombre y me acerqué. Entra, dijo la voz de Blanca.

Estaba desayunando en la cama, en una habitación que, en contraste con la de Ute, tenía todos los atributos de cursilería de esas alcobas de lujo a la americana que sacan en el cine, incluso los inevitables sillones «confortables» de horribles formas cuadradas y tapicería de manta plisada. Estaba hablando con la camarera, me pareció que con extraña familiaridad, y sostenía la bandeja sobre las rodillas, una bandeja de plata con búcaro y rosa junto al plato de revoltillo y el vaso de zumo. Sin preguntarme lo que quería, dijo a la muchacha que yo también tomaría café. Estaba incorporada contra la cabecera *capitonée* de seda morada y tenía casi al aire el busto junónico. Se la veía muy propiamente despeinada. No sé si bastó la escenografía o hubo también una mirada de complicidad, pero comprendí enseguida que lo del café iba para largo.

Se había hecho innecesariamente a un lado, moviéndose junto con la bandeja de patitas, como para hacerme sitio en la amplia cama, sitio para que me sentara a tomar el café que me traerían enseguida, pero yo no me atrevía a comprender y tuvo que palmear en la mitad vacía de la cama e indicarme con la vista que aquél era el lugar que me destinaba y que íbamos a iniciar una larga sesión de confidencias. Ahora no había dudas; me quité la chaqueta y me senté, al tiempo que ella se removía, saliéndose mucho más del embozo, casi desnuda hasta la citura. Lo que no pareció sorprender a la camarera que entraba en ese momento con una cafetera de plata, mejor tetera de samovar, y unas tacitas chinas. Cuando la chica se retiró, apartó su bandeja, dejándola en el suelo, sirvió el café, sentada en el borde de la cama, me dio mi taza y se instaló a mi lado con las rodillas recogidas. Sin más trámites, en cuanto sorbimos el café, se puso sonriente a desabrocharme la camisa.

Esa Blanca era enormemente sabia y astuta. Todo se produjo con la cadencia más deseable: la ferocidad bucal, el beso tierno, la caricia dura y la licencia para el asalto, por su orden más conveniente y las pausas más eficaces. Me dio tiempo a mezclar la admiración y el deseo, a constatar repetidamente que tenía un cuerpo magnífico y me dio incluso ocasión para que se lo dijera y se dio tiempo a sí misma para disimular sus defectos, el exceso de sus ancas, por ejemplo. Luego, al final, fue ella quien adelantó esa observación quizá después de que yo hubiera dejado intuir que los muslos sobrados no eran contrarios a mis gustos, ni siquiera plásticos. Así que no resultó nada extraño que, recién jodidos, me pusiera a hablar de las figuras de Maillol y de los desnudos de Rebull y de esa teoría de todos los aprendices de dibujante acerca de la conveniencia de modelos un poco llenas para obtener figuras esbeltas. Le dije que Rebull prefería modelos cuarentonas, me parece que en tono convincente que no podía enfadarla y que más bien subrayaba mi sincera admiración por sus formas. Y ella pareció tomarlo bien, sin darle mayor importancia. Tenía mucha confianza en su cuerpo. Durante el resto de la mañana, hasta que regresó Ute, se paseó desnuda, sin ningún remilgo y sin afectación tampoco. Se daba cuenta de que mi admiración iba en aumento y eso la ponía de buen humor. Había sacado, de una cómoda cuadrada con taraceas de madera roja un cajón lleno de fotografías y me estaba contando cómo había sido su vida en el campo normando unos años atrás. Hacía observaciones sobre la casa que se veía en las fotos y el parque que se adivinaba o sobre el paisaje, pero no decía nada concreto que aclarase con quién vivía allí o cuál había sido la razón de ese exilio campestre. Aludió varias veces a una hija, pero no como si se tratase de un personaje presente sino como alguien que tuviera relación con aquello pero que no estuviese allí. Debía saber que esa elipsis de la historia la hacía parecer misteriosa y apasionante. En una de las fotos se veía un anacrónico automóvil cuadrado y con tres ventanas, un sedán de cualquier marca pero como de los años treinta. Le pregunté qué significaba aquella hermosa antigualla y me contestó que Georges tenía pasión por los coches antiguos, como si Georges fuera un personaje sobre cuya identidad no me cupiesen dudas. En ese momento se me ocurrió que estaba fabulando y que incluso la casa debía ser mentira. Pero me equivocaba. Blanca había estado efectivamente casada muchos años con un diplomático mucho mayor que ella y de pasado dudoso, de juventud *vichyssoise,* del que tenía una hija más o menos de la edad de Adriana. Durante esos años el marido había estado en misión en Islandia, quizá como embajador, y ella se instaló en ese *manoir* de novelón romántico, aunque conservaba abierto el piso de París donde más o menos vivía la hija, estudiante de *Beaux Arts* de la generación del 68. De ahí las misteriosas ideas de la madre sobre la moral y el arte contemporáneo.

Blanca había abierto de par en par las puertas de cristal que daban a la terraza y entraba y salía en cueros con gran naturalidad y haciendo elogios del día soleado, a pesar de que a mí me parecía fresco y cada vez que ella salía me daban escalofríos. Estaba magnífica, de espaldas, bajo una luz muy matizada, acodada en la baranda, cuando señaló el regreso de Ute. Debió reconocer su coche a lo lejos. Yo

165

entendí que debía vestirme sin demora y lo hice con irritación, de nuevo a causa de la camisa ajada y con precipitación para que no me viera ponerme los calcetines, eso que me humilla tanto y me deja tan deprimido. Cuando Blanca se volvió, muy poco después de su observación, estaba casi vestido y ella se echó a reír. Me preguntó si me creía un amante de armario o si me quedaba el reflejo de la diana militar.

Ute abrió la puerta sin llamar y seguramente sin sospecha de que yo pudiera encontrarme allí, y se quedó helada de sorpresa al descubrirme tan correcto sentado en uno de los sillones cuadrados de tapicería escocesa, conversando con Blanca más que desnuda, porque se había echado un *peignoir* de gasa sobre los hombros. Faltaba un galgo ruso para componer una fantasía a lo Van Dongen. La alemana, apabullada por la escena, no dijo nada, ni siquiera un saludo. Blanca nos mandó a los dos al salón, a que la esperáramos tomando una copa. Si íbamos a Madrid, vendría con nosotros. Ya en la escalera, Ute recuperó la voz. Estás loco, estás loco, repetía, y siguió diciendo eso con aire consternado cuando, sin haberme preguntado qué quería beber, me servía un campari desmesurado con manos temblorosas. De pronto me pareció que volvía a ser la viuda serenísima de perfil italiano del día del suicidio de Sam, y me entró una gran ternura. Como por la mañana, seguía siendo la mujer más deseable del mundo.

Blanca conducía despacio, casi con solemnidad, y estaba excusada de conversación, pero yo tenía que probar a mantenerla a la vez con ella, decidida a no decir nada, y con Ute, que parecía inquietísima en el asiento de atrás. Expliqué varias veces las razones que hacían imprescindible mi asistencia aquella tarde a la presumiblemente última reunión de los plásticos, última al menos de aquella tanda y que, a pesar de que me había comprometido para cenar aquella noche con Juan Haro, que al fin y al cabo, además de ser amigo, era de los más sensatos de los sesionantes, me gustaría hacerlo con ellas, me divertiría invitarlas. Podríamos encontrarnos en mi hotel al filo de las nueve y tal vez quedarnos allí mismo. El restaurante sueco era o había sido muy bueno, ¿lo conocían? Blanca declinó varias veces la invitación. Ute pasaría a recogerme a eso de las ocho y media.

Seguramente a causa de mi mañana con Blanca, me dio por hablar de viejos artistas en general y de Rebull en particular en la sesión de la tarde. Era a propósito de las presidencias de honor de la asociación casi fundada. Pero aquellos salvajes mesetarios, tan cortesanos y obsequiosos con los príncipes de la banca y de las multinacionales y con las aristocracias profesionales capitalinas, no habían oído nunca hablar, la mayoría, de Rebull o de Fenosa, lo que acabó irritándome y forzándome al desafuero y a la impertinencia, herido en mi dignidad catalanista. Les llamé a todos provincianos, me puse a explicar por qué me lo parecían y hubiera acabado injuriando a Velázquez si no hubieran optado por sosegarme y por reconocer que realmente la historia nos había hecho cruelmente extraños. Pensarían en Rebull para la presidencia. No, era inútil, Rebull estaba demasiado viejo aunque moriría con la escofina en las manos.

Ute había comprendido que no tenía escapatoria y que esa noche debía sincerarse conmigo sin más demora, o bien, dar nuestra relación, cualquiera que hubiera sido, cosa que ninguno de los dos sabíamos muy bien, por terminada. Yo quería saber fundamentalmente si tenía intención de volver al pueblo y, en todo caso, si creía que corría peligro en relación con esa obscura historia de anfetaminas y catamaranes, pero ella prefería, antes de confesar sus intenciones, contar su historia madrileña. No hacía tanto tiempo que estaba con Blanca, en casa de Blanca. Allí la había llevado Martine haría a lo sumo dos semanas. Cuando vino a Madrid, se instaló en un piso del centro donde vivían amontonados —ella decía que en comuna— dos parejas y dos muchachas solas, una de ellas, suiza alemana, que había tratado mucho en sus años parisinos y que trabajaba ahora en el consulado de su país, aquí en Madrid. La suiza estaba muy bien relacionada y había prometido ayudarla a obtener rápidamente y de una vez los papeles de residencia. Con esa condición jurídica sería inmune a las salpicaduras de los feos asuntos del pueblo, a esas colas delictuosas de los que fueron negocios de Sam y de sus amigos y en los que ella a veces había hecho el inocente papel de correo. En su situación actual, en cambio, las autoridades españolas podían echarla sólo por sospechas, porque era sólo turista, y luego ponían su nombre en unas listas que tienen los policías en todas las fronteras y no podría ya nunca regresar a este país en el que ahora vivían todos sus amigos. Yo me preguntaba que a qué amigos se refería si no es que estaba aludiendo a nuestra relación de modo muy discreto. La suiza la había puesto en relación con un señor del Ministerio, muy importante, un abogado muy poderoso, decía ella, que la había sacado varias veces a cenar y a bailar. Rara forma de tratar asuntos administrativos, pensaba yo. El influyente funcionario había escrito muchas cartas e informes y, finalmente, su caso, muy recomendado, había ido a parar a unos policías distinguidos del negociado de extranjeros de la Puerta del Sol. Había hecho amistad con uno de esos policías finos y educados que la había convidado alguna vez y que la llevó una tarde a una fiesta de colegas, en casa de un compañero recién ascendido. Fue una fiesta muy loca, con mucho alcohol y muchos porros y de la que salió con un agente guapísimo que resultó ser un mandamás de la brigada de narcóticos. El joven comisario o lo que fuera la había llevado a su casa y allí, tras mucho alcohol y pastillas y con mucha gimnasia erótica, había enloquecido hasta extremos indescriptibles. Daba brincos por la habitación, gritaba o fingía que iba a suicidarse, desaparecía a cada rato, seguramente para pincharse, la amenazaba con sus armas, dos revólveres, decía, y hacía largos discursos sobre la evidente necesidad de que murieran allí los dos. Ute tenía la impresión de que su compañero vivía un episodio de doble personalidad y que uno de sus personajes era un asesino realmente decidido a acabar con ella. El policía había cerrado la puerta con llave y la había escondido, y Ute no tenía más remedio que aguardar, para salir de allí, a que la necesidad, el hambre o la sed los sacase a la calle y ella pudiese escapar, lo que no ocurrió hasta al cabo, casi, de dos días.

Ute había huido, pero el policía loco averiguó sus señas y la perseguía implacablemente. Provocó escándalos en la casa y tuvo una pelea muy desagradable y fiera con uno de sus compañeros de piso. Tuvo, pues, que dejar esa casa. Fue Martine la que la sacó de allí y la llevó a casa de Blanca, que se había portado con ella maravillosamente, como una hermana mayor. Las influencias de Blanca eran de mucha más altura y los papeles de residencia estaban a punto de llegar. Era eso lo que la retenía en Madrid y, por otra parte, no deseaba en absoluto volver al pueblo, todavía indocumentada. Con sus papeles en el bolsillo, dentro de pocos días, no tendría por qué preocuparse por las delaciones y sospechas de los mafiosos de «El Paraigües» ni por las investigaciones de cegatos de los guardias civiles locales. Pero quería volver. Incluso pensaba que podría encontrar un buen trabajo durante la temporada de verano. Un trabajo que no le impidiera colaborar conmigo como hasta ahora.

Habíamos pasado del bar al restaurante. La historia del policía esquizofrénico y las copas que necesité para tragarla me habían mareado un poco, pero me sentía bien cuando me senté a cenar. Con la esperanza de que pagara el Ministerio, habíamos pedido una cena carísima, con rarezas nórdicas y excelentes vinos. Ute como si se sintiera aliviada de sensación de culpa tras su relato, se había puesto tierna y me hacía preguntas sobre mi vida en el tiempo en que habíamos estado separados, mirándome a los ojos y apretándome la mano sobre la mesa, en un gesto muy familiar. Estábamos terminando con las ostras cuando, con gran sorpresa por parte de los dos, vimos aparecer a Blanca con una cara muy seria, avanzando enérgica y decididamente hacia la mesa. Mientras se sentaba dijo que se había sentido muy sola y sin ganas de volver a casa y que, aunque ya era un poco tarde, había pensado que nos alcanzaría, al final de la cena. No, nada de eso, estábamos sólo comenzando. Le recomendábamos las ostras, eran exquisitas. Sobre todo, pensé, las pagaba el Ministerio, pero eso me parecía cada vez más dudoso.

Entre Blanca y Ute se estableció instantáneamente una relación agresiva de la que me sentí excluido y que me angustiaba. Blanca contaba su visita de hacía un rato, a última hora, a unas amigas suyas que tenían una tienda de regalos carísimos y que eran unas cursis insufribles. Describía con enorme crueldad a una de ellas, abusando de detalles atroces y, según la miraba, parecía que estaba describiendo a Ute. Temí que de un momento a otro dijera que la amiga tendera se acostaba con policías borrachos. Ute decía de cuando en cuando que la notaba muy nerviosa y muy agresiva, y que seguramente habría tenido otros disgustos que los de la constatación de la cursilería de sus amigas. Las dos voces se ponían metálicas y mi angustia iba en aumento. Bebí rápidamente mucho vino, quizás una botella, en el rato en que esperábamos el cambio de platos. Luego comencé en silencio a atacar aquella cosa que en la carta figuraba como tosta holandesa, una especie de *soufflé* de salmón, grasas y natas, y, de pronto, me sentí malísimo. Primero fueron náuseas, arcadas y trasudores, pero enseguida esa asfixia de otras veces, y el nublárseme la vista, y el perder el equilibrio. Debí de dar el espectáculo; no puedo imaginarme el triste papel que representaría durante esos atormentados minutos. La cena terminó ahí y las dos mujeres me acompañaron a mi cuarto, donde me empeñé en tomar otra copa con la que estaba seguro que me repondría. Y tal vez, hasta perdí el conocimiento. Me habían tendido en la cama y amortiguado las luces, y, mientras jadeaba penosamente en esa penumbra terrible oí que hablaban de llamar a un médico, lo que me parecía un disparate.

Tal vez dormí un rato. Cuando me propusieron llevarme a Pozuelo y ponerme en manos de un médico famoso, amigo de Blanca, que habitaba allí cerca en una urbanización, no opuse resistencia. Y no recuerdo el viaje. El médico, un viejo muy alto, canoso y elegante, disfrazado de urgencias con una chequeta de terciopelo granate, me puso una inyección intravenosa y me dio unos bebedizos. Eso debía ser ya tarde, casi en la madrugada, y me dijeron que regresó a visitarme de nuevo al cabo de pocas horas, de camino a su trabajo en Madrid. Pero yo no le vi esa vez. Por lo visto, me mantuvieron dormido casi veinticuatro horas.

Me habían instalado en una habitación muy sobria, junto a la de Ute, decorada con muebles obscuros y asientos de cuero negro y con un aparador de vidrios emplomados lleno de libros antiguos. Un cuarto insospechable en aquella casa, como si hubiera sido la alcoba de un tío secreto o de un pariente viejecito que se hubiera refugiado en la casa con los muebles de su habitación en otra, en un apartamento de fin de siglo en la ciudad, de esos que la muerte va dejando vacíos con apariciones puntuales cuando liquida una generación de supérstites. Pasé allí tres o cuatro días, no sé bien, mientras me encontraba realmente mal, muy quebrantado, no sé si a consecuencia de la aparente intoxicación de la noche de la cena o por las drogas que me suministraba el elegante médico vecino. Mi primera idea había sido embarcarme en un avión que al fin y al cabo me devolvería a casa en cuatro o cinco horas, contando con los taxis y las inevitables esperas de aeropuerto, pero me habían convencido de que no estaba en condiciones de afrontar la soledad del pueblo y que no había razón de que abusara de la solicitud de Montse, mi vecina, o de los amigos del fin de semana. En realidad, era razonable que me quedase allí, a no ser que prefiriese la clínica del doctor Raset. Además, en esos días el pueblo habría cambiado de decorado, habría comenzado la temporada, y eso me obligaría a modificar mi sistema de costumbres, lo que no podía hacer en ese estado. Lo que era probablemente cierto. Al cuarto o quinto día, comencé a hacer una vida más o menos normal, con paseos por el jardín de hierba gris y sin sombras e incluso del otro lado de la tapia de piedra, donde la misma hierba alimentaba misteriosamente, nunca me expliqué cómo algunos terneros canijos. O tomaba el sol en la terraza de Blanca y bebía, de nuevo, con moderación. Se estableció un régimen de trampas eróticas que me obligaba a la intimidad con Ute o con Blanca aprovechando las ausencias de una de las dos. O a veces, simplemente, las incomparecencias, lo que vestía la situación con irritante puerilidad. Ese malentendido y esos encuentros y desencuentros aparentemente en la clandestinidad tenían algo de infancia de hijo de familia, remitían al rerecuerdo o a la imaginación de fornicar con la criada en la cama de mamá. Probablemente, esa incomodidad moral era perfectamente asumida por Blanca y tal vez había formado parte de sus cálculos, pero era evidente que humillaba a Ute y me hacía sentir ridículo a mí mismo. Sobre todo, era Ute quien me preocupaba; estaba claro que eso degradaba la imagen de sí misma que cultivaba, y enturbiaba el poco misterio salutífero que significaba la relación entre ella y yo. Tenía que marcharse ya; aquella situación vodevilesca y envilecedora no podía durar. Sentía perder de vista a Blanca, que me gustaba cada día más, pero nuestra amistad era una ilusión insensata y no veía ninguna posibilidad de prolongarla.

Ute me acompañó a la estación, silenciosa y triste. Estaba como indefensa y tuve la sensación de que sentía repugnancia por la idea de regresar a la casa de Pozuelo, pero, si alguna vez la había tenido, había perdido la prisa por volver al pueblo y por reemprender nuestra costumbre. Llevaba ese día, de nuevo, su blusa violeta, y la tristeza imprimía una cierta madurez a sus posturas, una cierta gravedad a la figura. De nuevo, por un momento, me pareció la mujer más deseable del mundo y la miré por última vez en la escalera de los andenes con la impresión de que tardaríamos mucho en volvernos a ver.

Aquel viaje me pareció larguísimo. Desde que el tren arrancó se apoderaron de mí dos preocupaciones distintas que se trenzaban y se destrenzaban y que desde el principio supe que no me darían respiro, que no me dejarían en paz un solo momento hasta que cruzase la puerta de la casa con un proyecto de personaje bien definido, con un proyecto claro de representación, sabiendo quién era el que volvía y para qué, y qué haría inmediatamente. No podía permitirme esa moratoria que pasa el protagonismo a las circunstancias. Esa angustia del futuro inmediato, que tendría que haber cesado a la mañana siguiente, era una de las ramas de la preocupación. Qué iba a ser de mí y con mi trabajo, inmediatamente después de llegar. La otra era el recentísimo pasado, la sensación de asco y el sentimiento de culpa de los últimos días y, en el fondo, Ute. Probablemente la convalecencia en Pozuelo había hecho añicos la imagen ética con sombreados edípicos que Ute necesitaba conservar de mí. En nuestro próximo encuentro, si llegaba a producirse, todo comenzaría a ser brutal y mecánico y, en definitiva, invivible, lo que para mí tal vez no era grave, pero para Ute, si era como yo estaba pensando entonces, sería atroz. Eso me convertía desde ahora mismo en un personaje lamentable y convertía toda esa historia en una historia lamentable. ¿O acaso Ute me importaba de veras, como había insinuado varias veces Barral? La ausencia de los Barral, por otra parte, agudizaría mucho las dificultades de readaptación. Los amigos del «Garbí», propagándose —y prolongándose— en lo que ya empezaría a ser colonia veraniega, con familias residentes y niños de vacaciones, resultarían de trato muy incómodo y con violencia en las costumbres. Las gentes de «El Paraigües», quien más quien menos, habrían iniciado su estación laboriosa y sólo serían accesibles en las horas marginales, sobre todo en las madrugadas enervadas por el ansia de evasión. Estarían todos disfrazados de víctimas del trabajo sin descanso. Ninguno conservaría una brizna de ironía sobre sí mismo. Tensos, envidiosos, peleones. Me resistía incluso a imaginarlos.

Los trenes ya no eran como antes. Esos coches-cama de diseño aeronáutico, con contraplacados de aluminio, no sólo eran feísimos sino incómodos e incompatibles con los encantos del anacronismo y las nostalgias de los viajes en tren. Los pasillos frente a las cabinas ya no tenían una barra donde agarrarse apoyando un pie en el radiador de la calefacción, y excluían, por lo tanto, una postura habitual, referente en la memoria de la gente de mis años, del episodio biográfico repetido que consistía en meditar, así apoyado, absolviendo el paisaje, a las excrecencias suburbanas de las ciudades y a los bordes ferroviarios del campo, de su fealdad evidente. Traqueteando entre los ángulos de aluminio, esa fealdad era insoportable, como uno por dentro. Además no había bar, ni vagón-restaurante, y había que beber incómodamente en la cabina; fría, descaradamente; sobre la tapa del ridículo lavabito, especie de dompedro de diligencia.

Capítulo VII

La impresión de que el pueblo había aprovechado esos días de mi ausencia para adoptar precipitadamente otro aspecto, modificar el sistema de costumbres y trocar y revolver los lugares y las horas de encuentros era tal, era tan fuerte, que las noticias sobre detenciones y órdenes de arresto y los rumores sobre el embrollo policial del contrabando y el tráfico de drogas parecían muy naturales, tan ajustados al nuevo paisaje, a las nuevas escenografías, que uno estaba tentado de reconocer que claro que era así, que no tenía nada de extraño, que no hubiera podido ser de otro modo.

Hacía muchos años que no coincidía en el pueblo con esos cambios que señalaban lo que en el lenguaje de los lugareños se nombraba durante todo el año como el principio de temporada, unos actos y actitudes colectivas que significaban estar dispuestos, ponerse a servir a los visitantes y turistas que parecía que empezaban a llegar o que llegarían inminentemente. Los bares y los establecimientos cerrados durante la temporada muerta, abrían, se engalanaban, se iluminaban y parecían de pronto ser muchísimos más que durante los meses letárgicos, en que permanecieron con las cortinas metálicas echadas o con los portones despintados asegurados con tablas y trancas incluso clavadas. En las calles de aceras anchas y en las esquinas y a todo lo largo del acerón del frente marítimo los restaurantes, los bares y las tabernas habían vomitado sillas y veladores, de momento no concurridos, y en muchas partes se erguían toldos y sombrillas para proteger del sol por lo pronto al turista ninguno. La playa, de punta a punta del

casco urbano, se había poblado de mástiles de colores que
dentro de poco sostendrían lonas a rayas que formarían
dos hileras de toldos para los bañistas y ya se habían plantado barracones para equipos de socorro o depósitos de
instrumentos deportivos. Signos, banderas, cartelones, anticipándose a una multitud que querrá ser atendida y un
gran ajetreo de las gentes que estaban ya muy ocupadas
no se sabe en qué y desde luego ausentes a cualquier hora
de los lugares donde hacía unas semanas se las encontraba
permanentemente. En «El Paraigües» no paraba ninguno
de los habituales y no le podían decir a uno dónde podía
encontrarlos. El «Garbí» estaba abierto toda la semana
desde el mediodía, aunque vacío. Las hijas de Barral se
turnaban la guardia y Alexis, el hijo mayor, le daba a la
brocha improvisando mezclas de pintura de bote sin conseguir dos sillas del mismo color. Los Barral habían vuelto, pero Carlos estaba muy poco restablecido y según
decía horrorizado por el cambio del escenario, de manera que vivían enclaustrados. Contra lo que se acostumbraba en aquella casa, las vidrieras estaban cerradas con llave
y las cortinas corridas. La vecina Montse estaba montando
su tienda y me advirtió que no podría seguir ocupándose
de mí con regularidad, de manera que tendría que inventar otro sistema de codificación del tiempo y buscar la mayor parte de mis comidas en la calle. Incluso Amparo, la
esforzada andaluza, me anunció un cambio de horarios porque desde ahora tendría otras ocupaciones. Todo eso significaba que el cambio de paisaje devoraría mi legalidad,
invadiría mi vida, lo que me ponía al borde de tener que
decidir acerca de si lo mejor no sería dar por terminada
mi estancia en la playa hasta el próximo otoño. Ni que
decir tiene que no imaginaba el papel de Ute en esa nueva
puesta en escena y que parecía providencial que los peligros del expediente policiaco de los catamaranes o de las
fábricas de anfetaminas la mantuvieran alejada. Tampoco
me imaginaba mucho trabajando en el pueblo invadido de
estridencias y de agresiva fealdad. Lo mejor sería marcharse a cualquier parte hasta que cesara aquel artificio con

los primeros temporales de septiembre. O podía hacer como el enfermo Barral y encerrarme como un caracol en su cáscara en el caserón vacío. Pero eso no iba mucho con mi personaje. Además había que contar con la impertinencia de las visitas. Durante la llamada temporada el lugar se convertía en una especie de pasillo por el que transitaban casualmente los más variados personajes, los más olvidados amigos o amigos de amigos o recomendados de personas queridas que consideraban que la brevedad de su estancia era molestia pequeña sin darse cuenta de que la suma de pequeñas molestias era un constante castigo. Pero tenía que tomarme un tiempo para decidir, realmente no sabía qué partido tomar y no había contado con que esa transformación del ambiente sería tan súbita y completa. El verano, el horror del verano turístico, se había puesto en pie como a toque de corneta.

Barral había vuelto demacradísimo y con una mirada vidriosa. No se separaba del bastón, andaba con dificultad y con fatiga y se ahogaba hablando. Había hecho transformar la habitación principal de su casa, la que daba al balcón canario volado sobre la acera, en un estudio que apenas recordaba la alcoba matrimonial que fue hasta que marchó a operarse por segunda vez. Yvonne había hecho milagros y con muy pocos elementos había transformado el cuarto en un estudio acogedor que parecía realmente aislado y directamente volcado al mar por encima del lamentable paisaje playero. El poeta tendría que asomarse al balcón de madera para sus espionajes libidinosos si era que, a pesar de lo que indicaba su aspecto, se sentía aún inclinado a ellos. Había puesto tres mesas en U que dejaban en medio un hueco para el carrito de la máquina eléctrica y había desterrado a los pasillos la mayor parte de los libros que antes había en la alcoba. En los estantes sólo había dos hileras de libros, en la parte alta, menos accesible, y muchos rollos de papel con gomitas que decía que eran mapas, y objetos caprichosos y más bien extraños. Se había traído de la ciudad dos sofás de cuero y un sillón articulado. Las mesas estaban maniáticamente despejadas.

La única persona a la que se encontraba por todas partes y que estaba constantemente dispuesta a perder el tiempo y a tomar copas donde fuera era Nuria. No tenía ninguna prisa por montar su *boutique* y encontraba divertido y ridículo el afán de los demás. Parecía saber todo lo que ocurría, pero daba versiones contradictorias. Un día contaba que la opulenta Rose había tenido que abandonar el pueblo porque la habían pillado en un asunto de proxenetismo y temía ser expulsada del país y al otro día se asombraba de que uno no recordase que había sido una de las primeras detenidas tras las hipotéticas confesiones de Ricart. Lo que sí era cierto es que a quien habían detenido dos veces era a Ramón, el borrachín de «El Paraigües», y que las dos veces lo habían tratado muy mal. Ahora estaba de nuevo en el pueblo, pero huía de todo el mundo y era imposible preguntarle qué es lo que le había ocurrido en la comisaría y en la cárcel. Decía también Nuria que el farmacéutico fabricante de drogas había salido de prisión gracias a una fuerte fianza y que estaba en Barcelona dirigiendo desde allí sus negocios. La verdad es que la farmacia, regida por un ex-guardia civil, funcionaba perfectamente. Gerard estaba ausente desde hacía semanas, al parecer en las islas Seychelles, pero no por placer sino por negocios. Había ido a comprar, decían, una goleta que pensaba explotar en aquellos mares y en éste en régimen de charter. Él sí debía saberlo todo y seguramente había tomado sus distancias con respecto a todos sus amigos y protegidos que pudieran estar contaminados por esa especie de delito anónimo y comunal en cuya investigación la policía andaba todavía perdida. Si es que tenía algún interés en esclarecer los hechos. Lo más probable, decían los rumores, era que aprovechase el incidente para hacer una limpieza de extranjeros de residencia más o menos legal y metidos en negocios y negociejos embarullados que molestaban a los caciques emprendedores que les habían visto prosperar con envidia. Ernest, por ejemplo, parecía esperar con impaciencia los acontecimientos. Una tarde en que coincidimos en «El Paraigües» vacío a la hora del café, me dio a entender que no creía en la inocencia de casi ninguno de nuestros amigos comunes y que, aunque se cometerían injusticias con muchos de ellos en vista de la torpeza con que estaba actuando la autoridad, era bueno para el pueblo que acabaran echando a la mayor parte de esos vividores. Maj-Britt, que quizás en el fondo se debía sentir como uno de ellos o que no podía olvidar que ella había llegado por los mismos caminos y había compartido un tiempo la suerte de los demás, le echó una mirada furiosa. Era un reproche terrible, el acta de una injuria, pero Ernest no pareció darse cuenta; en ese momento volvía a ser el muchachote aldeano, egoísta y vulgar que unas buenas maneras rápidamente adquiridas habían conseguido disimular en los últimos años pero que yo recordaba con cierta irritación cada vez que se ponía desdeñoso o prepotente.

Perder las tardes en el bar o en el viejo café, tanto si uno había aprovechado las mañanas como si las había dilapidado, dejando correr el tiempo por entre la sospecha de la existencia de los demás, repetidores de chismes, bromas y alusiones tan constantes que congelaban el almanaque, o bebedores ceñudos y solitarios y jugadores de mesa de rincón, había sido frustrante y aburrido durante muchos meses, pero buscar cada día esa imaginaria compañía y encontrarse solo y desplazado entre gente fugaz y atareada, era mucho peor, era angustiante. Perder el tiempo a solas es empresa imposible, al menos en los teatros del ocio colectivo. Eso era al menos lo que me repetía cada tarde, al canto de la enésima cerveza, cuando empezaba a encontrarme mal y comenzaba a detestarme.

Había intentado reemprender el trabajo, no el de las tallas del cobertizo que continuaban cubiertas con las viejas velas que Barral me había prestado, sino un trabajo de taller, un par de barcos, algunos dibujos y un viejo cuadro empezado que aparentemente era un estudio de movimientos a partir de estudios de postura de Degas de la época en que me instalé. Era una armonía de grises, negros y azules tan casual que parecía a punto de cesar, lo que hacía muy difícil continuar pintando. Perdía muchos ratos haciendo y deshaciendo estúpidas pruebas. Era una tela muy grande, lo que es muy ventajoso porque permite muchos vagabundeos. Los dos bloques cubiertos por las viejas velas quedaban estupendos así envueltos por ese algodón teñino y reteñido, lleno de historia, con costuras y remiendos y con esas trenzas de esparto de los matafiones y los cabos de rizo deshilachados. Si aquello hubiera sido sólido, duradero, hubiese tenido la sensación de haber encontrado una forma de expresión, esa sensación falsa en la que sin embargo deben confiar tantos artistas crédulos con fe en el progreso de las artes por vía de los inventos. Era una lata que los elegantísimos pliegues de esa lona con historia no fueran materia plástica, no fueran más que materia literaria.

Tampoco había abierto el estudio de Ángela, el viejo comedor apañado, y no había vuelto a ver las figuras más o menos terminadas y las escayolas que Ute y la mexicana habían acumulado allí. Pasaba mucho tiempo en el primer piso, en el estudio de la cojera, haciendo ver que leía o llenando páginas de un diario sin sentido, lleno de abstracciones y generalidades. Eso de la generalización es una enfermedad común del pensamiento artístico y sólo es tolerable en forma aforística y más bien eventual.

Veía a Barral muy poco a solas, pero con alguna frecuencia cuando tenía visitas, generalmente amigos comunes, lo que era casi cada día. Yvonne procuraba que esas visitas fueran breves y aunque yo no me sentía implicado en la vigilancia de la fatiga del marido y más bien sospechaba que mi compañía, a menudo silenciosa, le hacía bien, procuraba no prodigarme, realmente preocupado por el evidente desmoronamiento del amigo. Muchos de esos visitantes llegaban al mediodía y se perdían unas horas en la playa, pero se comían la tarde del poeta, sacándole de su siesta y obligándole a una conversación que con frecuencia daba la impresión de impacientarlo. Pasaba de la pasividad a la agresividad verbal a propósito de cualquier cosa, de cualquier nadería, y se ponía vehemente hasta la asfixia. Bebía poco pero con gran ansiedad, espiando que nadie le viera para rellenar el culo del vaso, que diera la impresión de haber guardado un trago sobrante. Era evidente que envidiaba la embriaguez de los demás.

De esas visitas a Barral, cuya ceremonia compartía a veces y en parte —la de las últimas horas— y que empezaban a tener algo de macabro o de evangélico y caritativo, recuerdo con cierto detalle muy pocas, porque en general eran tan parecidas que se hacen la misma en la memoria. Pasó casi todo un día con nosotros —y digo con nosotros porque ese día lo empleé casi por entero en esa compañía— el ancianísimo y loquísimo Juan Larrea que estaba de paso por España, entre otras cosas, para ultimar una edición crítica de su más que admirado Vallejo que Barral estaba llevando a cabo en su agonía editorial. Había aparecido ya, creo, el texto íntegro y restituido de los poemas, pero faltaba un segundo y enjundioso volumen de aparato crítico que el anciano tenía listo pero no podía entregar por no se sabe qué complicado problema de copia y corrección. Larrea viajaba con un nieto adolescente que por primera vez había salido de su Córdoba austral y serrana y que precisamente en esta visita veía de cerca el mar por primera vez. Al viejo eso le parecía un acontecimiento extraordinario, al muchacho, de expresión más bien estólida, no, en absoluto. En cuanto el chico se alejaba, el viejo poeta se ponía a decir pestes de su convivencia con él y de su total incapacidad para comprender sus indiferencias, la banalidad de sus ambiciones y su afición patológica a las motocicletas. El niño había caído como un meteorito sobre su soledad a raíz de un accidente aéreo en el que perecieron sus padres, la hija y el marido. «...*Le malheur vient des airs*...», repetía, citando seguramente un poema muy conocido pero que yo ignoro y subrayando la cadencia con su bastón. Yvonne había sacado a la puerta de la casa una mesa montada sobre dos caballetes y había servido un aperitivo centrado alrededor de un porrón gigantesco de vidrio verde y encordado para colgar, como los que usan los pescadores en la mar. Ese instrumento, finalmente tan común, provocó la admiración del viejo, que empezó a disparar imágenes que revolvían Roma con Cartago o más bien el Mediterráneo con la civilización andina. Hablaba de cipos, máscaras y cóndores, como si fueran especies de la misma familia, cosa que me irrita mucho y que me llegó a poner mal educado. Pero no se daba cuenta; estaba como en trance. Mientras echaba tragos del vino casi salobre de la región, que encontraba delicioso, lo que me hacía pensar que era un vasco arrasado por el salvajismo criollo que había olvidado la dulce Francia a pesar de sus fidelidades poéticas, descubrió que el nieto se había sentado de espaldas al mar en una dunilla, mientras pasaba, muy cerca de la costa, un velero de casco oscuro con todo el trapo al viento, envuelto en un revoltijo de gaviotas hambrientas. Apuntaba alternativamente con el bastón a esa especie de clipper de juguete y al niño meditando de espaldas al Mare Nostrum, repitiendo una y otra vez: «...*Steamer balançant ta mâture / Lève l'ancre pour une exotique nature!*» y, separando la cita con interjecciones: «Idiota, es un idiota». Y la verdad era que esta naturaleza, por definición la menos exótica del mundo, era exótica para el salvaje austral, pero se veía que no le interesaba y los barcos exhalando pájaros tampoco. Barral tenía tal aspecto de fatiga que parecía más viejo que el ancianísimo, que lo era tanto que, según me contó después el propio Barral, la prensa y las revistas literarias lo habían dado por muerto repetidamente tres o cuatro veces en los últimos años, como si a las gentes que aún se acordaban de él les resultara difícil de creer que durase tanto. Después de ese aperitivo en la acera, se produjo súbitamente uno de esos milagros de luz y sombra, frecuentes en la baja primavera y que son como un combate de ángeles o de titanes en los cielos sembrados de nubes densas y de formas muy trabajadas. El viejo, entusiasmadísimo, quiso arrancar un paseo, pero Barral, que estaba esta mañana a zumos de apio y mordisqueando la pipa apagada, se declaró en estado de incapacidad física, incluso para andar. Su confesión me produjo un pinchazo de angustia.

Recuerdo también alguna de las visitas de Gil de Biedma, rápidas y preocupadas, pero que alguna vez se prolongaron hasta entrada la noche, y una visita del novelista Juan Benet con Rosa Regás, su editora, antigua colaboradora de Barral. Pero la mayoría de aquellas cortesías con derecho a baño y a tragos abundantes, eran de escritores madrileños o sudamericanos, de esos que parecen llamarse todos igual y que hablan principalmente de estrategias editoriales y de dinero, casi con la misma impertinencia que la mayoría de los pintores. Esa raza de escritores, me comentaba un día mi amigo, que parecen no haber conversado nunca con anticipación sobre aquello acerca de lo que escriben, por lo que todos sus libros, cuando resultan buenos o al menos aceptables, parecen obra milagrosa, realmente inspirada por seres inmateriales que se expresan a través de tontos ejercitados en la artesanía literaria. Barral tenía razón; eran casi siempre aburridos y con frecuencia insoportables. Algunos de estos escribidores, como decía Vargas Llosa, generalmente los más anónimos y pesados, comparecían en compañía de colaboradoras actuales o pretéritas de Barral, más bien amigas vinculadas al oficio y que igual podían ser empleadas o ex-empleadas de su editorial, o funcionarias de otras firmas, aunque amigas, al fin y al cabo, y amigas de los autores. Venían cargadas de chismes que parecían divertir al editor y, en general, eran maledicentes y antipáticas. Pero yo me escurría de esas tertulias profesionales. Besuqueaba a las muchachas, tomaba una copa al vuelo y pretextaba falsas ocupaciones.

Los escritores, sus nodrizas editoriales, los agentes y la gente de la familia tipográfica, caían a menudo en grupo, generalmente los días de fiesta o sus vísperas, también de vacaciones en esas semanas en las que el ocio ya estival va engañando todas las disciplinas e infiltrándose en los horarios de los más serios empleados y colaboradores. Como la disponibilidad de Barral era escasa, esas gentes, según llegaban, se aposentaban inmediatamente en el «Garbí» o invadían la terracita del Ninot, un poco más lejos y en la playa solitaria. A veces, se creían con derecho a hacer una primera escala en mi casa con la excusa de averiguar la situación del enfermo y eso era a horas en las que nunca he tolerado las visitas y en las que generalmente permanezco dormido aunque deambule de un lado para otro. Aprendí pronto la conveniencia de cerrar en los días peligrosos la cancela de entrada, violentando la costumbre, cargada de simbolismo, de mantenerla abierta, así como la vidriera del portal, día y noche, bajo la teórica vigilancia de Degas. Una mañana de sábado me había encontrado de repente a un joven, parece que novelista americano, de aspecto impresentable y que además tenía la desfachatez de firmar Ulises Sánchez, en el taller de Ute explicando a dos amigas en blue-jeans y con tacones de aguja el significado de las piedras de Ángela, a las que había desnudado de sus forros de vela, tras cortar a navaja las sólidas ligaduras. Eché a empujones a esos salvajes ultramarinos y me juré a mí mismo que no volverían a pisar mi casa los exóticos cortesanos del postrado editor.

Llegados en grupo, solos, o con pareja, recién apeados del coche o tras haber cumplido con los Muñoz Suay en su terracita, los visitantes barralianos del fin de semana se concentraban a primera hora de la tarde en los veladores del «Garbí» y se iban mezclando con los habituales, según éstos regresaban del baño o de sus entretenimientos marítimos. Los visitantes solían ser gente sedentaria que ni siquiera se desnudaba al sol. Eran casi todos de sombrero y refresco, y parecían aguardar con impaciencia a que se despejara el interior del local para poder agruparse dentro y charlar interminablemente, tomando tapas y copas, mientras esperaban la aparición del poeta que solía comparecer muy tarde, exagerando su aspecto de consunción y fatiga. Los habituales, Ana M. Moix, Montoliu, el médico Rotés y la infatigable Nuria, parecían siempre muy contentos y agradecidos a la invasión dominguera y dispuestos a conversaciones interesantes que generalmente no tenían lugar. A los de siempre se había añadido Magda Monsell, una espigada muchacha de ojos azules, muy configurada según la bohemia convencional a la moda de Cadaqués, a quien Gerard había arrendado un bar sofisticado en el pueblo alto, un bar nocturno, más bien de madrugadas, para el que se dedicaba a reclutar clientes, prometiendo a estos pasajeros del sábado, por ejemplo, amaneceres excitantes o desgarrados. Su mejor argumento era su propio erotismo, del que hacía insinuación constante y que, en efecto, convencía a muchos a quedarse a ver cómo agonizaban las fiestas en aquel pueblo, pero que sobre todo tenía encandilados a algunos de los residentes. Montoliu, por ejemplo, era huésped cotidiano del bar de la ampurdanesa y se decía que se perdía habitualmente con ella a la hora del cierre, entre dos luces. Y la verdad es que él no lo negaba y la ampurdanesa lo trataba en público con una tierna deferencia que mantenía sobre las ascuas de la envidia al reumatólogo Rotés, tan aficionado a las historias de caza sexual.

En sus comparecencias, que no duraban mucho y que se producían, como si lo hubiese calculado, en el momento oportuno, cuando la conversación general se había amortecido o estaba languideciendo, Barral se atribuía casi precipitadamente un protagonismo impertinente. Plantaba, como de una lanzada, un tema insospechado de conversación acerca del que probablemente había tenido ocurrencias ingeniosas, o que simplemente podían resultar irritantes, y obligaba a todos a embarcarse en él, a improvisar generalidades que él remataba después con una faena rápida y a veces lucida, hablando atropelladamente, con una violencia de todo punto injustificada, como si hubiera querido afirmar perentoria y contundentemente que aún estaba allí y que aún era capaz de formular ideas no por extravagantes menos serias y verdaderas. Era un esfuerzo grotesco por afirmar una cierta forma de superioridad, pero sobre todo, de sobrevivencia, que daba lugar a un espectáculo que a mí me resultaba penoso. Los amigos de siempre lo toleraban bastante bien pero en la cara de los transeúntes se dibujaba a veces una mueca de impaciencia. Yo creo que él era consciente de su ridículo pero que no encontraba otra manera de manifestar con urgencia su desprecio a la legalidad de un mundo que sabía que estaba abandonando. El de los vivos, quizás, pero, en concreto, el de sus pequeños poderes sociales, desgastados tanto por la ruina de su prestigio y de sus negocios como por el progreso de su debilidad física.

Uno de los ámbitos de la conversación que más frecuentemente se suscitaba, bien porque Carlos lo apuntase directamente, bien por derivación inevitable, era el de las ortodoxias de las actitud de izquierdas, el de los tópicos de la decencia ideológica. Barral exageraba la expresión de un sentimiento que compartíamos casi todos, el de la fatiga de los dogmas de la resistencia al fascismo, una vez el fascismo había muerto o estaba en fase avanzada de agonía, fatiga de los dogmas no sólo determinados por el antagonismo al cerril poder franquista, sino a las formas conservadoras de la convivencia política en general. Para no ser sospechoso de convivencia con el colonialismo y la conculcación de los derechos humanos y de los pueblos, habíamos defendido a pie y a caballo todas las simplezas del tercermundismo, y declarado con frecuencia una simpatía, en muy pocos sincera, por las expresiones de la cultura salvaje y popular. Para no parecer racistas, habíamos acabado afirmando que no hay transmisión genética de caracteres morfológicos, o que ése es asunto secundario y habíamos cerrado los ojos a la brutalidad del sionismo y a su evidente falsedad historicista. Habíamos pactado a menudo con el silencio encubridor de las atrocidades del socialismo real y sorteado muchos obstáculos a la admisibilidad de la marxología al uso. Habíamos constantemente hecho trampa en favor de los principios y esquivado la crítica a la que invitaba la observación desprevenida de hechos concretos, sobre todo en el terreno de las abstracciones y de las expresiones artísticas. Barral había desarrollado una especie de arrepentimiento por todas esas concesiones a la ideología táctica y eso lo empujaba a afirmaciones de urgencia en sentido contrario. Y su tendencia a la exageración y a la rotundidad las sacaba constantemente de quicio. Sus argumentos eran además frecuentemente *ad hominem*. Se dirigía inequívocamente a Mario Muchnik cuando parecía querer referirse en general a la etnicidad de las tradiciones culturales o cuando disparataba contra el monoteísmo y hacía derivar de él casi toda la moderna barbarie. O apuntaba al editor Herralde cuando hablaba de una contracultura de reanimación de un progresismo difunto. Esas personalizaciones, más o menos disimuladas, quitaban brillo a sus argumentos, generalmente divertidos y denunciaban una agresividad un poco desesperada. Era en ese punto cuando yo estaba a punto de perder la paciencia y de gritarle que se fuera a masticar a solas sus reconcomios. Si no había bebido demasiado, se daba cuenta de lo mucho que impacientaba, a mí o a cualquiera de sus verdaderos amigos, y rectificaba casi de repente, pasándose a un sarcasmo que le incluía entre las víctimas y precipitaba su vehemencia hacia la caricatura cruel incluso de sí mismo.

Había perdido gran parte de su acreditada paciencia, ese don de escuchar a los demás fingiendo interesarse por lo que decían que, a lo largo de los años, todos le habíamos reconocido como una cualidad estimable. Ahora, minado por la impaciencia, era a menudo cortante y desconsiderado y no daba pie a que los demás le incordiasen con sus reflexiones, sobre todo cuando las personalizaban y las referían a la singularidad de su experiencia. Con irritante frecuencia Barral segaba esos discursos con exabruptos casi afrentosos y producía en todos una sensación de incomodidad que estropeaba la tertulia. Muchas veces, en esos casos o sin ninguna razón, se levantaba como si le hubiese picado un insecto y se largaba sin más explicaciones, tenso y con los músculos de la cara contraídos. A mí me parecía generalmente divertido, pero a los demás los entristecía, y en algunos casos se sentían mal tratados, casi ofendidos. Generalmente cuando se iba, durante un rato, la conversación oscilaba entre la compasión y la represión del ausente.

El buen tiempo y el relajamiento de las disciplinas habían desdibujado en esa época los límites de la vacación del fin de semana y las visitas, aunque más espaciadas, iban cayendo también durante los días laborables, pero, quién sabe por qué, los lunes eran una excepción. No era corriente que se quedasen los ociosos del domingo ni frecuente que nadie cayera por allí de improviso precisamente en lunes. Eran esas jornadas totalmente distintas, o las únicas que recordaban la soledad del invierno. Yo, como si volviera al trabajo como un disciplinado obrero, me dejaba engañar por ese cambio, e iniciaba cada lunes una semana de horarios programados que en general no pasaban del día siguiente. Barral rara vez se dejaba ver en esos días y los laboriosos de la sociedad de «El Paraigües», que descansaban de un fin de semana ajetreado, lo hacían en solitario, dispersándose solos o en parejas por las playas solitarias. Los habituales puntos de reunión estaban cerrados o vacíos.

Uno de esos lunes volví muy de mañana al cobertizo de las estatuas y estuve trabajando muchas horas seguidas, sin gran convicción pero con mucho entusiasmo. Era ya media tarde cuando abandoné las herramientas y decidí asomarme a la playa. Al pie de la puerta vidriera encontré una carta del banco local, de esas que uno prefiere no abrir enseguida y una postal que a la primera ojeada y por el fragmento que se descubría bajo el sobre de la carta rutinaria, reconocí enseguida como una reproducción de Franz Marc. Seguramente el cartero había llamado en vano mientras yo rascaba mis piedras en el cobertizo. Comprendí enseguida que la postal, los sólitos caballejos anaranjados, era de Ute, pero me resistí a comprobarlo y me la metí en la faltriquera del blusón; arrojé la carta del banco al canterano y salí a la calle, anticipadamente irritado por lo que la postal pudiera decir. Anduve unos centenares de metros hasta un miserable local que estaba abierto pero vacío, una cervecería diminuta y desangelada que había inaugurado hacía pocos días un turco de ferocísimo aspecto que se hacía pasar por alemán y había pintado en la vidriera que daba a la calle numerosísimas advertencias de sus especialidades germánicas. Sin sacar la postal del bolsillo, me acodé al mostrador de cinc y empecé a trasegar cervezas bávaras que, además de no ser excelentes, estaban, a lo sumo, tibias. Andaría por la tercera o la cuarta cuando me sorprendió Barral que regresaba de un paseo en compañía de una mujer más bien voluminosa y que también caminaba con bastón y resultaba ser una famosa agente literaria. Barral con la cara un poco estirada y su amiga Carmen con ironía campechana y cordial, me hicieron toda clase de reproches por el evidente mal uso que hacía de mis soledades, antes de advertirme que hacía horas que me buscaba una señora de muy buen ver que había llegado en un descapotable rojo y que no había conseguido entrar en mi casa. Ellos le habían dicho que era probable que me hubiera ido a la ciudad por algunas horas y que seguramente regresaría a última hora de la tarde. No se les había ocurrido que podría estar haciendo de picapedrero en el cobertizo del jardín. Pero la señora había prometido volver antes de la cena, con la esperanza de encontrarme. Y, a propósito ¿por qué no cenábamos los cuatro juntos? Barral estaba solo esa noche y no pensaba que Yvonne regresase antes de la madrugada y con Carmen Balcells ya habían hablado sobradamente de todo lo que tenían que decirse. La señora parecía muy interesante. Yo adivinaba de quién se trataba.

Aunque la descripción no era muy precisa, tuve la corazonada de que se trataba de Blanca y, en el mismo instante en que se me ocurría ese nombre, me llevé la mano al bolsillo para comprobar que la postal seguía allí. Blanca y Ute coincidiendo, una en persona y la otra por correo en aquel lunes solitario. Qué extraña coincidencia. Barral sugirió que fuéramos a su casa, donde Blanca ya había estado y a donde seguramente volvería, pero no tenía alcohol. Era mejor que fuéramos a la mía. Dejaría la puerta abierta y a Degas de muestra en el portal.

Carmen Balcells insistió mucho en que quería ver «cosas mías», pero yo no tenía en absoluto ganas de enseñarlas, así que la invité a que hurgase en las carpetas, mientras servía unas copas. Barral había aguardado hasta ese momento para darme la noticia del día. Parecía que precisamente ese lunes la redada generalizada de los presuntos implicados en las trapisondas comunales había llegado al final. Ernest había recibido una citación judicial y Ramón, el borrachín, había sido detenido por tercera vez. También había desaparecido Rose y se hablaba de otra mucha gente que se había ausentado con precipitación, y según los más pesimistas simplemente huido. No era sólo cosa de la Guardia Civil; según Barral había policía por todas partes y habían sido visitados varios locales y sufrido registros algunos domicilios. El apartamento donde habían vivido Ute y Sam, ¿me acordaba?, por supuesto que sí, había sido clausurado y lacrado. Circulaba el rumor de que sobre Ricart, todavía preso, pesaban ahora acusaciones gravísimas. Barral contaba todo eso con mucho talento descriptivo y dando la impresión de que se divertía mucho. No pude resistir la tentación de leer la postal de Ute. Decía escuetamente que se había vuelto a su pueblecito renano por asuntos de familia pero que tenía la intención de volver muy pronto. Me recomendaba que trabajase mucho y que terminase la famosa estatua. Como en post-data y pisando la mitad destinada a las señas, había escrito en alemán una frase que me pareció querer decir que los negocios de Sam habían sido muy malos y que no le convenía que la mezclasen en ellos. La caligrafía de esa frase era mucho más difícil que la del texto convencional en francés y el verbo principal me era desconocido, de manera que no quedé muy convencido de mi lectura. En todo caso era evidente que era una frase pensada para ser sobreentendida. Pregunté a Barral si los rumores implicaban al difunto Sam. Se echó a reír y me dijo que más bien no, que más bien se referían al asunto de su muerte. Pero a partir de ahí comenzó a disparatar, a sabiendas que me ponía nervioso. Se había tomado dos whiskies, lo que en su caso era claramente un exceso que lo abocaba a hacerse el gracioso y era mejor no darle cuerda.

Entró de pronto Blanca desbordante de satisfacción, derrochando alegría. Venía vestida con una especie de mono granate de seda y botas del mismo color y cargada de paquetitos. Traía una bolsa inmensa de *carquinyolis,* una golosina deliciosa decía, que había descubierto en un pueblecito de la montaña, a treinta o cuarenta kilómetros, en casa de una vieja que sólo vendía eso y vasitos de vino dulce. ¿No era maravilloso? En otro pueblo, un poco más lejos, había descubierto un talabartero antiquísimo, decía, que hacía maravillas con el cuero. Había comprado dos carlancas sensacionales, para sus perros, y una fusta de nervio de buey forrada de trencilla, digna de una archiduquesa. Ahora no tenía caballos, pero la usaría para despertar a su coche en las mañanas frías del invierno. También traía una tercera carlanca de regalo para el pobre Degas, que llevaba un collar miserable que daba pena. Con esos herrajes de cobre y esos cordones de cuero embutidos parecía un perro mucho más joven. Ah, y se había comprado un zurrón estupendo que había dejado en el coche. Lo había pasado muy bien. Había almorzado en una masía en mitad del campo unas cebolletas riquísimas y un conejo adobado. No tenía ni la menor idea de lo misteriosa y medieval que podía ser esta comarca. Si ella viviese aquí una larga temporada, daría paseos a diario. La gente era cordialísima. ¿La invitábamos a cenar? Seguiría camino por la noche, aunque no sabía muy bien a dónde iba; a la finca de unos amigos, en dirección a Teruel. O a lo mejor se quedaba aquella noche, si alguno le dábamos albergue o le encontrábamos un buen hotel.

Probamos a cenar en casa del griego Georgios, que regentaba un restaurante italiano con fama de ser el mejor de la costa. Pero no estaba abierto el lunes y acabamos yendo a Tarragona. Blanca y Carmen Balcells se llevaban muy bien y se contaron todos los chismes en boga sobre la sociedad intelectual madrileña sobre cuyos milagros parecían saber muchos detalles, aunque daba la impresión de que muy indirectamente y muy de oídas. Pero la velada no se prolongó. Barral daba crecientes síntomas de agotamiento y a mí, en mitad de la cena, me dio la disnea y tuve la impresión de encontrarme muy mal, aunque intuía que en realidad me estaba embargando la neura. Fui hasta el teléfono del restaurant decidido a llamar al doctor Raset, pero no pasé de marcar su número; corté la comunicación y comprendí que lo más sensato era volver al pueblo, aunque consciente de que me esperaba una larga noche con Blanca y no me sentía con fuerzas ni para celebrar la intimidad ni para largas conversaciones. Balcells, por otra parte, también tenía prisa y le convenía tomar la autopista seguida desde Tarragona. Sus argumentos y su rapidez de decisión, tanto como su físico, me recordaban mucho a Niké, pero Carmen era de una practicidad casi obscena. Se lo dije y me replicó, riendo, que era de pueblo y que tenía un sentido rural de las conveniencias. Yo también era de pueblo sí, pero a mí se me había pasado.

En el viaje de regreso hasta el pueblo pregunté por primera vez por Ute. Yo iba en el asiento de atrás del incomodísimo coupé descapotable, que tenía una marcha muy ruidosa y la radio estaba puesta. Tuve que repetir la pregunta y entendí que Ute había vuelto a Alemania hacía un par de semanas porque el padre estaba enfermo. Blanca se refirió también, como si fuera cosa sabida, a un altercado con Martine que había hecho inconvivible el falansterio mujeril de Pozuelo. Pero no entendí bien si era Ute o ella misma quien había peleado con Martine.

A los pocos kilómetros, Barral comenzó a dar síntomas de encontrarse muy mal. Dimos la vuelta saliéndonos de la autopista con la esperanza de encontrar donde parar, en la carretera general. Pero todo estaba cerrado, barecillos, tugurios y posadas. Blanca metió el coche en un camino de tierra, entrada de finca, y nos detuvimos bajo unos pinos. Barral se apeó como cayéndose, murmurando con voz entrecortada que quería dar unos pasos y tomar un poco de aire. Blanca y yo salimos tras él cuando ya había empezado a andar con unos movimientos desacompasados, sin llegar a ponerse enteramente de pie. A los primeros pasos se había salido del camino y se había metido entre unas matas en la oscuridad, en un terreno cuyo suelo, seguramente, no podía ver, de modo que bien porque tropezara con una piedra o un montículo de tierra o por un súbito fallo muscular, cayó redondo, unos pasos más allá, profiriendo un quejido ululante. Cuando llegamos hasta él, estaba en el suelo apoyado sobre las manos y haciendo un gran esfuerzo para mantener la boca separada de la tierra, la cara que seguramente se había golpeado en la caída. Blanca, con diligencia, lo volvió de espaldas e intentó arrastrarlo hasta el tronco del próximo pino, y yo me di cuenta de que no podía ayudarla. Me entró un jadeo agónico, como si la catástrofe de Barral se me hubiera contagiado y, al mismo tiempo una flojera en brazos y piernas que apenas me permitía seguir de pie. Era una situación inenarrable: Blanca tirando del casi desmayado que seguía gimiendo y yo con una mano tonta agarrada a la camisa de Barral y tambaleándome. Sin mi ayuda, Blanca consiguió apoyar al enfermo en el tronco y yo me alejé unos metros en la oscuridad, urgido de mear, pero no bien lo hice, me vino el vómito y me puse a arrojar sobre los juncos. Luego volví avergonzadísimo y quedamos los tres sentados al pie del árbol, en silencio, mirándonos con espanto. Barral debió hacer un esfuerzo titánico y soltó una carcajada; por señas indicó a Blanca que fuera por su bastón que había quedado en el coche y en cuanto lo tuvo se dedicó a decapitar con él florecillas mientras respiraba con terrible fatiga. «No estás mucho mejor que yo», dijo al fin, empujándome con la contera y articulando como un asmático. Y luego: «Pobrecilla, qué desperdicio de noche y qué espectáculo te estamos dando». Se levantó con relativa agilidad y anduvo maniobrando el bastón, prudentemente, a lo largo del camino. Volvió a donde estábamos y esperó a que nos levantásemos. El resto del viaje, a lo largo del que Blanca condujo muy despacio, casi solemnemente, se hizo en silencio. Barral sonreía como si estuviese pensando en algo muy divertido. Yo estaba mareadísimo.

Blanca se había sentado de cara a la ventana, con la botella en el suelo, bebiendo whisky a palo seco. Yo me había tumbado en el diván que, desde el tiempo de la cojera, había quedado de cara a la pared, de manera que parecía que ella me velase. Me contó que quería huir de Madrid, pero que prefería no ir de momento a la casa de Nerja. Tenía intención de llegarse hasta la finca de unos amigos en el bajo Ródano, casi en la Camarga, pero de pronto, hoy precisamente, se le había ocurrido hacer unos días de escala en otro lugar, también de decorado equino. Era una finca o una especie de criadero de caballos, de unos amigos, cerca de Maestrazgo, en un lugar que no sabía bien si todavía era Cataluña o ya tierras de Aragón. Esos amigos eran una gente curiosa, mitad ecologistas mitad ganaderos, que criaban caballos y en tiempos habían intentado la cría de reses bravas. Criaban y domaban caballos estupendos. En la finca, además, habían puesto una especie de hospedería más bien para amigos y ellos habitaban un viejo palacio, una casona pomposamente restaurada y redecorada a fines de siglo. Era un lugar ideal para descansar unos días y hacer un poco de piernas, ya que finalmente, si no cambiaba de idea y acababa yendo a la Camarga, se trataría, sobre todo, de hacer equitación. La vida en esa finca, la de Teruel, San Cipriano la llamaba, sería en cambio austerísima en lo de comer y beber, muy saludable. ¿Por qué no me iba con ella? «Fíjate qué bien. Podrías hacer estudios de caballos, que es un género de ejercicio plástico muy elegante y acreditado.» Le dije, un tanto irritado, que era la segunda persona que en los últimos tiempos me tomaba por pintor de bestias, por retratista de animales. «Ya sé», me dijo, «es una idea de Ute».

No tenía la menor intención de desplazarme y menos de hacer de caricatura del pintor Cusacs o de ayudante de grabador dieciochesco. Bueno, ya se veía que no estaba en condiciones de tomar ningún tipo de decisión en esa noche de catástrofe. Me acostaría y me arroparía como una enfermera, me daría unas pastillitas mágicas y ya hablaríamos por la mañana. «No pienso irme», protesté, «no puedo dejar solo al perro Degas». «Al perro Degas nos lo llevaremos.»

Se habían acumulado muchas razones para considerar oportuna la propuesta de Blanca. El romper con una rutina que se anunciaba inexorable y que se compondría, quizás todo a lo largo de lo que quedaba de primavera y del verano, de actos seriados sin excepción lamentables, punteados por el alcohol, la pereza, las concesiones a las debilidades y a la decadencia de los demás, a la compasión, en definitiva, y al ocio dilapidado. La casi seguridad de que en ese período que se avecinaba no trabajaría en absoluto a no ser que hubiese programado con un poco de distancia una seria disciplina de la soledad y el aislamiento. El espectáculo deprimente de la enfermedad de Barral y de la angustia a su alrededor. La fealdad sin paliativos que caería sobre mi paisaje habitual, como una luz de foco. La fatiga de la gente, de la gente de todos los días, que ahora se arracimaría a mi alrededor, de sol a sol, e invadiría todos los rincones de mi vida. El miedo a mí mismo y la fatiga de soportarme, eso sobre todo. Lo que Blanca me proponía, por otra parte, era una excursión que haríamos juntos, pero ella seguiría camino y me dejaría solo, si es que me gustaba quedarme, o en libertad para seguirla y en el peor caso para volver. No habría perdido más que unos cuantos días durante los que, al menos, habría llevado una vida más sana, recuperado en parte, el ritmo solar, bebido con moderación y tal vez conocido a una gente de menos estragada compañía. Irme con ella no implicaba ningún compromiso y podía estar de regreso en unas horas.

Por supuesto pintar caballos no me apetecía nada, pero dar paseos a caballo quizá sí, e imaginarme durante unos días como un convaleciente antiguo y centroeuropeo también. No era fácil que la aventura con Blanca llegase muy lejos, pero era una persona agradable y su cuerpo seguía gustándome mucho. «Para estar junto a él no creas; no te hagas muchas ilusiones; ya ves que mi estado físico y probablemente el psíquico no permiten hacerse muchas ilusiones.»

Fue la misma Blanca quien hizo mi maleta y organizó un carpetón y una caja de instrumentos que ella debía de suponer necesarios y suficientes para afrontar las urgencias de la invención plástica. Ese día habíamos tomado un baño veraniego y juvenil por la mañana, y por la tarde, mientras la hacendosa visitante se ocupaba de esos equipajes, yo pasé un par de horas con Barral, un poco para despedirme, y, en el fondo, para tranquilizarme y marcharme con la sensación de que lo dejaba más recuperado. Estaba realmente muy sereno y me explicó una larga teoría en la que basaba su augurio del triunfo de la izquierda en las próximas elecciones, lamentándose de no haberse podido presentar como candidato al senado por razones de salud. Quitó toda importancia al incidente de la noche anterior y me aseguró que se sentía muy bien y que se prometía una semana de intenso trabajo literario. No ocultaba su miedo, sin embargo, a la deprimente sordidez de los amigos de trato cotidiano y se fue animando según entraba en la descripción cruel de un par de ellos. Le reproché afectuosamente su mala leche y me explicó, con bastante talento de convicción, que su realismo en los juicios y sus subrayados sarcásticos no desplazaban, en el fondo, el afecto y hasta la ternura. Me aseguró, finalmente, una fecunda experiencia como *Tiermaler* y terminó con sonoras carcajadas.

Yvonne me acompañó hasta la calle. La pregunté qué pensaba de la situación de Carlos y me confesó que se sentía francamente pesimista, que esas recuperaciones del buen humor y del buen aspecto eran cada vez más breves y estaba convencida que, en gran parte, ficticias. Esperaba para el día siguiente la visita de Mariano de la Cruz, el psiquiatra, pero no pretendía de él más que consejos de amigo. Ojalá a mi regreso encontrase mejor al marido.

Blanca me aguardaba en el zaguán con las maletas preparadas y Degas engalanado con su carlanca nueva. Se nos haría de noche por el camino, se nos haría tarde para llegar a ese lugar que ni siquiera sabía exactamente dónde quedaba, pero más valía dormir en cualquier parte y llegar al día siguiente en el esplendor del día.

Hacía mucho tiempo, tal vez no menos de diez años, que no recorría esa carretera que cruza el Alt Camp y el Priorato y se mete en el mundo todavía misterioso del Maestrazgo. La finca que buscábamos, según Blanca, estaba en la ribera de un río, muy cerca de Alcañiz, pero ella no sabía ni siquiera el nombre del municipio y, mira qué casualidad, tampoco tenía un mapa vial. Teníamos que llegar hasta Alcañiz y allí encontraríamos algún modo de orientarnos. No conseguí aclarar ni siquiera lo que Blanca entendía por estar muy cerca de Alcañiz. Pero eso no importaba, opinaba ella, porque podíamos hacer noche en el castillo, en el parador, y ahí seguro que los mismos funcionarios nos darían la pista del lugar. No podía ser que hubiera varios criaderos de ganado caballar en la misma comarca y seguramente su amigo, Rolando le llamaba, era persona conocida en la capital. No tenía por qué preocuparme; llegaríamos si no esa misma noche, a la mañana siguiente. Ahora podíamos viajar sin ninguna prisa, gozando del esplendor de los viñedos que, efectivamente, iban prolongando a lo largo de kilómetros, de leguas, decía Blanca, una impresión reconfortante de generosidad de la tierra, de benevolencia de los dioses. Esa parte de Cataluña que la mayoría de los catalanes conocemos poco, es realmente muy diferente y da, no se sabe bien por qué, una permanente sensación de desprendimiento y de magnificencia. ¿Qué te apuestas, decía mi elegante chófer, ese día más bien disfrazada de piloto de carreras, a que si paramos en cualquiera de esas casas de campo, nos ofrecen un trago de vino a renglón seguido del saludo y antes de preguntar quiénes somos y qué se nos ofrece?

De pronto, cuando ya llegábamos al pueblo o más bien al suburbio que atraviesa la carretera al pie de Calaceite, se me ocurrió que allí vivía a temporadas mi amigo el chileno Mauricio Wacquez, el novelista, y que seguramente estaría esos días. No conocía su casa pero la encontraríamos. También vivía allí y, éste fijo, otro escritor chileno, José Donoso y había oído hablar mucho del palacio restaurado del editor Gustavo Gili. A Donoso le conocía poco, pero le había visto hacía algunas semanas, un día que acudió al pueblo a visitar a Barral y tuvimos una larga conversación sobre perros, a propósito de su viejo carlín, una especie de bulldog muy aristocrático, ya ciego y asmático, que parecía importarle más que nada en el mundo. Si no estaba Wacquez, podríamos intentar encontrar a Donoso. Seguramente nuestra visita no sólo no les caería mal sino que les alegraría en aquellas soledades de su fortificación ibérica. El pueblo era realmente muy hermoso y Blanca agradecería la escala. ¿Lo probábamos?

Nos costó mucho dar con la casa de Wacquez, andando y desandando callejones curvos y empinados alrededor de la plaza porticada donde habíamos estacionado el rojo coupé de Blanca. Estaba anocheciendo y caía una llovizna fina. Era una hora pésima, decía mi amiga; lo pillaríamos cenando. Pero Mauricio no estaba en casa. Un muchacho de aspecto muy frágil que vivía con él, nos dijo que había ido a casa de Donoso y se ofreció a acompañarnos. Ambas casas eran muy parecidas, por lo menos desde fuera. Casonas de piedra con portales blasonados y de aspecto discretamente restaurado, seguramente, dijo Blanca, por un maestro de obras especializado en estetas repobladores. Francesc, el amigo de Mauricio, confirmó que en efecto, se estaba produciendo una invasión de barceloneses que escogían la villa como segunda residencia y que el antiguo picapedrero del pueblo trabajaba sin reposo y por riguroso turno en las restauraciones que estaban salvando muchos edificios seriamente amenazados de ruina. La casa de los Donoso, que, como nos repitió varias veces Pilar la esposa del escritor, estaba apenas provisionalmente puesta, era una caja de sorpresas. Unas cavas impresionantes que nos dijeron que eran romanas, unas espléndidas ventanas de piedra con poyetes, artesonados de talla y envigados con socarrats probablemente auténticos. Y no estaba precisamente desamueblada: confortables sillones alternando con elegantes sillas francesas, algún tapiz y un par de esas mesas *bouillote* con bandejas llenas de chucherías de plata y esmaltes que delatan a la gente con un pasado diplomático, en este caso a Pilar, con una niñez de embajada. Estaban pensando en cenar, era cierto, pero no sólo les caíamos bien, sino que la cena era casualmente sobrada, caza clandestina, nos dijeron, de la que les había provisto un vecino y ya habían decidido antes de nuestra llegada sangrar la bodega. ¿Nos apetecía una copa de Borgoña o preferíamos un whisky, mientras ponían la mesa? Ni los Donoso ni Wacquez tenían dónde alojarnos, porque, insistían, ambas casas estaban a medio montar, pero era insensato que intentásemos proseguir hasta Alcañiz a aquellas horas o después de la cena. El parador estaría lleno en esa época y tendríamos que buscar una fonda que quién sabe cómo sería. La de Calaceite, en la misma carretera, era excelente y no nos arrepentiríamos de hacer noche en ella. Francesc iría en un salto de moto a hacer la reserva y así podríamos llegar a cualquier hora, cuando agotásemos la velada. El camino además, en esa época del año se ponía peligrosísimo a causa de la niebla, en cuanto caía la noche. Ellos nos averiguarían dónde estaba ese misterioso San Cristóbal y al día siguiente, cuando nos despidieran nos dirigirían directamente a casa de nuestros amigos.

Estábamos ya en la segunda copa cuando entró a dar las buenas noches la pequeña Pilar, la hija de los Donoso, ya no tan niña, y con un chocante acento aragonés, que, según parece, había adquirido en la escuela del pueblo. Blanca y la madre se fueron con ella y el escritor aprovechó esa ausencia para confesarnos que, de todos modos, estaba preocupado por la ruralización de la pequeña en ese medio tan cordial pero tan primitivo. Un proceso, decía, que la sociedad familiar y un mundo de música y de libros no compensaba. Tuve la impresión de que al escritor se le había pasado el enamoramiento por aquel lugar retirado, seguramente ligado a la escritura de un libro concreto pero

199

enormemente sacrificado en cuanto a las posibilidades de relación. Me lo confirmaba hablándome de los graves problemas que le planteaba la instalación de su biblioteca, parte de la cual seguía en Chile y cuya ausencia no le había resultado angustiosa mientras vivía en Barcelona, quizás porque, aunque tampoco allí frecuentase las bibliotecas públicas, su sola proximidad le tranquilizaba respecto a la eventualidad de tener que consultar un texto o confirmar una cita. Lo más cercano a Calaceite era Alcañiz y allí ni siquiera había una mediocre biblioteca. Donoso era, además, un intelectual cuya base cultural era primordialmente anglosajona y en Alcañiz o en Teruel no había más libros ingleses que las guías y los diccionarios.

Donoso era el escritor de morfología y andadura anglosajona que le hubiera gustado ser a Borges. Tenía también un ingenio borgiano, pero más sutil y más tímido y, en el fondo, de espíritu más anglófono. Su mundo de referencias literarias parecía más sólido que el de Borges, menos de apéndice bibliográfico y mucho más de cultura asumida con respeto. Era muy poco latinoamericano, mucho menos que Borges, que tan poco quisiera parecerlo. ¿Por qué esa noche Donoso me hacía pensar en Borges constantemente? Seguramente si hubiera estado Barral presente hubiera dicho, sin empacho que Borges tampoco era mayor escritor que Donoso, aunque luciese a tiempo completo las insignias de la suprema exquisitez y la más distante maestría. Probablemente Donoso era, en el fondo, muy frágil. Hacía constante referencia a sus debilidades, a la relación de sus graves neurosis con lo que escribía y se le veía constantemente sometido a la tutela de su mujer, incluso en los rumbos de la conversación. Pilar y Blanca habían caído en una lamentable conversación de salón, incrustada de referencias a personajes de la *jet society* y a plutócratas madrileños, y al menor guiño de ella, de Pilar, el escritor se desviaba de su discurso y se metía en ese laberinto tonto de nombres y fortunas hasta que Wacquez tiraba de nuevo de él y lo traía a nuestro coloquio a tres bandas, que dirigía apoyado en su bastón. Mauricio tenía una noche muy abstracta y estaba decidido a establecer una teoría que relacionaba la decadencia de la estética romántica con la Segunda Internacional. Había bebido un poco, pero no estaba en absoluto borracho y sí en cambio, ferozmente agresivo. Yo nunca le había visto así, adjetivando con saña a personajes que en la relación corriente uno hubiera supuesto que le eran indiferentes. Si no le hubiera tratado con frecuencia años atrás, en la época en que estuvo metido como consejero en un negocio de arte, hubiera dicho que padecía una vieja manía persecutoria. Daba la impresión de sentirse acorralado y subrayaba sus amenazas a todo hijo de vecino, blandiendo en el aire el delgado bastón de malaca. Pero quizás era solamente una actitud teatral que se permitía de cuando en cuando. Sentado en un apartado sillón de orejas, Francesc, su amigo, observaba su representación con una sonrisa de tierna ironía.

Apenas dije nada en la larga velada, que prolongaron muchas copas, porque Donoso era coleccionista de aguardientes. Hablé poco y lo pasé muy bien. Mientras asistía, más que participaba, a las definiciones del mundo de los dos novelistas, me entretuve en observar a Blanca con mucho despacio. Me impresionó mucho su habilidad social, su competencia en el uso de un complicado código de gestos con el que fingía de mil maneras una atención constante tanto a los chismes de Pilar como a los retorcidos conceptos que se trenzaban y destrenzaban en nuestra conversación, digamos, de caballeros. Sus monosílabos, sus interrogaciones oportunas eran lo de menos. Expresaba por mohínes graciosísimos, un interés insaciable por todo lo que se decía. La elegancia de gestos la hacía mucho más atractiva que las actitudes autoritarias que habitualmente ejercía en su corte de mujeres.

La habitación de la fonda era amplia y confortable; parecía de hospital de provincias o de vieja clínica de lujo. Su única rareza era un curioso biombo floreado de cuatro paneles como el que los directores de cine imaginan en los camerinos de las divas. Era muy sugerente y rogué a Blanca que se desnudase detrás de él. Lo hizo, pero no del todo y compareció en camisa. Había notado seguramente que el alcohol me había puesto rijoso, pero habría decidido que era una lubricidad que no nos convenía. Me advirtió con mucha ternura, pero con indudable autoridad, que el erotismo de origen alcohólico le producía gran desagrado y que si se embarcaba en eso acababa siempre sintiéndose humillada cuando no le daba pura y simplemente asco. Así que lo mejor era que yo me tomase una última copa bien cargada —ella ya lo había previsto y llevaba en el bolso una petaca de whisky— y aplazáramos hasta el día siguiente la reanudación de nuestras ambiguas relaciones. Quién sabía, mon cher ami, si en San Cristóbal nos esperaba la verdadera felicidad, aunque fuera sólo por unos pocos días, si bien quién sabe cómo sería eso de San Cristóbal, si al menos la instalación sería cómoda y si gozaríamos de la libertad que le habían prometido. Ahora ya sabíamos dónde caía San Cristóbal, gracias a un atlas de Donoso. Era en la zona de Maella, pero en la otra ribera del Matarraña, en mitad de una mancha de pinares que llaman La Pantorrilla. Parece que incluso era una zona interesante desde el punto de vista dialectológico, lo que hubiera encantado a Barral. Eso quedaba realmente a muy pocos kilómetros de la fonda, aunque seguramente había que transitar por caminos de caballerías.

Blanca se acostó en una de las dos camas, se quitó la camisa de seda una vez arrebujada bajo las sábanas, se llevó maliciosamente el índice a los labios en un gesto de monja que invita al silencio y dijo con mucha lentitud: hasta mañana, buenas noches.

El camino, no tan malo mientras más o menos bordeaba el riachuelo, se había puesto imposible desde que tomamos a la izquierda, hacia el interior, por entre lomas y pinarejos, y luego, en el tramo que cruzaba el valle boscoso, se había hecho laberíntico y a veces estrechísimo. Obligaba a maniobrar en las curvas a un coche incluso tan pequeño como el de Blanca, que tenía en cambio el inconveniente del chasis bajo, que rozaba en todas las piedras que salpicaban la vereda, en general llana, seguramente por el paso de caballerías. A pesar de venir tan sobrados de tiempo y de lo poco que preocupaba a Blanca la integridad y la salud del cochecillo, el trayecto nos puso a los dos muy nerviosos a causa de las detenciones, los errores de dirección y las, algunas veces, complicadas maniobras. Cuando llegamos a la verja, estábamos enojados el uno con el otro y los dos con el mundo en general.

El camino —la presencia y la situación de la verja hacían dudar al que llegaba, de que fuese principal— terminaba bruscamente, casi contra una cancela de reja en puntas de lanza, con remates dorados, que, en realidad era la puerta de un extrañísimo recinto todo él enrejado y de forma rectangular dentro del cual no sólo no había nada notable, sino que cubría las dos vertientes contrarias de un barranco, como si guardase, como un tesoro, el arroyuelo, más bien un hilillo de agua entre piedras, del centro de la vaguada. Parecía un jardín abandonado y arrugado, plegado por el centro, un jardín que no contuviese nada; ningún rastro de construcción actual o pretérita y ni siquiera una planta notable. Las rejas de lanza bajaban al arroyo y subían a la loma contraria, donde, detrás de unos arbustos, se veía una puerta simétrica a la que, de este lado, nos cerraba el paso. Un jardín onírico o una jaula de maleza. Por supuesto, aunque la verja hubiera estado abierta, no se podía llegar en coche a la puerta de enfrente. De este lado, de donde veníamos, no se podía pasar, aunque no éramos los únicos que habíamos llegado aquí por este camino. A unos pocos metros, en un claro, a la sombra, había un jeep de color castrense con la capota echada.

Enfrente, no más lejos que a unos cincuenta metros, por entre la arboleda densa, se veía discurrir un muro de piedra y se adivinaba un portal de cantería rematado con bolas herrerianas. Detrás del portal, se insinuaba una carretera ancha, de polvo amarillo, flanqueada por cipreses y que desaparecía torciendo entre los pinos. ¿Pero cómo se llegaba hasta allí, hasta el supuesto portal, hasta la avenida? Blanca y yo habíamos pasado del nerviosismo al estupor. A ambos lados de la verja con la que tropezábamos, la inaccesible orilla del barranco continuaba al parecer indefinidamente. No había más paso que a través del recinto clausurado y por un camino por el que nunca pasaría un automóvil. Seguramente nos habíamos equivocado. O había que volver atrás o emprender el vadeo del arroyo por el borde del cercado y, si conseguíamos cruzar, continuar a pie, si era accesible, por la avenida de los cipreses. Aquello era «San Cristóbal» no cabía duda. Incluso podían indicar ese nombre unas iniciales retorcidas en el hierro de la cancela. Podían ser una ese y una ce, pero había enlazada una tercera letra quizás una hache y tal vez dos. Lo único que se leía con claridad era mil ochocientos setenta y cuatro.

Mientras dudábamos entre la decisión de cruzar a pie y por la brava o la conveniencia de volver atrás, buscando algún camino que desembocara en algún punto en la otra orilla del barranco, a mí la situación empezó a gustarme; el sitio me parecía misteriosísimo y muy hermoso. A Degas, que lo contemplaba erizado y con el lomo arqueado, le debía parecer más bien espeluznante.

Descubrí, de pronto, que en el costado de poniente del recinto, había un árbol inmenso, casi increíble, cuyo tronco salía de la parte baja del barranco y cuyas ramas altas sombreaban el claro donde estaba el jeep estacionado. Era probablemente un roble, en todo caso un árbol solitario. ¿Qué habría sido aquello? Parecía un cementerio privado; pensándolo bien no podía haber habido allí ninguna edificación con una planta de más de veinte metros cuadrados. Quizás había habido un monumento, una cruz o una estatua, pero ¿dónde? ¿Y por qué habría desaparecido sin dejar ninguna clase de rastro? Con o sin estatua había sido, y tal vez era, una recinto mágico, algo que nunca tuvo función utilitaria. Había algo, alguien encerrado allí dentro desde hacía ya más de un siglo. Alguien que seguramente tenía opiniones, pero cuáles, sobre nuestra presencia y nuestra intención de llegar al otro lado del

barranco. Había que cruzar enseguida y como fuera.
    Yo llegué al portal de piedra fatigado y contento. Blanca molestísima por el deterioro de su ropa y maldiciendo el dolor de una torcedura de tobillo. Efectivamente, tal como parecía desde el otro lado, el portal de piedra se abría a un descampado que se adelgazaba en varios caminos por entre los pinos, pero ninguno de ellos parecía transitable por automóviles. El portón de madera estaba cerrado con una tranca de palo, pero tenía un portillo abierto. Al otro lado comenzaba, con el ancho de la puerta, una avenida de tierra bien allanada. «Un paseo de carruajes», dije yo, «pero que no pueden salir del parque». Desde el primer recodo del paseo, aunque bastante a lo lejos y de escorzo, se veía la casa: esquinas de piedra blanca sobre lienzos de ladrillo rojo y techos de pizarra. Seguramente el camino daba en alguna parte una curva en ese para hacerle frente. «Ya verás», dijo Blanca, «como ante la fachada hay un estanque horrible con Diana o Neptuno y seguramente tiene escalinatas». Se adivinaban por entre los árboles otros edificios y, al fondo y lejos de la casa, un cercado redondo bastante alto de ladrillo encalado. «Ya verás como es una plaza de toros para tientas y no un *manège*. En todo caso yo no estoy dispuesta a ir caminando hasta ahí bajo el sol, ni a cruzar por el bosque con el tobillo lastimado.» Como si alguien la hubiera oído, vimos salir de atrás de la casa un viejo coche de cuatro ruedas, una araña, del que tiraban dos mulas al trote. Llegó hasta nosotros y se apeó el cochero, un cincuentón todo enfundado de pana y con gorra, a pesar del clima. «Ustedes son los amigos de Don Rolando. Me dice que les lleve y luego vaya por sus equipajes.» «¿Y el coche, no se puede entrar en coche?» «No por ese lado. Los dejamos fuera, pero si ustedes quieren pensamos luego en entrarlo.» Me imaginé que se trataba de hacer un largo viaje, a lo mejor hasta el mismo Alcañiz, y de entrarlo clandestinamente por algún otro lado de la finca. Me pareció muy claro que allí los automóviles no eran bienvenidos y que los debían entrar nocturnamente en alguna cochera apartada.

Llevábamos un rato en el salón cuando apareció el tal Rolando, con la camisa a cuadros sudorosa y calzando enterizas y espuelas. Pidió excusas mientras ya nos ponía una copa en la mano. No sabía que Blanca venía conmigo, pero no importaba, tenía dos habitaciones contiguas, Aquella casa era una especie de hospedería, pero sólo para amigos, sin disciplina, y cada cual podía hacer lo que le venía en gana... Esta temporada tenía unos potros estupendos, aunque en general andaba mal de caballos, bueno, tenía dos garañones espléndidos y varios caballos hechos, excepcionales, para vender y, ya veréis, la yeguada y los potrillos... También tenía en pupilaje jacas de rejoneo. Blanca me había dicho que el tal Rolando era valenciano y, en realidad, sabiéndolo se le reconocía el acento, las vocales del *apitxat* flotando en los apócopes manchegos, pero tenía una pinta inequívoca de señorito de Madrid, de economista instalado en Puerta de Hierro. O también podía ser o haber sido militar. Sí, eso era lo más probable. Según Blanca, era una extraña mezcla de ecologista científico, señorito facha y devoto de orientalismos místico-sanitarios. Parecía simpático. Se interesó por mi persona, esforzándose en dar la impresión de que mi biografía y mi obra le eran muy familiares. Eso le salió más bien mal, pero la intención era de agradecer. Él solía almorzar muy tarde. ¿A las tres nos parecería excesivo? Entre tanto teníamos tiempo de instalarnos y dar una vuelta por la finca. A caballo, si nos apetecía. O en la araña. El Felip se ocuparía de todo... Era alto, ligeramente encorvado, con un corte de cara más bien germánico y las greñas blancas demasiado largas, un poco agitanadas.

Nuestra vida en San Cristóbal se organizó con suma facilidad. A pesar de que ninguno de los dos teníamos costumbre de aprovechar las mañanas, desde el primer día adoptamos el paseo matutino, a caballo, antes del desayuno. Generalmente lo hacíamos juntos, y si el día estaba fresco, montábamos después, también los dos, a veces tres o cuatro horas, adentrándonos en el país. Cuando el día era bochornoso o el sol excesivo, dejábamos el paseo para la tarde, pero generalmente lo hacía Blanca sola. Yo prefería no abandonar mis entretenimientos. Dibujaba mucho. A pesar de mi repugnancia inicial, la morfofilia que desde hace miles de años despiertan los caballos, había sido más fuerte que yo. Hacía muchos estudios de grupo y composiciones de formas seriadas, ritmos de repetición que resultaban muy fáciles de observar en los potreros, sobre todo a esas horas de la tarde cuando separaban a las yeguas de sus crías. Descubrí que los animales más hermosos no eran precisamente los mejores desde el punto de vista del valor equino. Como siempre, los pequeños defectos disipan también en los caballos el aburrimiento de la perfección. Había un potro blanco de crin dorada claramente caído de cuartos, que era evidentemente el unicornio, aunque hiciera siglos que su cuerno reposara en algún museo de mentiras. No conseguí nunca expresar eso con el lápiz.

Blanca montaba generalmente un tordo grande, elevado, al que llamaban «el Plata» y yo una jaca negra llamada «Charol» pero a la que yo había bautizado «Maldolor», o un alazán inglés muy grande, un poco lento pero muy cómodo y majestuoso para paseos descansados.

También con Blanca las cosas marchaban muy bien. Nuestra relación de alcoba se había establecido con una regularidad admirable, de pareja de toda la vida, y su cuerpo, al que el constante ejercicio prestaba una flexibilidad ondulante, cada día me gustaba más. Sus camisas de seda ocre y sus bridges a rayas acabaron pareciéndome elegantísimos, y al cabo de unos días me parecía adorable el timbre oscuro y un poco quebrado de su voz.

El tiempo transcurría con una fluencia tan tranquila y poco accidentada, que el día que descubrí que tenía que llegarme de compras a Alcañiz, a reponer papel y trebejos del oficio, me di cuenta, conversando con Felip en el jeep, de que llevábamos en San Cristóbal casi quince días. Había olvidado casi completamente todo lo relacionado con las circunstancias de mi vida en el pueblo. Creo que de cuando en cuando me sorprendía preguntándome cómo andaría Barral. Pero no me preocupaba mucho. A pesar del pesimismo de Yvonne, me había ido con la impresión de que el amigo estaba en período de franca recuperación.

Durante los días que llevábamos en el casón de Rolando habían pasado por allí otras gentes que, a lo sumo, se quedaban un par de días, sobre todo, debía de ser, el fin de semana, pero yo no tenía mucha conciencia de las fechas ni mucha curiosidad por esos pasajeros. Aquello era como un hotel, aunque tampoco sabía muy bien si estábamos allí como huéspedes o habría que pagar factura; según Blanca eso era una cuestión imaginaria. No recuerdo apenas esas gentes, con la excepción de un suizo que viajaba con una española terriblemente alcoholizada y agresiva. El suizo era antropólogo o lingüista y estaba haciendo un trabajo de campo. Sabía horrores de fonética, aunque hablaba un francés rasposo y con todas las vocales trastocadas. Recogía voces en las aldeas y como él decía, corraladas de la zona. Pretendía establecer estadísticas sobre frecuencias de particularidades fonéticas en esa zona de frontera de dos romances, según sus teorías, lejanísimos hasta el renacimiento. Montaba muy bien a caballo y dimos un par de paseos juntos. Su mujer era insoportable y Blanca, que además tiene manía a los filólogos huía de ellos como de la peste.

Con Blanca hablamos muy poco de Ute, muy de pasada en tres o cuatro ocasiones, y no llegó ni siquiera a contarme aquellos días en qué había consistido la bronca de Pozuelo. Decía que no quería oír hablar de los lamentables asuntos de Ute en el pueblo, de los que —estaba absolutamente equivocada— suponía que yo sabía más que ella. Daba a entender que se trataba de asuntos feísimos, criminales, en los que Ute estaba metida de mero tonta. No parecía que Blanca quisiera ocultar nada, sino más bien que ese tipo de asuntos no la interesaban y que no le divertía el cotilleo, lo cual, la verdad, me parecía más bien contrario a su personaje.

Durante los días de San Cristóbal, Blanca habló un par de veces del proyectado viaje a la Camarga, pero sin mucha insistencia cuando yo manifestaba la mucha pereza que me daba el emprender un largo viaje para ir a un lugar muy parecido a éste y ponernos en una situación semejante, en unos hábitos de empleo del tiempo probablemente idénticos. En un par de ocasiones pareció dudar acerca de la conveniencia de cambiar de planes y afrontar el verano en su casa almeriense, un verano como todos los demás, que afirmaba que no le apetecía mucho y que yo sospechaba que tenía otras razones para evitar.

No puedo imaginarme cuánto se hubiera prolongado nuestra estancia en casa de Rolando si no hubiera tenido lugar la desgraciada caída de Blanca. Eso fue la última tarde, y una de las pocas en que yo salí a montar con ella con la luz ya baja y casi crepuscular. Y fue en el recinto mágico.

Hacía ya días que habíamos descubierto que las verjas estaban sólo ajustadas, aunque siempre cerradas, y, si uno iba solo, había que desmontar para pasar por el arroyo enjaulado y salir al camino por donde habíamos llegado a la finca. Había que bajar al paso y subir arreando la otra ladera, siempre inclinados sobre las orejas del caballo. Luego había que cuadrar el caballo en el otro lado, en muy poco espacio, desmontar y abrir la puerta hacia dentro y salir llevándolo de las riendas. Ese día, como íbamos los dos, yo abrí la puerta del recinto sin desmontar reculando con el alazán y Blanca entró muy fuerte, a un trote largo que no pudo frenar en la bajada. El tordo no llegó hasta el arroyo, saltó unos metros antes, tomó la otra ladera con los remos en tijera y cayó hacia atrás, yo diría que sobre Blanca ya en el suelo, pero con el pie derecho estribado. La bota y una torsión increíble le salvaron la pierna pero se fracturó el tobillo, yo creo que cuando todavía estaba en el aire y que el animal le cayó encima en realidad sin aplastarla, de lo contrario la hubiera roto por cinco o seis sitios diferentes. El animal se levantó revolviéndose y todavía con el pie estribado. Hubiera arrancado ladera arriba pero yo lo paré de un grito y corrí a soltar a Blanca. Quedó en el centro del arroyo con el cabello abierto sobre las piedras como una aureola, abierta de brazos y piernas y con los ojos cerrados. La blusa de seda se había rasgado en dos y quedó despechugada con los pezones teñidos por la última luz. Era un aspa, un símbolo extraño. Tuve la sensación instantánea de que el misterioso recinto enrejado había recobrado un sentido simbólico, quizás religioso, perdido hacía años. Cuando me arrodillé al lado de Blanca para atenderla, descubrí que estábamos en el centro geométrico del rectángulo. Todavía desconcertado y sin saber si lo de Blanca era grave, tuve tiempo de ver que el caballo que montaba la mujer había trepado asustado hasta la puerta cerrada y se había cruzado en ella. Estaba exactamente en la misma posición que el mío, abandonado en la puerta del otro lado. En el cielo ya cobalto se dibujaba la silueta del inmenso roble y se recortaban las lanzas de la verja dando guardia a los cuatro horizontes.

A Blanca no le pasaba nada grave, no parecía tener ningún golpe pero, el tobillo le dolía muchísimo y era imposible que no se hubiese roto. Estaba claro que allí había terminado nuestra vacación de caballos y que, en cualquier caso tanto si debíamos seguir juntos como al contrario, nuestros proyectos quedaban seriamente modificados. De momento el problema sería sacar a mi amiga de allí. Además de gravemente coja, estaba asustada.

Capítulo VIII

Me parece improbable ahora, al ponerme a reflexionar sobre ello, que mi constante desacuerdo con Blanca y las inmediatas incomodidades de nuestra convivencia desde que regresamos el pueblo, ella con la pata enyesada, se debieran principalmente a nuestra discrepancia acerca de la viabilidad de nuestra instalación allí, en plena temporada veraniega y de la posibilidad de organizarnos una vida sensata y relativamente privada en medio de aquella chirriante farsa, de aquella caricatura de las bodas de las gracias de la naturaleza con el ocio popular. Es cierto que el optimismo de Blanca acerca de la posibilidad de fortificarnos contra la fealdad exterior y la mezquindad de la gente, incluso los vecinos y amigos, me mantenía en perpetua irritación contra el mundo y contra ella, y que su empeño en organizar la intimidad tras las cortinas corridas, en una penumbra también moral, me recordaba algunas de las manías menos simpáticas de mi madre y lo que había de clandestino que recuerdo de la infancia. El deambular desenfadado de mi amiga, más que desnuda, desvestida, que tanto me había seducido en Pozuelo, allí, en la media luz acuchillada por las persianas de tabla, en los interiores de la casa de siempre, me parecía horrible y me ponía frenético. Y sobre todo su seguridad en que todo acabaría como dándose y acabaríamos olvidando dónde estábamos y la ensordecedora y cegadora vulgaridad de afuera.

A ella debía irritarla también mi constante fingimiento de independencia en aquel encierro, la artificiosa naturalidad con que me empleaba en mis trabajos y en mis ocios, como si estuviera solo, dando por supuesto que ella hacía lo mismo entre tanto. Notaba seguramente que la causa de mi crispación cuando aparecía de improviso en el cobertizo o en el estudio de arriba en momentos en que se suponía que yo estaba trabajando y quería estar solo no era realmente el riesgo de interrumpirme sino el que la intromisión era contraria a lo convenido y perjudicaba la idea que nos habíamos hecho de nuestra convivencia allí, en la casa asediada, una idea ya en sí misma muy castradora, que, por ejemplo, me inclinaba a desechar toda imaginación que comportase el utilizar a Blanca como modelo, aprovechando sus ventajosas formas —las modelos un poco recias rentan más que las delgadas— y la simpatía erótica que seguía inspirándome. O que descartaba la posibilidad de incluirla, a ella o a cualquier forma que la representara, en los numerosísimos estudios que hacía y repetía en un intento fallido de formular de una manera emblemática mi experiencia del recinto mágico, de la jaula de lanzas con caballos en la cima. Tal vez incluso me fastidiaba que ella supiera que aquella imagen me obsesionaba.

A pesar del esfuerzo que hacíamos los dos por ignorar el empleo del tiempo libre del otro, me di cuenta a los pocos días de que me mentía con frecuencia cuando nos juntábamos por la noche, generalmente para salir de allí, de la casa y del pueblo. Pretendía hacerme creer que seguía practicando el excursionismo comarcano, como los primeros días, y dedicaba las jornadas a descubrir pueblecillos de montaña en los que sobrevivían artesanos medievales o que había hecho muchos kilómetros en busca de playas despobladas o caletas solitarias, pero se traicionaba y hacía evidente que había perdido el día en la terraza del «Garbí» con los amigotes y haciendo sociedad balnearia con ejecutivos de ventas a no más de cuatrocientos metros. Eso, por supuesto, debía darme igual, pero ponía en evidencia la artificiosidad y el ritual de la soledad y la intimidad al que me condenaba a mí solo, lo que me hacía sentirme tratado como un enfermo. Esa situación contribuía cada vez más a frustrar mis intentos de concentración y de sosiego. Los hacía teatrales. Según pasaban los días, me fui convenciendo de que mi impotencia expresiva se debía a aquella situación y que a lo mejor se mitigaría si yo también perdiera parte de mi tiempo dejándome flotar en el ocio bobo de las vacaciones de los demás. Pero eso comportaba el peligro de la alcoholización fulminante. Tras mis muros y sin más vicios que una, a lo sumo, rápida visita al «Garbí» a media tarde o algún atardecer de visita en casa de los Barral, podía controlar mis copas hasta la noche. Si comenzaba a excusar las mañanas, estaría perdido. Y la presencia de Blanca, incluso el gusto de estar con ella, era una constante amenaza. Sobre todo desde que me di cuenta de que fingía. Comencé a desear que se marchara, que se fuera por un tiempo, porque en realidad no quería que se fuera del todo. No quería decírselo y esperaba que ella lo comprendiera y lo decidiera por su cuenta. Conducía muy bien con su pie enyesado, según demostraba lo mucho que andaba, al parecer, por las carreteras de la región, de manera que viajar sola hasta la Camarga no parecía ser serio problema. Una ausencia de unos días me serviría para acomodarme, al menos en aquella situación que en parte por su presencia pero, sobre todo, porque el paisaje la hacía inevitable, era cada día más asfixiante.

Además, desde que se había instalado el esplendor de la temporada, en el lugar no ocurría nada. Según parece habían cambiado los policías, o al menos se había sobrepuesto a la fuerza local un contingente especial de vigilancia de las zonas turísticas, lo que, decían, congelaba la marcha de los expedientes. En cualquier caso los mafiosos de «El Paraigües» y los extranjeros dudosos, todos en plena ocupación noche y día, no se sentían en absoluto vigilados o perseguidos como hacía escasamente un mes, como si el aprovechamiento del negocio turístico comportase una tregua incluso para los probados delincuentes. Las ambigüedades de relación entre los amigos y amigas de los cafés del otro lado habían remitido, sea porque la abundancia del ocio las hubiera consolidado o porque habían pasado a una clandestinidad clásica y respetable. La aurora de dedos rosados entraba en sociedad cada día en el bar de la ampurdanesa y alguna vez caíamos por allí a esa hora Blanca y yo de regreso de cenas lejanas, pero encontrábamos a los habituales aburridísimos, más bien silenciosos e inútilmente tocados por la gracia del vodka o de la ginebra. Solía haber allí un payaso, ex-pescador, torpemente disfrazado de marinero en tierra, que bebía incansablemente menta con sifón y a esas horas estaba muy borracho y al que todos encontraban graciosísimo y a mí me parecía abominable. Solía haber, también, muchachos nórdicos de expresión estupefacta y muchachitas rubias con caras salubres y sonrisas inocentes a los que habían aconsejado aquel sitio como embudo erótico de la noche y habían subido a ligar después que cerraran los últimos bares de la playa, y que estaban siempre solos, frustrados y tristes en la orilla de la barra tras la cual, en cambio, reinaba feliz la ampurdanesa haciendo esfuerzos inútiles por propalar su optimismo.

Una de esas noches, casi madrugadas, en que hacíamos escala en el local de Magda, esta vez, recuerdo, de regreso de Salou, de una prolongada cena en casa de unos supuestos coleccionistas madrileños, nos encontramos allí inopinadamente con el pleno de la sociedad veraniega del «Garbí». Se habían refugiado allí para tomar las copas del alba a la salida de un concierto de jazz que Gerard y Montoliu habían organizado para inaugurar el nuevo local cultural del pueblo recién instalado en las antiguas bodegas de una masía sobreviviente que Gerard había comprado, como casi siempre, sin saber muy bien para qué y, en uno de esos gestos como el del monumento, había cedido provisionalmente al municipio. Parece que lo que finalmente se proponía era instalar allí una escuela de danza, algo realmente sorprendente. Yo lo había visto, a medio vestir de escuela de danza, con tarimas, barras y espejo hacía algunos meses, con cierta rabia, confieso, porque en el fondo me hubiera gustado comprar esa casa. Tenía la esperanza de que la idea de Gerard fuese un rotundo fracaso y se pudiese algún día volver a hablar de otro destino. Aquellos bajos con arcadas y bóveda podían transformarse fácilmente en un taller magnífico al que no sería difícil dotar de luz cenital. Era de esperar que la iniciativa de Montoliu, que hablaba de institucionalizar los conciertos de jazz y de música experimental, no resultase más realista que la del taller de danza del belga. Habían acudido todos a la inauguración y habían notado nuestra ausencia. La verdad es que yo había olvidado completamente esa invitación de la que me habían dejado recado en el bar de la playa. Estaban incluso los Barral, Yvonne un poco tensa, seguramente preocupada por los excesos del enfermo, y él con aire de derrumbado, muy distinto al personaje todavía distante e irónico de nuestras entrevistas al atardecer. Estaban sentados alrededor de un horrible velador rústico con Ana María Moix, Rosa Sender, el psiquiatra De la Cruz y una señora con aire fatigado y ausente que me presentaron como su esposa. De la Cruz explicó enseguida a Blanca que los excesos del poeta eran absolutamente injustificables y que estaba poniendo en verdadero riesgo su salud, pero luego, tras un guiño de complicidad, dio a entender que se daba por vencido e invitó a todos a otro ronda, sin excluir al poeta.

La charla en grupo en la mesa del psiquiatra se prolongó mucho, yo diría que horas y fue muy regada. Fue una conversación muy troceada con muchas entradas y salidas de gentes que estaban en otro sitio o que iban y venían de la barra con copas frescas; pero básicamente el que hablaba era De la Cruz y sobre asuntos que directa o indirectamente podían afectar a la situación de Barral y a su historia reciente. Se dirigía con frecuencia a Blanca y me acabé dando cuenta de que en el tono confidencial flotaba el supuesto de que ella estaba enteradísima. Descubrí de pronto que había entre Blanca y Barral una relación distinta de la que yo suponía y que en realidad, parte del tiempo que Blanca decía emplear en buscar rarezas y fósiles sociales en la comarca lo consumía en cuidar de Barral. Eso me produjo una sensación entre cálida y amarga. No quería pensar que me ponía celoso. ¿Y de quién? ¿De Blanca o de Barral? Pensaba en el sarcasmo de Barral cuando me preguntaba si me importaba Ute. ¿Le habría preguntado también a Blanca si le importaba Ute?

Yo creo que fue a la mañana siguiente de esa velada tras el concierto de jazz, que todos juraron que había sido estupendo, cuando le dije a Blanca que realmente nos convenía a los dos descansar unos días de nuestra mutua presencia en aquel asediado baluarte de sombras que era la casa de la playa. Le dije que le agradecería muchísimo que me dejara solo al menos una semana, que sería justo el tiempo necesario para ir a Marsella y regresar. Que no quería de ningún modo que se fuera ni quedarme solo el resto del verano, pero que necesitaba unos días de absoluta soledad, incluso a riesgo de que se me fueran en una borrachera. El ventanal abierto parecía un incendio. Era la deflagración canicular. Me di cuenta de pronto de lo avanzado que estaba el verano, pasada la mitad de agosto, cuando más quema y las vacaciones de la gente empiezan a menguar. Jugando al escondite con Blanca se me habían ido semanas de absoluta inanidad.

Blanca agarró al vuelo mi proposición de tregua y asintió entusiasmada sin dejarme entrar en matices, como si ella misma hubiera estado preparando la manera más simpática de comunicarme que quería ausentarse durante algunos días. No, no, no pretendía hacer por fin esa visita a los amigos de la Camarga. Lo que iba a hacer era acercarme a Nerja, justamente eso que tanto la asustaba unas semanas atrás y, quién sabe, a lo mejor ni siquiera abriría su casa, se quedaría en un hotel unos días, justo los necesarios para hacer acto de presencia, asistir a un par de fiestas insoportables y se volvería. Dejaría el coche en Barcelona. No me lo había dicho antes porque estaba pendiente de que un sombrerero que había descubierto en Reus le terminase una gorra de seda realmente deslumbrante que quería regalar a Barral. Había recorrido todos los brocantes, gitanos anticuarios y pasamaneros de la provincia para encontrar unos botones de plata adecuados, una cinta antigua en la que había hecho bordar delfines con auténtico hilo de oro y había hecho repetir al sombrerero la horma de la gorra varias veces. Quería darle eso a Barral antes de irse. Barral preparaba, ¿no sabía yo eso?, una expedición al horizonte en un velero que le prestaban y quería convidar a mucha gente. Quería dejar a los amigos una referencia de su último verano, porque estaba convencido de que se iba a morir. Ojalá no tuviese razón. Ella no estaría allí para la excursión a la vela, el mar la ponía enferma y le recordaba una etapa de su vida que quería olvidar, pero estaría representada por la gorra de seda negra con delfines dorados que se encasquetaría el agónico poeta. La gorra de Blanca. Así, sin correr el riesgo de marearse y de perder la dignidad ella se incorporaría a la referencia testamentaria de Barral y quedaría en la memoria de todos tanto si era éste el último verano del poeta como si sobrevivía. Hablaba a borbotones y hacía gala de una frivolidad inhabitual, un poco irritante sobre todo por lo que se refería al amigo enfermo. No, yo no sabía nada del proyecto de excursión colectiva capitaneada por Barral y me parecía una idea disparatada. Hacía unos días me había dicho que sentía una necesidad casi angustiosa de navegar, pero di por supuesto que quería decir que quería salir al mar solo o con alguno de sus chicos y en su vieja barca, lo que tampoco me parecía muy sensato en su estado físico y me pareció improbable. Yvonne se lo impediría. ¿No habría sido la misma Blanca la que le habría sugerido ese paseo de dogo veneciano, esa fiesta de góndola ducal? En fin, no importaba y era feliz coincidencia la de mi deseo de quebrar la costumbre de las últimas semanas y el que a ella, de pronto la embargase la tentación masoquista de pasear por la acastillada costa de Málaga y mezclarse en los *potins* de esa *jet society* de tercera clase. Eso sí que era humillante tercermundismo. ¿Qué le había hecho yo para provocarle ese deseo de autocastigarse? Pero era una coincidencia digna de celebrarse y debíamos empezar ahora mismo descorchando una botella, si la encontrábamos, en aquella casa, templo en los últimos tiempos de la más hipócrita de las austeridades. Y de pronto rompimos a reír a la vez. Sí, más valía celebrarlo.

La tarde de la despedida de Blanca, un par de días después, era la antevíspera de ese paseo naval al que Carlos daba tanta importancia. Era una tarde luminosa pero desapacible, con mucho viento que había ahuyentado a la gente del acerón, y los Barral, contra lo acostumbrado en aquellos meses, habían dejado el portalón abierto de par en par, plegadas las cristaleras y descorridas las cortinas, de manera que la reunión de amigos que se fue formando parecía tertulia en la calle y era como de otro tiempo, de antes de la perversión turística del lugar. Entraban gentes insólitas en aquel extremo del pueblo y a aquella hora en la que se suponía que tenían obligaciones profesionales, ocupaciones imprescindibles y que, al contrario, pasaban casualmente por allí y tropezaban, agradablemente sorprendidos, con aquella fiesta improvisada. Porque había varias botellas mediadas y muchos vasos en las varias mesillas y por el suelo y daba la impresión de que los Barral celebrasen algo. Podía dar esa impresión desde fuera a los que pasaban y se sentían de pronto incluidos en aquella algarabía de voces y risas casi callejeras, pero esa sensación era enseguida desmentida desde dentro. El poeta, apartado de todos, sentado de espaldas a la puerta, junto al hogar de la chimenea lleno de tiestos con plantas de interior, en una esquina sombría, estaba totalmente vestido de negro, lo que le hacía parecer más delgado y pálido, descalzo, con pies y manos de cristo gótico, que parecían exangües, y la mirada ausente. Daba vueltas sobre las rodillas a la suntuosa gorra que le había llevado Blanca. Se la probó varias veces y, al tacto, decidió que era una lástima, que era demasiado alta.

Blanca se defendía cantando las excelencias de la seda adamasquinada que ella sostenía que era de azul oscurísimo y a todas luces era negra, lo que seguramente disgustaba al agónico marinero. Blanca explicó también que había hecho bordar en oro viejo ocho parejas de delfines porque ocho era el número de repetición heráldica de las borduras de las cotas de armas, cosa con la que el poeta tampoco estaba de acuerdo. Según él eran siete y sólo podían ser siete a causa de la forma del escudo, que necesitaba un signo impar en la punta, y porque era un número lunar. Él odiaba el siete por otra parte, porque era un número bíblico y monoteísta, como el tres, y admitía el seis, pero desconfiaba del ocho que era geométricamente hablando de una simetría excesiva, intolerable. A mí me divertían esas manías gestálticas de Barral, que se equivocaba en lo tocante a los escudos, y estaba incluso dispuesto a admitir que eran bastante sinceras y, en el fondo, razonables, pero a todos los demás les debía parecer que el enfermo deliraba. Nuria, la farmacéutica, una de las casual y sorprendentemente incorporadas, se sacó de la manga la teoría de que el siete era número farmacéutico o más bien manía de terapeutas y que los inyectables se recetaban de siete en siete. Blanca empezó a sentirse incómoda, arrepentida de su gesto del regalo de la gorra, en el que había puesto, quién sabe por qué, mucho entusiasmo, y comenzó a moverse con cierta rigidez y a probar a hacer frases ingeniosas que generalmente no terminaba. Se puso a fumar nerviosamente y a fulminar con su mirada a los que, aprovechándose de la situación, hacían chistes sobre la gorra y su próximo bautizo en los mares. Sus gestos se habían hecho más impertinentes que altivos, había perdido en pocos minutos ese tranquilo aplomo que la hacía tan deseable y sosegadora. Me pareció que había envejecido de repente. Barral se dio cuenta y quiso cortar la coña de la gorrita, pero dijo algo terrible. Dijo que en realidad le gustaba mucho y que le encantaría estrenarla en esa excursión náutica a la que era una pena que Blanca no pudiera quedarse. Que lo que ocurría era que había dudado de la oportunidad de usarla ese día porque sería triste que sólo hubiese servido una sola vez. Dijo con naturalidad y sin pensarlo, que para ese último paseo hubiera sido más propio encasquetarse la más vieja de sus gorras, la más amarada y salitrosa. Pero la seguridad con la que calificaba de último el paseo resultó escalofriante y provocó un súbito y angustioso silencio. Yvonne, que estaba en ese momento rellenando unos vasos, dejó casi caer la botella, que provocó un ruido estruendoso sobre el mármol de la mesa. Ricardo Muñoz Suay, una de las personas que conozco que peores relaciones tiene con la mar, intentó uno de sus chistes indecentes; quiso decir algo acerca de la gorra volada por el viento y devorada por un tiburón doméstico, pero se le enredaron los verbos y quedó la cosa en un desagradable balbuceo y volvió a caer a plomo el silencio. Blanca se levantó de pronto, hizo un mohín que en cualquier otra circunstancia hubiese significado que iba a ausentarse momentáneamente y en esa ocasión resultó un acto fallido y volvió a sentarse con resignación. Eso la rescató de pronto. Volvía a ser magnífica, junónica, y desprendía de nuevo un halo tranquilizador. Se retrepó en la butaca retirando hasta la ingle la cruzada pierna desnuda y sonrió simpática, incitante al poeta. Barral cambió entonces de expresión, pidió perdón por su inoportuna frase y, tras asegurar que nada mejor para ahuyentar a la Pelada que hablar de ella, nos anunció que nos iba a hablar de su muerte porque ya no había ninguna otra cosa que le interesase.

El poeta no pudo cumplir inmediatamente su amenaza. Su intervención había provocado un gran alivio y enseguida brotaron conversaciones salpicadas de maledicencia y punteadas por la risa estruendosa de Miguel Montoliu. Se procedió al desollado de varios ausentes, sobre todo de Gerard, el dueño del barco en el que Barral nos invitaba a marear. Me di cuenta de que, sin estar ninguno de ellos convencido de que eso fuera ni siquiera verosímil, casi todos atribuían a Gerard un papel de cómplice general en las trapisondas en que se veían envueltos nuestros amigos de «El Paraigües». Sólo Nuria que era más bien de ese bordo, protestó a favor del belga. Intentó demostrar que los negocios de Gerard, cualesquiera que fueran, eran demasiado ambiciosos como para comprometerlos en estafillas y fechorías. Pero había quien decía exactamente lo contrario, es decir que la agilidad financiera del belga se apoyaba justamente en el préstamo a los delincuentes y en inconfesables asociaciones con ellos. Y ése era precisamente su único argumento, basado en su incapacidad para comprender el talento del astuto forastero para sustituirse a tiempo en las iniciativas provechosas de los demás y en ventear en cambio las audacias peligrosas. Según Barral, Gerard no era honrado ni pretendía parecerlo pero su única inmoralidad consistía en quedarse oportunamente y dentro de la más abosluta legalidad con la parte sana de los negocios ajenos, dejando diabólicamente en manos de quienes los inventaban los aspectos comprometedores y dudosos. El flamenco copiaba un modelo de judío holandés del siglo XVII, decía; debiera lucir un apellido portugués semigermanizado. Al bondadoso Mario Muchnik esa broma etnicista le pareció insufrible y se empeñó en relacionar a los diamanteros de Amsterdam con el genocidio nazi y a hacer ridículas consideraciones sobre el larvado antisemitismo de los mediterráneos. Eso abrió cancha a Barral para discursear sobre el papel de los hebreos de Flandes en la historia de la piratería, probablemente puras elucubraciones, y de eso, paso a paso, a volver al tema de la muerte y al desagrado de los dioses por los que no se resignan a morir cuando son llamados. Pero no se puso desagradable, resultó incluso ameno. Terminó ese discurso con una descripción del Hades que lo hacía muy atractivo. Según él lo único realmente molesto sería que fuese un lugar eternamente oscuro, un bosque nocturno lleno de lagunas tranquilas que tenían función de espejo y a las que se asomaban solamente las sombras satisfechas de los que fueron inteligentes. Los torpes y descontentos de sí mismos se pasaban la eternidad ocultándose tras los troncos de robles sombríos. Pero los difuntos narcisos que se tropezaban al borde del lago intercambiaban ideas sutiles, fruto de millonaria experiencia. y se amaban y se detestaban sin animadversión y sin deseo. Él tenía la impresión de que los clásicos habían suministrado bastantes datos sobre esos tranquilos y apacibles jardines como para que el invitado a visitarlos no sintiese extrañeza al desembarcar en ellos. Dos milenios de caricatura, de veneración del fuego y del castigo, no habían borrado del todo esa memoria tranquilizante de los antiguos. Lamentablemente alguien, el propio Muñoz Suay es lo más probable, quebró la tranquila ensoñación del poeta con alusiones escatológicas del peor gusto hispánico. Debió ser Muñoz Suay porque sonaban a Buñuel sin gracia. Y Barral se alteró, se fue enervando progresivamente y se puso a gesticular.

Le parecía un regreso a la animalidad, le parecía zoofagia, el bromear acerca de los despojos y de la incomodidad de los muertos, el confundir la ausencia con la putrefacción, incluso de los recuerdos. Le parecía cobardía, indignidad, y era lo que más reprochaba a la tradición cristiana, sólo ocasionalmente disimulada o rescatada por la mística. Hablaba de nuevo atropelladamente, enronquecido, como en sus peores momentos de excitación, cuando se abandonaba a ese insoportable exhibicionismo que todos los amigos detestábamos. Vomitaba desprecio disfrazado de ira y personalizaba sus argumentos increpando una y otra vez a los que habían dicho algo con lo que no comulgaba, pero también a los que callaban, dando por supuesto que eran contraopinantes y que lo eran sólo para herirle, para movilizar contra él y contra sus puntos de vista un sentido común que le producía arcadas. Se había puesto de pie y hablaba casi a gritos, con las manos engarfiadas en el espaldar de una silla. Estaba ridículamente tenso, patético, y parecía aún más consumido, un esqueleto furioso.

El inesperado acceso de furia de Barral dejó a todos como paralizados, como figuras de cera. Blanca, que seguramente era la única que asistía por primera vez a uno de esos espectáculos, había quedado con la cabeza inclinada, mirándose las desnudas rodillas y el cabello sobre los ojos. Era una figura que había que retener, casi tópica pero muy armoniosa. Mientras se atenuaba el tono de voz del desagradable monólogo del poeta, Yvonne, la primera en recuperar sus espíritus, se levantó con naturalidad y se adelantó a cerrar las puertas vidrieras, alegando que empezaba a hacer fresco. Todos comprendimos que nos echaba y nos fuimos marchando. Yo fui de los últimos y, al pasar junto a ella, me dijo casi en un susurro que le gustaría hablar conmigo y que seguramente no participaría en la excursión al horizonte.

El barco, supuestamente de Gerard, era una maravillosa extravagancia. Un casco de teca muy fino de cabos y sobrado de manga, de muy poco puntal, con tajamar volado hacia el bauprés, de goleta corsaria. La bañera y el tambucho eran de caoba y de bronce y los mástiles altísimos. El aparejo también era pura fantasía: arboladura de yol con dos redondas envergadas en el trinquete y mayor y escandalosa a popa, foque finísimo y una trinquetilla pesada. Todas las velas anilladas. El casco estaba pintado de negro y lucía en el espejo el extraño nombre de Les Deux Amies y la matrícula de Alejandría. A pesar de esas contradictorias identidades, arbolaba pabellón de Noruega. Era un barco incómodo para un paseo con mucha gente en cubierta, sobre todo en un día que prometía ser de vientos más bien recios. Gerard nos había acompañado hasta el pantalán en el puerto de Vilanova y nos había dejado en manos del capitán, un siciliano barbudo y encorvado a quien había pedido que se pusiera a las órdenes del agónico poeta marinero. Había también un mozo de maniobra, probablemente un pescador local con camiseta de la universidad católica de Malinas. Y un perro, un schnautzer muy ladrador. Escasa tripulación pensé yo, para maniobrar ese buque arqueológico. Habíamos salido con un duro leveche de bolina, escorando mucho y los viajeros habían preferido encerrarse en el incómodo sollado, apiñaditos en las literas y preparando los primeros tragos. En la bañera nos quedamos Yvonne y yo con el siciliano encorvado sobre la rueda como un interrogante. El poeta también estaba en cubierta, en cuclillas en el conbés, mirando a proa e ignorándonos.

Yvonne estaba seriamente preocupada y había decidido a última hora embarcar en este viaje que maldita la gracia que le hacía, para mitigar en lo posible las ocurrencias del marido, quien, según parecía, pretendía transbordar a su barca a la altura del pueblo, hacer por allí sus filigranas y atracar a solas en sus arenas nativas. Según Yvonne, el poeta no tendría fuerzas para llevar la caña ni siquiera con la más mansa brisa solar en un día de calma y sus intenciones eran absolutamente disparatadas. Insistió una vez más en que los médicos de la ciudad dejaban correr el tiempo prometiendo una recuperación natural pero poco menos que milagrosa, y ella empezaba a desesperar, estaba cada vez más convencida de que ese proceso de consunción que estaba tan a la vista era ya irreversible. Carlos había casi dejado de beber en las últimas semanas, pero también prácticamente de escribir y era eso lo que le hacía tan irritable. En sus ratos de lucidez, como los que pasaba conmigo algunas tardes, era muy consciente de su situación pero a ella no se le ocultaba una resignación dolorida y un terror a flor de piel que la hacía sufrir mucho. Con Blanca había coqueteado mucho y eso le había hecho bien, despertándole a ratos un personaje dormido. Cuando se quedaban solos con ella, con Yvonne, era como un niño asustado. Y, en cuanto dejaba de fingir, de representar, lo invadía una fatiga que a ella le parecía ya irremontable. Si consiguiese despertar de nuevo la ilusión por lo que estaba escribiendo unos meses atrás, tal vez duraría más, quién sabe cuánto tiempo... Le pregunté si estaba preocupada por el futuro de la familia en caso de que se avecinara lo peor. Sí, claro está, lo estaba, pero eso aún no tenía importancia.

Se calló y se quedó mirando la estela que ahora se abría por la popa en un blanco celeste sobre el azul de Prusia. En esta costa los vientos del sur ponen la mar oscura. Se quedó inmóvil, abrazada a las rodillas, mirando atrás con una fría mirada de Antígona.

«Hay que bajar trapo», dijo con voz ronca el siciliano.

Barral era partidario de entrar a viento, orzando al máximo sin amainar las velas. Juraba que aquél era viento noble que iría creciendo seguido y que el barco lo estaba engañando muy bien. Había que afianzar toda la jarcia de barlovento, asegurar las escotas y poner el navío a correr. El barco se estaba divirtiendo como un potro en una pradera y pedía más viento, no había por qué contrariarlo. Pero tus invitados, le dije, estarán seguramente muy incómodos y quizás arrepentidos de haber embarcado. Han venido a hacerme compañía, más bien de testigos y se aburrirían mucho más en un calmazo. Lo que yo quiero, ya sabes, es que les quede en la memoria una imagen de mí que se pueda fácilmente exagerar. Aún soy muy vanidoso.

Mandó al capitán asegurar los vientos y se agarró al gubernalle. Realmente el mar lo crecía. Parecía diez veces más fuerte, le brillaban los ojos y se le había descontraído la cara. Se había encasquetado una gorra viejísima con los galones deshilachados. Se lo hice notar y eso nos remitió al regalo de Blanca y a su partida. ¿Creía yo que regresaría? ¿Por qué me había yo empeñado en que se fuera? ¿Por qué ahuyentaba a todas las mujeres en cuanto afloraba la ternura en mi relación con ellas? Yo le había contado el incidente de la jaula de las lanzas y le había mostrado algunos esquemas a lápiz siempre sin figura humana de esa representación todavía sin significado. Según Barral, no tanto la fascinación por la imagen del incidente y por el misterio del lugar, sino mi terquedad en borrar la presencia de Blanca de la escena, haría las delicias de los psicoanalistas. La escena sin Blanca no era, decía, más que la representación de mis sentimientos por Blanca, una ocultación fácil de entender para un escritor de versos y que haría disparatar a los psicólogos. Por cierto, ¿qué había finalmente de ese cuadro? Le conté que en la última versión, en una tela grande y apaisada, lo había resuelto en una composición en diagonal, más bien en banda, con un solo caballo en el ángulo inferior derecho y la sola sombra del caballo de arriba en el ángulo superior izquierdo y había transformado el roble mágico en dos presencias vegetales compensadas a lado y lado, centrándolo todo en el arroyo desierto, en el centro de la jaula de lanzas. Pero me gustaría hacer una versión más abstracta, más geométrica, sin ningún caballo, sólo con sus sombras y dando todo el protagonismo a la verja de lanzas y al arroyo. Debieras pintar, me dijo riendo, en el centro, el hueco del cuerpo caído y evaporado. Eso es, en el fondo, lo que quieres representar. Incluso podrías hacer materismo a la moda. No, el materismo ya no estaba de moda y mucho menos pretendía estarlo yo. Veía esa tela más bien en masas de poca textura y con dominio de azules.

El viento había subido mucho y Barral, progresivamente entusiasmado, estaba forzando la ceñida y fatigando el barco. El siciliano volvió a la bañera dando bandazos. *Vai troppo forte.* Era partidario de arriar un poco de trapo a popa y quitar la trinquetilla. La arboladura era muy fina y le daba miedo. La gente abajo, dijo, está pálida y ya deben ir por la cuarta botella. No han venido a vivir una aventura heroica... Pero Barral estaba encantado. Incluso Yvonne había cambiado su expresión de personaje de Sófocles por una sonrisa franca y divertida que no le conocía hacía tiempo. Tomemos una cerveza, capitán, hay tiempo para todo. Pero el capitán podía tener razón. A proa, las crestas del oleaje color tinta echaban espumarajos y el horizonte al sur y a poniente se había puesto de un violáceo amenazador. El cordaje vibraba como un violín. De un momento a otro se iba a romper un obenque. Barral se resignó. Rizamos la mayor y fue poco a poco abriendo el rumbo. Yvonne fue a ver lo que ocurría con los enclaustrados de abajo. La euforia, sin embargo crecía en el poeta más que montaba el viento, y él hacía guiñar la nave de vez en cuando para embarcar toda el agua de una ola silbante. «Verás qué divertido si los salpica abajo.»

Pregunté al poeta si realmente estaba decidido a hacer el número de trasbordar a su barca e intentar la arribada en la playa frente a las casas. Decía bien intentar, porque era probable que a estas horas se hubiera formado ya una rompiente de varios cordones, de esas que obligan a jinetear las olas de afuera, dando vueltas a la espera de que pase la escalada para aprovechar lo que los pescadores llaman «la buena», una montaña de agua que no llega a romper y que lleva la barca a sus lomos hasta dejarla casi suavemente en seco. Pero él no estaba ya para eso, no tendría fuerzas para maniobrar la caña e impedir que, en una guiñada, la barca se atravesara y quedase a merced de la próxima vacía. ¿Por qué no? Se había pasado la vida haciendo eso y era cuestión de maña, que no de fuerza. No se daba cuenta de lo disminuido que estaba y pretendía correr un serio riesgo por hacer un gesto que no impresionaría a nadie. Bueno, tal vez no, pero lo tranquilizaría a él mismo y le daría un empujón de ganas de vivir. ¿Y qué pasaría al embarrancar, tanto si a las buenas como a las malas, ahora que no había marineros ni barcas en la playa? ¿Cómo pondrían en seco el falucho él y Joan solos y con qué varales? Eso ya lo había previsto, Joan los embarcaría en el puerto. Que me despreocupase, a la puesta del sol, la marejada se amansaría, quizás seguiría habiendo rompientes hinchadas, pero sin rabia, y eso Joan lo sabía tan bien como él. Si no fuera así, Joan no saldría, más bien no podría salir del puertecillo sin calado y con la bocana en plenas rompientes, y no acudiría a la cita. Que no me preocupara. No, por supuesto, no habría dificultades para abarloar. Joan, con más o menos máquina, se pondría en nuestra ruta, pegado a la aleta de barlovento y él saltaría sin esfuerzo agarrado a un cabo, como Tarzán en su liana, pero con el peso de un niño. Los huesos eran livianos. ¿No lo veía? Que no, que no me preocupara.

Preocupados lo estábamos todos, por los propósitos del poeta y por el cariz que iba tomando el tiempo. Nuria y el lingüista Cuartero que acababan de subir a cubierta, él con su paso de hoplita arrastrando el escudo, y se habían quedado al pie del mástil, uno a cada lado, agarrados a unas drizas y oscilando atrás y adelante como unos peleles, se sumaron a mi sermón o más bien me sustituyeron con el suyo, con sus recomendaciones a gritos. Paco Cuartero llevaba en la mano libre su imprescindible librito verde, un tratado de gramática oseta o una antología de textos hititas, quién sabe, edición Tauschnitz, por supuesto. Estaba muy gracioso, mitad aqueo cabelludo, mitad doctorando en Tubinga. Él también era marinero, incluso había hecho el servicio en la Armada y aquello le parecía una insensatez. O lo que Barral pretendía era hacernos sufrir a todos y quién sabe si hacernos cómplices de un suicidio. Y ella, Nuria, ¿no era acaso tan hija de la mar como el loco, nieta y biznieta de marineros? En su vida había oído hablar de una valentonada tan estúpida. Se arrepentía de haber embarcado. No quería estar enterada ni de oídas de aquella mamarrachada. Los viejecitos del Hogar del Jubilado, si todavía andaban por la playa a esas horas, se partirían de risa tanto si el número salía bien, como si era una catástrofe. Porque Barral no se ahogaría de acuerdo; Joan enderezaría la barca en el último momento, quitándole la caña de las manos al decrépito capitán, pero embarcarían agua hasta los imbornales y llegarían a tierra aplastados como un pez sapo ya muerto enganchado al palangre, chorreando agua por las orejas, la bodega inundada y la cubierta barrida, sin un cuartel. ¿Qué derecho tenía Barral a poner en ridículo a Joan, al que todos tenían por un patrón serio? Y, vaya, a lo mejor sí, a lo mejor se ahogaba sin ni siquiera caerse al agua, sentadito en el *senó*. ¿Cómo se llamaba ese agujero en castellano? Como un pollito mojado, en un charco de lluvia. Lo peor, lo más ridículo.

Al poeta no parecían preocuparle nada esos augurios. Mandó al mozo descargar el trapo y comenzó a virar lentamente a favor del viento, seguramente con la intención de acercarse al puerto. El viento no tenía aspecto de querer cesar y el mar, la mar del horizonte que había prometido Barral a sus huéspedes y testigos, se había puesto oscurísima. Un gris tenebroso con ráfagas de añil y sombras de púrpura. Las umbrías de cada ola, ahora con el sol ya más bajo, eran negras, con las entrañas rojizas y el oleaje abultaba mucho. Si no amainaba ya, la mar allá adentro acabaría siendo arbolada. Las crestas ya salpicaban espuma que volaba en el viento. Si no les hubiéramos vuelto la espalda nos la mandarían a la cara. Pero el barco, casi empopado, tenía ahora una andadura tranquila. Los encerrados en el sollado se engañaban y subían a cubierta, pensando que navegábamos en calma. No se quedaban mucho rato y volvían a la camareta, donde se habían puesto a cantar las infalibles canciones de copas. Me asomé a la escotilla y me puse a tomar notas, desde la mesa de cartas de lo que se veía mirando abajo. Era muy divertido. Un revoltijo de piernas encogidas que no se sabía a quién pertenecían y, de cuando en cuando,

en los huecos que provocaba el movimiento, cabezas de los
que estaban tendidos en las literas, seguramente mareados,
casi bajo los culos de los que continuaban la francachela.
Una de esas cabezas entre nalgas era la de Maj-Britt, que
yo no recordaba siquiera que hubiese embarcado. Debía
estar desde que zarpamos. Tenía los ojos caídos como en
una cara de Modigliani y las rubias guedejas pegadas, pegadas a los mofletes. Seguramente lo estaba pasando muy mal.
Alguien se había descalzado y mostraba unos pies realmente
de antropoide. Eran un modelo estupendo. Me preguntaba
de quién serían.

Me había adormilado con la cabeza apoyada en la escala de gato, contra la amura. Barral me despertó de repente
con un manotazo en el hombro. Mira, mira, el «Capitán
Argüello». Pero subía a motor, contra el viento, directo
hacia nosotros. Joan llevaba una gorra blanca y gobernaba
de pie con una mano en la pena para guardar el equilibrio.
Había soltado los matafiones, pero conservando las antenas
arriadas, de modo que la latina en banda hinchaba de un
lado y de otro, como una cosa viva. O quizás acababa de
arriar para acercársenos. Barral maniobró para ahorrarle camino y, a una cierta distancia, puso de pronto, bruscamente, el yol cara al viento. El siciliano subió de un salto a cubierta y se quedó al borde de la misma escotilla mirando
muy serio sin decir nada. Joan nos alcanzó en un par de minutos, se arrimó, en efecto, a la aleta que había sido hasta
entonces de barlovento y pidió un cabo por señas. El siciliano lo había previsto, lo tenía en la mano y se lo lanzó en
el acto. Con la misma calma que si estuviese en la dársena
del puerto, Joan lo amarró a una cornamusa y luego, en
equilibrio, con un pie en la regala y sosteniendo el cabo en
corto, dijo algo entre dientes sin soltar la pipa. Luego, casi
a gritos, mientras iba amollando poco a poco y deslizándose
hacia atrás dijo varias veces: «*No es pot. No es pot atracar.
Hi ha massa tràngol*». Y luego algo más que ya no se oía,
señalando claramente el rumbo del puertecillo. Seguramente ofrecía a Barral la alternativa de regresar con la barca al
puerto, ya que la playa estaba impracticable. El poeta tardó

en reaccionar y, haciendo, al cabo, un amplio gesto con el brazo, le indicó que renunciaba a saltar o que se fuera. En todo caso, eso último es lo que Joan interpretó y, con la misma parsimonia de antes, desanudó el cabo de remolque y lo devolvió a la mar, con un gesto ceremonioso, mitad de acuerdo y mitad de saludo. Barral mandó al mozo acuartelar la mayor y devolvió el yol a su vía, ahora cuadradamente viento en popa, buscando el puerto de Vilanova. Luego brindó la rueda al siciliano, también con ademán muy cortés, y se sentó de espaldas a la escotilla. La cara se le había puesto súbitamente angulosa y los labios marcaban un rictus despectivo. Joan había izado vela y el «Capitán Argüello» corría como un gamo, mostrando la mitad de la panza negra repintada de añil por el sol poniente.

De regreso al puerto, los Barral se encerraron en casa, él visiblemente deprimido, y casi todos los demás, incluso los resucitados del mareo, se fueron juntos por ahí en busca de una tardía cena. Yo volví al caserón solitario con Rosa Sender y Ana Moix, a quienes había prometido enseñarles la serie de intentos de reproducción del recinto mágico. La doctora Sender es psiquiatra, no psicoanalista, pero a pesar de eso yo temía que se cumpliera la predicción de Barral e hiciera interpretaciones banales sobre la notoria ausencia del cuerpo de la mujer accidentada. No dijo nada acerca de ello, pero estoy convencido de que lo pensó y, a lo mejor en el fondo se trata de la verdad. Bueno, de una verdad de primera instancia que el artista está obligado a descartar.

Hablamos mucho de Barral es cierto, más que de los cuadros, pero esa noche, quién sabe, yo tenía necesidad de contarlos, de explicarlos a alguien. Es decir a mí mismo. Quizás hablando, improvisando, acabaría intuyendo mi intención, sabiendo lo que buscaba. No la clase de misterio que quería expresar sino el misterioso efecto que intentaba trasladar del recuerdo al lienzo, quitando y poniendo elementos, sombras o caballos, o sustituyéndolos por posibles equivalencias, como en el caso del roble que tanto había crecido en la memoria y que pretendía reducir a extrañas alusiones a la madera labrada y probablemente chamuscada. Lo que probablemente era una arbitrariedad, una licencia excesiva, que destituía el posible significado, que anulaba la memoria de ese árbol gigantesco que los *psicos,* ¿no te parece?, calificarían de fálico. Ya veis que no, esas versiones planas y arañadas de su presencia más bien lo desmienten. Lo que echaba de menos eran justamente las hojas. No la copa del árbol sino esa hoja dura, de forma recortada y negruzca, infinitamente repetida. Pero eso sería otro cuadro, precisamente porque es otra devoción, otra devoción instantánea. Y las hojas que golpean la memoria, a lo mejor, quién sabe, ni siquiera estaban en el árbol. Tal vez las descubrí en el suelo cuando me agaché para atender a Blanca. En todo caso había descubierto algo, ahora, hablando con ellas. De ese roble gigantesco me interesaban algunas hojas, que es lo que no había pintado en ninguno de los intentos.

A Ana Moix lo que más le gustaba de toda la serie era una versión en formato pequeño, muy geométrica y que estaba poco más que manchada. A mí, ese esquema ya no me servía para nada y se lo regalé, y las dos se quedaron encantadas con el regalo. Ana lo puso en el espaldar de un silloncito y volvía una y otra vez a comentarlo, con un mohín de impertinencia, interrumpiendo la conversación. Hablamos mucho de la transformación de Barral, durante el paseo náutico, esa recuperación de una autoridad perdida o ya derrocada, que daba la impresión de que seguiría ejerciendo mientras se mantuviese en la mar. Esa resurrección de un personaje ya aniquilado por la enfermedad. La Sender se largó un considerable discurso sobre el efecto acelerado en los procesos de progresivo deterioro de la salud que casi siempre tiene el desestimiento del enfermo, y señaló que en los personajes complejos y que se piensan multifacéticos, ese desestimiento se nota mucho más en el abandono de formas concretas de expresión de la personalidad, eso que Barral llamaba precisamente personajes. Pero esos personajes se aletargan, no acaban de esfumarse y su recuperación por un período hace retroceder la enfermedad, o al menos su apariencia, hasta el punto de la historia en que fueron abandonados. Barral había retrocedido muchos meses, pero sólo por unas horas en los aspectos aparentes de su proceso de consunción. También hablamos, y con la debida malicia, de lo que había pasado abajo, en el sollado y que yo no había visto ni oído. Parece que había cundido el mal humor y la agresividad y que todos acabaron peleados.

En un cierto momento intentaron jugar a las cartas, pero la partida acabó mal, porque Montoliu, a quien en realidad nadie acusaba, se sintió mirado como sospechoso y se ofendió. El salmantino César Ponvianne se enzarzó en una discusión política más bien violenta con Pacho Barrau, sin que nadie lograse entender en qué radicaba la discrepancia. El doctor Rotés estuvo excesivamente solícito con la ampurdanesa y eso volvió a irritar a Montoliu que se puso a tiro de toda clase de bromas crueles. Así casi ininterrumpidamente. Y a última hora se bebía a gollete.

En los días que inmediatamente siguieron a la excursión marítima me porté bastante bien. Pinté muy de prisa la que ya consideraba versión definitiva de la representación del recinto, con presencia del tronco del roble y de sus hojas, e incluso dediqué un par de sesiones, que me parecieron aprovechadas, a perfilar la escultura en piedra dura. Colgué el cuadro recién terminado en la pared principal del estudio de arriba y no bebía más copas solitarias que las que me permitía al atardecer, terminado el trabajo, precisamente frente a ese lienzo, mirándolo embobado y convencido de que era una obra conseguida. Iba algún rato, ya entrada la noche, al «Garbí», pero a esas horas no solían estar presentes los habituales, encerrados seguramente en casa delante de sus televisores. Los hijos de Barral, que regentaban el bar, me daban noticias del enfermo. No parecía estar peor, pero sí muy deprimido. No salía apenas del estudio y no quería ver a nadie. El psiquiatra De la Cruz lo había visitado un par de veces, pero parece que la última se había fingido dopado o dormido y no había querido recibirlo. Pregunté también alguna vez por el enfermo a Yvonne, a quien tropecé en la calle, y me dijo que por lo visto volvía a escribir y que efectivamente se había puesto muy arisco y solitario, pero que no tenía la impresión de que anduviese empeorando. De todos modos, la expresión de ella no era muy tranquilizadora. Y mis temores se agravaron el día de la visita de Oliart, la víspera del regreso de Blanca.

No conocía mucho a Alberto Oliart, ahora consejero-director general de uno de los grandes bancos. Lo recordaba de la adolescencia, cuando frecuentaba el pueblo con Barral en las vacaciones de invierno. Lo había visto alguna vez en Madrid, también en compañía de Barral, en tiempos más recientes y había almorzado una vez en su casa con la ocasión de la compra de un cuadro, un lienzo cuadrado en grises y azules de la etapa de mi aventura menos figurativa. Pero él, sujeto de una memoria casi increíble, recordaba todos nuestros encuentros con todo lujo de detalles.

Yvonne lo trajo a casa ya anochecido, a la hora que las sanas costumbres señalan como propia de la cena. Me dijo que Alberto tenía interés en hablar conmigo y se empeñaba en invitarme a cenar. No, ella no se quedaría, prefería no dejar a Carlos solo esa noche, porque seguramente la conversación con Alberto le había inquietado mucho. De todos modos, tomaría una copa con nosotros. En ese rato, antes de acudir al restaurante del griego, se habló sobre todo de pintura. Oliart expresó gran entusiasmo por la representación del recinto y manifestó varias veces su deseo de comprar el cuadro, que, por supuesto, yo no estaba dispuesto a vender por ahora. Pero si tanto le interesaba, podía incluso regalarle una de las versiones anteriores que yo consideraba fallidas. No, nada de regalar, me la compraba. Precisamente esa con un solo caballo y en la que no figuraba el roble. Podía llevársela, ya me la pagaría.

Fuimos al restaurante dando un paseo, no teníamos prisa, y durante el camino, no me explico ahora muy bien por qué, le conté a grandes rasgos la historia de Blanca y mis temores sobre los motivos inconscientes de mi empeño en el cuadro y sobre su presunta simbología. Me dio la impresión de que el asunto le interesaba demasiado y enseguida me arrepentí de haberle contado la historia. Se mostraba interesadísimo por identificar a Blanca, a quien le parecía imposible no conocer ni siquiera de oídas. Le prometí que algún día los pondría en contacto en Madrid.

Durante la cena hablamos de la situación de Barral, naturalmente. Oliart era muy pesimista con respecto a las posibilidades de recuperación del amigo y pensaba que, si de todos modos salía de ésta, quedaría en una situación de cuasi-invalidez por lo menos para un trabajo regular y de oficina. Temía además, a mí me pareció que exageradamente, por el futuro de su salud psíquica. Pensaba que no se resignaría a una vida disminuida en todos los aspectos y que los múltiples brotes neuróticos de su atrabiliario carácter acabarían trenzados y separándolo definitivamente de todo comercio con la realidad. Yo pensaba que no, que la atrabilis de Carlos era en gran parte dramática, que había en ello una gran vocación de transformismo, que lo que más bien podía pasar era que se apagasen muchos de sus personajes y acabase en persona triste y retraída, y seguramente aburrida, si no penosa, para nosotros, sus amigos. Pero que no veía en peligro su lucidez. Hablamos luego de algo mucho más concreto, de la extinción de la empresa editorial que dejaría a Barral si sobrevivía, o a los suyos, en el peor caso, en la puta calle. A Oliart le parecía que ni siquiera el monopolio, el mayor capitalista de la pequeña empresa, en fin, el socio mayoritario, estaría, en el futuro, en condiciones de atender a compromisos derivados de la relación laboral de Carlos con la editorial. Él había sido hasta hacía poco tiempo presidente del Consejo de Administración pero había dimitido por razones de incompatibilidad con su cargo en el banco y ahora el futuro de la editorial estaba totalmente en manos de los de la dinamita y de los burócratas de Editorial Arbor que finalmente también dependían de ellos, y no creía que ni unos ni otros fueran sensibles a los argumentos basados en el prestigio en el mundo de la cultura y en la vocación de intervención en los procesos culturales. Había estado hablando con Yvonne acerca de los posibles seguros de vida o de otra clase que podía haber suscrito el enfermo, pero parece que no existían más que los de accidentes, que no se aplicarían al caso. Para colmo de desgracias, Carlos hablaba ahora constantemente de dimitir porque le horrorizaba pensar en el reencuentro con unos socios que detestaba. En fin, él estaba preocupadísimo y por eso había venido y quería hablar conmigo porque le parecía indelicado e imprudente hablar con tanta crudeza a la propia Yvonne. Yo no sabía qué decir, salvo que me dejaba anonadado.

Se nos había hecho tardísimo en casa del griego conversando y probando *grappe* en la sobremesa y propuse a Oliart que se quedase a dormir en casa y se marchase por la mañana, que además era día de fiesta. No podía ser, había venido en un coche del banco y el chófer lo estaba esperando. Pero le convencí de que despidiese al chófer y le convenciese para que volviera a recogerlo al mediodía siguiente. Así es que nos instalamos confortablemente en el estudio y nos despachamos una botella de whisky de malta que Alberto había traído de regalo al enfermo y que no se atrevió a entregarle. Dimos vueltas y más vueltas a los mismos asuntos y Oliart acabó hablándome de su secreta producción literaria, unas memorias que parecía que tenía muy avanzadas. Al final de la velada, yo me sentí muy mal, con uno de mis peores ataques de disnea y una pérdida vertiginosa del equilibrio, y Oliart acabó acostándome y cuidando de mí, que pasé casi toda la noche respirando fatigosamente sentado contra la cabecera y agarrándome a los barrotes de la cama en una especie de inacabable paseo en redondo sobre una veloz alfombra mágica. Oliart se había ganado el cuadro.

Serían más de las diez de la mañana cuando nos disponíamos a salir en busca de un desayuno, tras haber tomado un café recalentado y un zumo de lata. Oliart estaba ya en el porche jugando con Degas que, por lo visto, le había tomado mucha simpatía. A Alberto le divertía mucho que yo lo mandase constantemente a pintar bailarinas. Estaba Oliart solo cuando se abrió la cancela y entró Blanca, seguida de Ute y un señor en elegante atuendo deportivo. Se presentaron ellos mismos y lo que yo oí desde el interior fue un «¡Ah! Blanca, la del caballo...», y se me encogió el ombligo, supongo que a causa de la resaca. Mi sorpresa al ver a Ute me alteró aún más, diría que el corazón me dio un salto. Al señor, un sesentón cuidadísimo, de aspecto deportivo y curtido por un sol más mediterráneo, me lo presentaron con el nombre de Bertil y me advirtieron que sólo hablaba alemán. Pensé en ese instante que podría ser un pariente de Ute.

Durante la temporada, los cafés del pueblo no suelen abrir hasta la hora del aperitivo, de modo que tuvimos que conformarnos con desayunar todos juntos en la barra de un bar más bien sórdido, en una de las calles trasversales. Se me explicó que estaban de paso, que se dirigían los tres a un lugar, no recuerdo cuál, de la costa levantina, donde el bronceado caballero tenía unos asuntos que resolver, algo relacionado con una urbanización y se había traído a Ute como intérprete y como experta en esas cosas inmobiliarias en España. No me parecía explicación demasiado verosímil y sobre todo no cesaba de preguntarme cómo carajo había tropezado Blanca con ellos viniendo de Nerja. Seguirían camino enseguida, les convenía llegar por la noche a Valencia.

A pesar de la exigüidad del local, Oliart se las había arreglado para apartarse con Blanca hasta un incómodo extremo de la barra y conversaba con ella animadamente de algo que no podíamos oír. El alemán sorbía con asco su café con leche. Ute desayunaba cerveza. Estaba guapísima, enfundada en un mono azul de reflejos dorados y calzada con unas sandalias sutiles que mantenían descalzos unos pies que, ahora me daba cuenta, siempre me habían parecido bellísimos. Me dijo muy precipitadamente que había muchas razones para no dejarse ver en el pueblo y que sentía mucho no poder quedarse unos días conmigo, pero que no regresaría enseguida a Alemania y que ya encontraríamos el modo de vernos fuera de allí. Me haría saber enseguida su paradero más o menos estable. Si era necesario, también acudiría a cualquier lugar cercano. Al pueblo, por supuesto, no.

Del bar cada cual iría a su coche y yo a casa. Todo

parecía muy tranquilo cuando nos dijimos adiós en la esquina de la calle con el acerón. Nos habíamos dado ya cortésmente la mano, pero yo de un modo automático volví a tomar la de Blanca y le dije: «Tú no te vas.» «Pero viajamos en mi coche», dijo. «Ya sabes que es demasiado pequeño. Préstaselo.» Bueno, iríamos un momento a casa y hablaríamos. De modo que sólo despedimos a Oliart.

Apenas desembocamos en el acerón y comenzamos a caminar por él en dirección a la casa, Degas, que solía estar a esas horas amodorrado en los escalones, en un arranque de insólito entusiasmo, vino corriendo hacia nosotros y se puso a dar saltos alrededor de Ute, a quien el afecto del animal pareció conmover mucho. También saludó a Blanca, pero sólo con cortesía. Las alegrías del perro disiparon la tensión que había creado mi impertinencia con Blanca en los últimos minutos y caminamos aquel trecho de paseo y llegamos a la casa conversando con jovialidad.

Ute quería ver inmediatamente las estatuas del cobertizo y entró derecha al jardín con el alemán de nombre sueco. Blanca subió conmigo al estudio. ¿Qué me ocurría? Me puse a disparatar, haciéndole recriminaciones absolutamente injustificables, y pasaron unos minutos antes de que me diera cuenta de lo ridículo de la situación. Blanca se había sentado de espaldas al ventanal y no distinguía su expresión, seguramente irónica. ¿Estaba seguro de desear que se quedase a partir de ese mismo momento, frustrándola de ese viaje con Ute, o simplemente le estaba haciendo una escena de celos? ¿No me atrevía a confesarme a mí mismo que lo que me dolía era que ese paso indiferente de Ute por el pueblo era una afirmación de que no volvería y de que no tenía razón ninguna para volver? ¿De quién estaba realmente celoso? Me enredé en una explicación complicadísima acerca de lo mal que me sentaba esta vez la soledad y de que me había acostumbrado a su compañía; frases y palabras contradictorias, súplicas y amenazas. Debí parecer grotesco. Blanca se levantó, vino hacia mí y me apretó afectuosamente el brazo, pensé que como a un niño, y eso me humilló enormemente. No, acompañaría a la pareja a Valencia y volvería dentro de unos pocos días, pero no porque creyese que la necesitara. ¿Quería hacer con ellos ese viaje? No me lo aconsejaba. Sería realmente una excursión lamentable.

Ute y el llamado Bertil regresaron eufóricos del cobertizo, ella entusiasmada sobre todo con la talla en piedra blanca. *Comme c'est jolie...*, repetía con un entusiasmo infantil. Era ésa la versión que había que colocar en la calle. La otra, tan seria, era de museo. Sin interrumpir los comentarios y alabanzas, porque la figura femenina ya no se le parecía nada, ¿verdad?, se puso a revolver las telas apiladas contra la pared, que, naturalmente y sin matizar acerca de su estado de elaboración, le parecían todas estupendas. Blanca le había contado el incidente del caballo y reconocía los intentos de emblematizarlo, todos estupendos, por supuesto, pero ¿por qué en ninguno aparecía la figura de Blanca?

También el alemán se creía en la obligación de hacer comentarios sobre las estatuas o los cuadros, no sé bien, porque no entendí nada. Era un tipo de personaje que yo sé bien que detesto, el viejo saludable y deportivo, de un refinamiento vulgar, de una estudiada pose de seguridad en sí mismo, que no hace más que subrayar la más que probable imbecilidad, pero mi reacción de antipatía era tan fuerte que me di cuenta de que, en realidad, lo estaba envolviendo también en mi ataque de celos sin sujeto. Sin entender muy bien lo que decía, le corté varias veces su amable discurso con impertinentes expresiones dubitativas y es probable que el alemán creyese que estaba borracho o que la pintoresca extravagancia de la que sus amigas le habían seguramente advertido era simple demencia, aunque en su vulgaridad era seguro que consideraba más o menos locos a todos los artistas. Dejé al gringo centroeuropeo, al californiano de pega, con la palabra en la boca y me revolví contra Ute absolutamente sin motivo, preguntando directamente por sus relaciones actuales con los implicados en las trapisondas del pueblo, y, cogida por sorpresa, todavía pendiente del discurso de su compatriota, se puso a balbucir incoherencias en un francés infantil y muy divertido. ¿Qué, cómo, quién, me había dicho qué cosa? ¿Cuáles negocios? ¿De qué Sam? ¿Cómo que de qué Sam? Y entonces dije algo que no puedo recordar con exactitud que de algún modo relacionaba la muerte de Sam con los supuestos negocios, algo que la hirió instantáneamente. Lo que sí recuerdo es la mueca de indignación en el rostro de Blanca y cómo en ese momento pareció que se crecía y me fulminó con la mirada. Luego todo fue muy rápido. Se iban, se les hacía tarde. Nos veríamos pronto. Si ella, Blanca, se quedaba algunos días en esa playa levantina me lo haría saber, me diría dónde paraba. Pero seguramente estaría de regreso dentro de una semana. Arrojó el cigarrillo al suelo, cosa que no le había visto hacer nunca y lo aplastó con la sandalia. Adiós, que me cuidara mucho.

El lamentable episodio alcohólico comenzó casi inmediatamente. Salí detrás de ellos. No habían llegado a la esquina cuando yo entraba en «El Garbí», ansioso, trémulo, en busca de las primeras copas de castigo. No recuerdo cuáles fueron mis primeros compañeros de barra ni los de los bares siguientes. Ya por la tarde, recorrí varios establecimientos en compañía de un personaje repugnante, eso sí lo recuerdo, un facha con el que mantenía conversaciones patrióticas y que pagaba indefectiblemente las cuantiosas consumiciones. Esa peregrinación, antes y después del facha, duró todo el día y tras un probable intervalo del que no guardo ninguna memoria y que a lo mejor habría que situar fuera del pueblo, en algún lugar cercano, porque vagamente me queda en la memoria el rastro de un automóvil de color rojo y de una penosa conversación en inglés no sé con quién, se reanudó después por la noche en las discotecas de la calle de enmedio, de la que llaman calle del pecado, atestadas de jovenzuelos agresivos a cuya irritación escapé seguramente por el repetido amparo de los amigos de invierno, de los extranjeros de «El Paraigües», ahora todos metidos de hoz y coz en esos negociejos de la música y las copas, y presentes en todos esos locales.

Mi primer recuerdo claro desde la despedida de Blanca es del atroz despertar en la casa solitaria y desconocida, en un diván con funda de cretona floreada, bajo la vigilancia más que inquietante de un enorme perro de lanas. Estaban las persianas echadas y no reconocí nada, ni siquiera el arcón que casi un año atrás había tildado de imitación florentina y que Nuria atribuía al patrimonio de sus abuelos. Porque estaba en casa de Nuria. ¿O no? Nuria no tenía perro, de eso estaba casi seguro, y en cualquier caso no se me hubiera despintado de la memoria ese can gigantón y de expresión tan hosca. Pero más bien sí, allí estaba el tocadiscos que Nuria manipulaba con el culo al aire y por allí se iba al cuarto de baño donde quizás se encontrase algún efervescente restaurador, si es que el perro me dejaba circular por la casa, que al fin y al cabo, tampoco era la suya. ¿Cómo habíamos llegado a ser compañeros de refugio? No sólo no situaba a Nuria entre los confusos recuerdos de la espantosa vigilia sino que creía recordar que estaba ausente del pueblo en esos días.

Mis solícitos compinches y vecinos de la playa me lo explicaron todo la tarde del día siguiente, cuando ya estaba formalmente instalado como enfermo y bajo las prescripciones terapéuticas del psiquiatra De la Cruz, dictadas en lo que debía considerarse una visita de urgencia. Sabían toda clase de detalles de mis andanzas a lo largo de aquella borrachera histórica y me pregunto ahora cómo lo habían averiguado, si, por lo visto, ninguno de ellos y tampoco alguno de sus amigos más próximos había sido testigo de sus ridículos o cruentos episodios. Pero es verdad que en los pueblos se sabe todo, incluso en los pueblos que varían de población por temporadas. Según De la Cruz, no se trataba sólo de una borrachera excesiva sino de una saturación del tejido nervioso que estaba a junto de haber causado o que quizás había causado daños irreversibles. Habló de algo así como del efecto Kosakoff o Korsakoff, un síndrome que me pareció sinónimo de lo que los fumetas llaman quedarse colgado, es decir, de un alelamiento definitivo. Me dijo que los psicofármacos que me recetaba eran radicalmente incompatibles con un solo trago y que, aunque no los tomase, el mantenimiento de cualquier dosis de alcohol en la sangre podría conducirme rápidamente a la silla de ruedas. Y la verdad es que no me había encontrado peor en mi vida. Tenía la cabeza como cuarteada y la sensación de asfixia no me abandonaba un solo instante. Tenía además sensación de flaccidez en los músculos, me parecía que los brazos me colgasen como pellejos. A pesar de todo no pude reprimirme del todo e hice aquellos días muchas trampas, combinando la farmacopea incompatible y los tragos a gollete. Los sorbos de alcohol mitigaban momentáneamente mi estado de postración y no parecía agravar definitivamente los síntomas. Pero había que reconocer que aquello no era una resaca corriente y ni siquiera una de esas resacas extraordinarias que duran varios días, de modo que intenté convencer al doctor Raset de que me admitiese en su clínica. No quiso, seguramente se había puesto de acuerdo ya con De la Cruz.

El juego de la reconstrucción de mi deplorable aventura por parte de los amigos duró varios días, tantos como los que persistí en la medicación del psiquiatra. Tal vez habían convenido con él el martirizarme con una inculpación minuciosa, y la verdad es que era un juego insoportable. La dueña del perro era, efectivamente, una amiga de Nuria que me había recogido en el suelo de la más sórdida de las discotecas locales y me había llevado a la casa que ocupaba en ausencia de la farmacéutica en compañía de un amigo con el que parece que estuve muy impertinente en mis últimos minutos de verticalidad, antes del espectacular desplome. Eso era lo único agradable, el sentirse tan generosamente protegido incluso por gentes a las que pretendía irritar.

Durante esos días de supuesta convalecencia me visitaron Niké y mi mujer, una visita de negocios, más bien desagradable, porque mi situación económico-doméstica empezaba a ponerse fea. Eso me hizo más bien reaccionar, y, a partir de esa visita, empecé a comportarme con mayor sensatez con respecto a los tragos y las pastillas. Pero seguía mal, me parece que muy mal y además me había puesto impaciente. Los amigos me habían ido exasperando con tanto comentario intencionado, no sé si sostenido, sobre todo, porque se habían dado cuenta de mis trampas y de lo que seguramente llamarían mi falta de responsabilidad. Yvonne Barral, al menos, se había dado cuenta de ello, ella que precisamente no formaba parte del grupo de compinchados con el psiquiatra. Sólo una vez había dicho, y con mucha gravedad: «Tú también te estás matando».

Debía estar agonizando el verano. Todo el mundo estaba haciendo las maletas de los niños y de un momento a otro el pueblo recuperaría parte de su aspecto natural, al menos la parte de su identidad que le restituía la condición de balneario modesto. Como de costumbre, la temporada terminaba con mal tiempo: breves y espectaculares marejadas y ruidosas tormentas. Yo quería y no quería ver a Blanca de regreso. No, todavía no, si regresaba ahora adoptaría un insufrible papel de enfermera autoritaria. Se haría fácilmente dueña absoluta de mi escasísima vida presente. Pero por otra parte, sólo verla, junónica, mayestática y mejor si desnuda, sería reconfortante. Pero Blanca se demoraba, había rebasado ya en mucho una interpretación razonable de su promesa de retorno. ¿En qué carajo andaría?

Capítulo IX

Me he hecho repetidamente la reflexión de que, en cualesquiera otras circunstancias personales, me hubiera enterado del accidente de Barral, tan matutino, tan a deshora, mucho tiempo después y por boca del vecindario agitado. En circunstancias normales, no hubiera tenido oportunidad de ser uno de los primeros testigos. Porque a las ocho de la mañana, con la sola excepción de una docena de indígenas que todavía tienen algo que ver con las industrias de la mar, nadie ha abierto en el pueblo en temporada aún, la puerta de la calle.

En un período de vida bien planeada y de buena salud en todos los aspectos, yo hubiera estado ya levantado y quizá instalándome en el cobertizo o en el estudio, organizando una mañana de trabajo, pero por supuesto no me hubiese tampoco asomado afuera tan temprano, y, en aquellos días, en cambio, en una etapa de noches y mañanas a retazos de insomnios y de postraciones cosidos a puntadas de trampas farmacéuticas, lo lógico es que siguiera dando vueltas en la cama, ni dormido ni despierto pero escondido y asustado. Pero todo ocurrió como si alguien lo hubiera previsto, al dictado de una extraña providencia. A esa hora, más o menos a las ocho, estaba a punto de entrar en la casa, harto de mí mismo, tras largo rato de intermitente y boba meditación acerca de lo que me pasaba y de lo que me pasaría. Estaba allí desde el amanecer, acurrucado bajo un viejo capote, contra la pared, al pie de la escalera, mirando la playa vacía y diciéndole insolencias a Degas, que me escuchaba con indiferencia enroscado dentro, en el umbral, desde una posición claramente prominente. Había lloviznado a ratos, era una mañana gris y destemplada y parecía que efectivamente ahora se iba a poner a llover. El capote olía fuertemente a trapo mojado.

Era más bien extraño que no hubiera oído salir a Barral de su casa, cuyo portal no estaba a más de veinte metros; tenía que haber oído incluso sus pasos en aquella soledad silenciosa y azulada, aunque se hubiera dirigido directamente hacia poniente, en sentido contrario a mi puerta. Pero no había oído nada ni tenido la sensación de la presencia de nadie hasta que vino Magí, el pescador, a avisarme. Tampoco sé si Magí me hubiera avisado de todos modos si no me hubiera tropezado allí, en el porche, justamente en el momento en que me disponía a entrar en la casa. Quizá a dónde se dirigía era a casa de Barral cuando dio inesperadamente conmigo. Venía muy alterado, caminando muy de prisa, como suele incluso cuando propiamente no se dirige a ninguna parte, y también hablando atropelladamente desde lejos, diciendo algo que mezclaba mi nombre, el de Carlos y la Guardia Civil y el nombre, ése sí, muy claro, de un lugar, Les Madrigueres, el de una punta de arena y un pantano ya desaparecidos. De modo que no me enteré de nada hasta que, tirando de mí, me obligó a seguirle casi corriendo hacia la playa, con el viejo capote a rastras y escoltados por el perro, también de pronto advertido de que ocurría algo importante.

Luego, playa adelante, sorteando un par de botecillos y otro más lejos, semienterrados en la arena, lo que se llama abandonados en el secador, pudridero naval en el que los dejan años hasta que quedan en el puro esqueleto, en la escalamota, cuando las cuadernas son exactamente como el costillar de un gran mamífero que no se desparramara. Esos despojos de madera que yo había dibujado muchas veces y que evidentemente me remitían a Barral. ¿Qué ocurriría, estaría por ahí, donde el Magí decía, agonizando, al cuidado, no podía ser, de la mismísima Guardia Civil? Me había dado un jadeo que se hacía cada vez más violento, andaba a tropezones detrás del pescador que avanzaba, en cambio, como movido por un resorte eléctrico, como un juguete mecánico, a pasitos cortos y rapidísimos. Luego la playa solitaria del viejo sanatorio de San Juan de Dios, ese caserón abandonado y tan escuálido con aquellas luces todavía bajas y tamizadas por la humedad, playa decididamente desierta que invitaba a caminar mucho más de prisa, pisando la arena gris y crujiente constelada de cantos relucientes, barnizados por la leve mojadura. Al fondo sí, en efecto, unas siluetas de pie, seguramente los guardias triangulares bajo sus capas de ronda nocturna, y algo oscuro en el fondo, en mitad del arenal, que podía ser un automóvil. El Magí se había puesto casi a correr. Y había una torre de nubes oscuras, más bien un titán de vapores azules, cerrando el horizonte.

Barral estaba boca abajo, con la cara oculta en la arena y los brazos tendidos hacia adelante, las piernas un poco abiertas y los pies descalzos hacia atrás, al final de dos carriles, como si lo hubieran arrastrado. Le habían echado encima un trozo de lona sucia y sin orillas que apenas lo cubría de la nuca hasta las nalgas. Instintivamente, al llegar y sin decir palabra, le eché encima el capote, cubriéndole la cabeza. Allí cerca, un metro a la derecha, estaba la gorra nueva, la gorra de Blanca, por fin, bajo aquel livor del cielo, más bien azulada. Las manos y los pies, terriblemente desnudos, excediendo del bulto encapotado, eran de pronto amarillentos. Y como recién pulidos.

Con la intención de recoger la gorra, que me fue inmediatamente reclamada y tuve que dejar donde estaba, me había alejado unos pasos y seguí apartándome del muerto, indagando quizás las huellas de las que habrían sido sus últimas pisadas. Ni distinguía ya lo que el pescador estaba diciendo, lo que hablaba atropelladamente y en voz bien alta, como si fuera contra el viento, señalándome a mí y a las casas lejanas con un gesto amplio del brazo tendido, como si estuviéramos a la misma distancia. Seguramente le estaban explicando que había que esperar al juez. Degas, que se me había adelantado, encontró algo y ladró para advertírmelo. Era el bastón de Carlos, que conocía yo bien, una caña antigua, rubia de nudos muy densos, en cuyo pomo había incrustado yo mismo para complacer al amigo un denario de plata que hacía muchos años le había regalado el poeta Cirlot, una moneda muy bien conservada con la doble cabeza de Jano y, en la cara oculta, una esquemática barca que él pretendía que era precisamente la de Caronte. Carlos había dicho a menudo, mitad en serio mitad en broma, que el barquero no admitía ninguna otra especie de divisa y que en esta orilla de la Estigia había todavía personajes del siglo dieciocho con un luis de oro en la mano esperando cambio para pagar el pasaje. Por eso preferiría no separarse mucho de esa pieza ligeramente engastada. Abriría la delgada corona de plata y cuando nadie me viera le pondría la moneda sobre la lengua, como manda la costumbre, por si acaso llevase razón.

El bastón estaba muy lejos del cuerpo, más de veinte metros más atrás y había sido evidentemente arrastrado, arañando la corteza dura de la arena salobre durante el último trecho que su dueño anduvo con él. Seguramente se le cayó de las manos al cabo de un gran esfuerzo, luchando con el mareo o con la asfixia. Luego, seguramente caminaría esa veintena de metros a grandes zancadas, a impulsos de la desesperación hasta caer de bruces por delante de los pies, finalmente hincados de punta, casi juntos, en la arena más suelta. Esos últimos pasos, en todo caso, no habían dejado huella visible o fue tan ligera que la había borrado la llovizna que, un poco más lejos, en la superficie acartonada por la sal, había marcado la impronta de sus gotas. Nada indicaba, más lejos, de dónde venía, qué dirección traía cuando ocurrió el accidente. Más tarde se sabría que, en algún momento, se había bañado, se había metido en el agua y se había vuelto a vestir sobre el bañador mojado.

Me había ido apartando hasta alcanzar el murete, baranda de un paseo enlosado que separa el arenal de las viñas y que no lleva a ninguna parte. Un paseo que precisamente el muerto, que lo frecuentaba en sus caminatas solitarias, había bautizado Paseo Metafísico, seguramente por lo mucho que recordaba, así, orientado a la nada, una perspectiva teórica de De Chirico. Me senté en el muro con las piernas colgando sobre el médano y el bastón sobre las rodillas.

Ahora veía la escena a una cierta distancia. El pescador había dejado de gesticular, había adoptado la pasividad de guardias de puerta de los números apoyados en sus fusiles. Seguramente, se había preguntado por qué me había alejado yo, sin cruzar palabra con aquellos señores, pero habría decidido que era víctima de la sorpresa y de la fatiga. También Degas se había quedado inmóvil, erguido sobre las manos, mirándome, a mitad de camino entre el grupo y la pared sobre la que me había, finalmente, sentado. Yo creo que en aquel momento no pensaba en nada, un poco por esa inhibición casi total que se produce inevitablemente en esos casos, en los que la sensación de tener que tomar una decisión no se sabe sobre qué, de tener que iniciar un gesto de colaboración no se sabe en qué sentido, provocan una sensación de ausencia entre dolorosa y anestesiada, y en parte también porque estaba fascinado por la simplicidad y la exactitud del espectáculo. Probablemente el verdadero dolor por la ausencia del otro, del recién muerto, brota con más demora, cuando ya han hecho su efecto todos los elementos secundarios. En aquel momento, además, la escena y el difunto tenían profundamente que ver una con otro. Barral, en algún momento de ese tránsito, había hecho un último gesto que podía ser estéticamente interpretado, al menos por mí, y quién sabe si a lo mejor lo había hecho a conciencia. Esa presencia del cuerpo sin vida, derrumbado pero andando, en medio de aquel livor ni siquiera siniestro y en la escencialidad de ese paraje tan simple, sin ningún accidente, en el centro de ese inmenso espacio sin muerte, sin otra muerte posible, era como un último mensaje. Él se habría sospechado un instante en esa lectura simbólica.

Había visto a Carlos muy poco, muy escasamente, a lo largo de aquellos últimos días, por supuesto porque mi paralelo y quizá aún más grave estado de catástrofe me aconsejaba pocas salidas y las que hacía eran más bien escapadas culpables, merodeos clandestinos y me apetecía poco brindar con la angustia y la tristeza, pero también porque él e Yvonne se habían vuelto avariciosos de sus pocos ratos menos doloridos, de su escaso tiempo de estar en paz, y solían mantener corridas las cortinas de la famosa puerta vidriera, tradicionalmente siempre abierta, sin llave ni aldaba, a los casuales transeúntes. Nuestras conversaciones de media tarde se habían hecho raras desde la lamentable despedida de Blanca y, en todo caso, las conversaciones no se prolongaban como en tiempos mejores, tanto porque el poeta daba pronto síntomas de fatiga, como porque su mujer no tardaba en indicar que no era bueno que se fatigase. Era cierto que en estos últimos coloquios Barral llevaba casi siempre la conversación a generalidades sobre la caducidad y el deterioro de la vida o sobre la banalidad de la obra personal y del empeño en persistir en el propio personaje, aledaños seguramente de la conciencia de la propia extinción, pero nunca tuve la sensación de que se sintiera verdaderamente muy cerca del final. No deja de ser curiosa la elasticidad del campo de emociones que todos ponemos alrededor de la idea de nuestra propia muerte, aunque todo indique que ya la hemos admitido, no sólo en lo de la inexorabilidad, sino en la brevedad de sus términos y la pluralidad de sus formas. Eso, hubiera dicho el propio Barral, si pudiera reflexionar ahora. Las cantidades de temor y de resignación son sumamente variables en cada estado de ánimo momentáneo y, sobre todo, en cada sucesiva vivencia interviene una cantidad imprevisible de fantasía religiosa. Era raro y hasta un poco cínico que yo estuviera dándole vueltas a todo eso con el muerto delante, como quien dice todavía caliente y esperando a que lo recogieran, pero, ahora que lo pienso, eso es una forma como otra cualquiera de asumir, de verbalizar, esa sensación terrible y primitiva de vacío universal y definitivo que nos provoca cada vez la ausencia de los otros, la súbita desaparición del próximo, del realmente vecino, del que se lleva, o más bien ya ha aniquilado, una parte considerable de nuestras propias vivencias. Era eso, cada vez más claro, cada vez más al tamaño de ese horizonte astronómico del paraje desierto en el que Barral había decidido acabar.

Por fin, por el camino paralelo al Paseo Metafísico, se habían acercado dos coches que ya transitaban penosamente por entre las veredillas que bordeaban las cepas, acercándose a nosotros todo lo posible. Uno de ellos era seguramente el coche de Barral, un vagón blanco, que conducía una mujer y donde venían varias gentes, el otro sería el que transportaba al juez, probablemente ese hombrecillo calvo que cruzó por delante de mí, seguido de un cojo con unas carpetas. En el coche de Barral abrieron las portezuelas, pero no se apeó nadie.

Se había cruzado, entre tanto, otro personaje, que venía de lejos, a golpe de cayado y muy despacio por el paseo. Era el viejo Ferrán, un anciano marinero casi totalmente ciego, el bardo, no pude menos de pensar, y que llegaba en esos instantes a mi altura y me habló probablemente sin reconocerme hasta que yo le saludé. Debió haber comprendido que ocurría algo raro, algo extraordinario en aquella soledad desapacible, rareza que debía subrayar mi presencia allí en aquel momento. Le dije muy escuetamente lo que había y, entonces, sin más, me agarró del brazo y se puso a llorar. Seguramente eran sus ojos enfermos, pero la verdad es que lloraba como un personaje antiguo y eso arruinó todas mis defensas. Se había sentado a mi lado con las dos manos en el puño del cayado y me contagió el espasmo. Yo también estaba llorando. Así es que no vi con mucha claridad lo que pasó después y apenas me di cuenta del paso, sólo unos metros delante de mí, del Magí y los guardias civiles, transportando el cuerpo acunado en el capote, cruzando el paseo y a través de la viña.

Nos habíamos quedado solos, y yo sentí qué ridículos, el viejo y yo lloriqueando y como si mirásemos el damero gris y rosado de las losas, cortado en seco por unas matas de espinos feroces. Yo también tengo los ojos enfermos, o al menos un lagrimeo fácil e incontenible, a causa del alcohol, según dice el doctor Raset, de modo que la ceguera de la llantina me puede durar muchísimo, prolongarse y aumentar sin muchas razones morales, por la propia irritación. Estábamos ridículos y solos y teníamos que volver. Llevábamos el mismo camino. Fue un regreso lentísimo, al paso del anciano que, además de muy acabado, estaba realmente conmovido. Se detenía cada cuatro o cinco pasos, intentando contarme, de manera inconexa y con muchas lagunas verbales, aventuras de la adolescencia de Barral que él consideraba proezas o anécdotas de su familia que le parecían ejemplos de costumbres abolidas. Se detenía hincando el cayado oblicuo delante de él y cargando sobre mi brazo todo su peso trémulo y agitado. Olía a sal seca, un hedor contradictoriamente más bien dulzón, como ciertos cadáveres de peces que se han secado al sol. Yo pensaba con impaciencia en que estaría haciendo falta allí, en la casa del muerto, donde estarían pensando que yo podría al menos, en esas primeras horas, colaborar a contener la garrulería de las vecinas y plañideras, pero no sabía cómo abreviar esas escalas del recuerdo con parón en la arena. Él se debió de dar cuenta y dijo varias veces que ahora ya nada corría ninguna prisa y que, en cualquier caso, llegaríamos demasiado pronto. De repente se soltó de mí, se cuadró ante el mar y dijo: «*Digues, ja baixa el tràngol? Jo no hi veig gens i, el que és pitjor, avoi ja no hi sento*».

Se quedó así parado, esta vez firme, escrutando lo que no podía ver y aguardando oír, más que mi respuesta, algún mensaje del aire, que tampoco podría oír. Había recuperado de pronto una gran dignidad, Edipo en la incertidumbre. Con la mano libre se palpó lentamente la pechera del blusón de sarga, seguramente preguntándose por la variación del grado de humedad que ya no notaría en el rostro encuerecido. No, yo no era capaz de presentir la marejada y me parecía que el rumor de las rompientes era un poco más cavernoso porque se había levantado un poco de brisa al cesar la llovizna. Me pareció sorprendente que el viejo interrumpiera así, de pronto, el rosario de sus enredados y conmovidos recuerdos para interrogarse sobre el tiempo. Un tiempo que no le afectaba y no tenía por qué importarle. Pensé que aquél era su modo de invocar al vacío, su modo instintivo de nombrar el vacío del muerto y de datarlo en los elementos, en la naturaleza limitada que era, para él, la totalidad del universo y también el teatro de la muerte. Caminamos de nuevo en el silencio. Cuando las casas quedaban ya relativamente cerca, vi a media asta la bandera del Pósito de pescadores, y se lo dije a Ferrán. Ya todo el mundo sabría lo ocurrido. El viejo opinó que era absolutamente natural. Él había asistido en Barcelona, una de las poquísimas veces que había acudido allí en tren, de estación a estación y no de playa a puerto, al entierro del padre de Carlos, en plena guerra civil, en agosto del mismísimo mil novecientos treinta y seis. Iba un grupo de pescadores con las dos banderas, la morada del Pósito y la blanca de la Cofradía. A la bandera blanca le habían despojado del bordado religioso y las dos eran dos damascos iguales con anclas bordadas, una con flecos y la otra a trapo suelto. El entierro había salido de la fábrica, de la imprenta, ¿sabía yo eso? Había un solo coche de acompañamiento, requisado a la familia, al que habían puesto fundas de luto en los faroles. Él no sabía que eso fuera costumbre. En el entierro del hijo no habría ningún coche, el cementerio estaba cerca aunque por muy mal camino y la gente acudiría a pie. Él se tenía ya muy soñado lo molesto que sería para el muerto, cuando de él se tratara, el paseo en carro por la pedregosa vereda. Probablemente el viejo no sabía que hacía varios años ya habían asfaltado ese camino. Haría mucho que no asistía a los entierros y seguramente los contaba por los días que amanecían con la bandera nacional a media asta en la fachada de ese Pósito sin funciones, ahora refugio de jubilados aguardando su turno para el último viaje.

Realmente Magí se había ocupado de todo. Habría advertido al Pósito y se habría ocupado de las autoridades, pero, sobre todo, había organizado un piquete de amigos seguros que impedían que los curiosos se acercaran a la puerta cerrada del muerto. Paseaba por delante de la puerta nerviosamente, hablando con unos y con otros. Yo le indiqué al pasar que me dirigía a casa y que volvería enseguida. La verdad es que no sabía qué debía hacer inmediatamente, pero me pareció que, al menos, debía calzarme y cambiarme de ropa.

En mi casa, cuya puerta había dejado abierta, había gente aguardándome. Estaban Montoliu, Nuria, Joan del Dimoni, el pescador vecino, me parece que Maj-Britt y alguien más que no recuerdo, pero había pasado por allí más gente pidiendo noticias, buscando detalles. Yo no tenía nada que explicar, no sabía qué había ocurrido. Le pedí a Joan que me siguiera para que me echara una mano en lo de liberar la moneda de la empuñadura del bastón. Fue Joan el que me dijo, no sé cómo lo había sabido, que Barral se había echado al agua en sus últimos momentos, lo que en su opinión pudo haber sido la causa inmediata de un paro cardiaco, que él llamaba *un cobriment de cor. La veritat és que s'ha negat.* Seguramente, según él, se había ahogado aunque ya fuera del agua, a causa de su extrema debilidad. Eso se veía venir y era, también, en el fondo, lo que conscientemente pretendió el día de la excursión náutica con el empeño de aquel disparatado desembarco. Estaba realmente muy afectado. Para Joan los últimos meses de Carlos habían sido como un lento naufragio en la muerte, en algo que parecía creer que está fuera de cada uno y que acaba tragándolo, de una vez o poco a poco, como un barco en el que no se puede cegar una vía de agua. Pero hacía mucho tiempo que Barral sabía que no podía sobrevivir y apenas luchaba, como alguien que está ya realmente muy cansado y no confía en la duración de sus fuerzas, por convencerse de lo contrario.

A los que aguardaban en el zaguán, cuando regresamos con Joan después de la desincrustación de la moneda, se habían sumado el reumatólogo Rotés y otro vecino pescador, el Ramonet, recién llegado de la mar. Rotés estaba muy abatido, como derrotado y envejecido de repente, y acariciaba nerviosamente la cabezota de Degas, en verdad más triste que de costumbre esa mañana. Al reumatólogo parecía tenerle obsesionado el aspecto médico de la cuestión y la más que probable ligereza de los médicos responsables de la que él consideraba larga agonía del enfermo. Su punto de vista, en el fondo, era el mismo que el de Joan, si se sustituían las coordenadas poéticas por las científicas. Lo contrario de lo que pretendía expresar Nuria que insistía en que el difunto llevaba la muerte dentro desde hacía mucho tiempo, dando a entender que era una presencia imprescindible desde que se instalaba en el espíritu del que ha de morir pronto, algo que madura inexorablemente. Era curioso, estaba hablando como si se refiriese al cáncer, pero del alma. Montoliu parecía creer en la fatalidad. Aquélla había sido una mañana fatídica. Casi a la misma hora en que debió ocurrir el accidente de Barral había estallado la churrería, ¿sabíamos eso? El churrero había intentado sacar a la calle una bombona de gas encendida, con un escape ardiendo, y el recipiente había hecho explosión, lo que hizo saltar por los aires el techo de madera de su barraca. Se habían llevado al hombre no sabía si muerto o moribundo en la única ambulancia del pueblo que parece que, además, se resistía a ponerse en marcha. Había realmente días nefastos y en muchos aspectos Barral había sido como un símbolo del pueblo que hoy había sido castigado.

Pasaron horas antes de que me decidiera a acudir a la casa del muerto. Quería hacerlo solo y esperé a que todas aquellas visitas se marcharan, quizá también para cumplir por su cuenta con el ritual. Habían ya acudido muchos parientes, los más desconocidos para mí. Circulaban como sombras por la planta baja sumida en una terrible penumbra y con el mobiliario movido y descompuesto. Había un par de ancianos sentados juntos en el único diván. Por fortuna no vi a Yvonne, no hubiera sabido qué decirle.

Velaban al amigo, o al menos estaban allí, de pie, junto a la cama en la que simplemente lo habían depositado, tal como lo encontraron, descalzo y con la camisa abierta, Alexis, el hijo mayor y uno de los gemelos. Al salir de la

habitación, me alcanzó Dánae, la mayor de las hijas.
 La muchacha me retuvo unos instantes en el arranque de la escalera sujetándome el brazo con la mano nerviosa. Hablaba con aplomo, pero sin disimular la angustia. Le temblaba todo el cuerpo. Quería saber si se podía evitar la autopsia, ese trámite macabro. O qué había que hacer para que fuese lo menos carnicera posible y lo más discreta, en aquel caso tan claro y tan poco sospechoso. Yo no sabía; se lo preguntaría a los médicos amigos, seguramente dependía del titular de la función forense que no sabía si era el responsable de sanidad del pueblo o el de la cabeza de partido. Rotés nos lo diría, estaba ahora mismo en casa, no debía preocuparse. Haríamos todo lo posible para que todo fuera lo más secreto y simbólico y por evitar sufrimientos y humillaciones. Había otra cosa que le preocupaba. Su padre hubiera querido ser incinerado y que alguien aventase sus cenizas en la mar, como él había hecho con las de su amigo Alfonso Costafreda. Pero no había ninguna posibilidad, no había más crematorio en funcionamiento que el del cementerio de Madrid. Su padre había recibido las cenizas de Costafreda de Suiza y había dispuesto de ellas tras muchos trámites ridículos que se habían demorado días y habían obligado a guardar la urna en un anaquel de su biblioteca hasta que le permitieron el aventamiento. Sí, lo sabía, yo había asistido a esa ceremonia. Y mientras contestaba a la chica, se me hizo presente con mucho detalle la memoria de aquel día. Era un día de finales de invierno, haría cuatro o cinco años. Un día soleado con vientecillo de leveche, de buen tiempo, y habíamos zarpado con facilidad. Éramos muchos en la cubierta de la barca de Barral y algunos iban vestidos de ciudad y calzados. Además de él y yo, sus tres hijos varones, el poeta Jaime Ferrán y dos o tres personajes de Lérida, artistas o escritores, no sé bien, porque no los conocía, que quién sabe cómo habían acudido a esa ceremonia. Era curioso que, habiendo sido Costafreda personaje tan desterrado, hubieran acudido a su poética disolución en las aguas esas gentes de su país, tan de la tierra

firme. Barral llevó la barca lentamente, solemnemente, con el viento de través hasta un punto que le pareció seguramente situado fuera de las aguas jurisdiccionales. Tomó señas de ese punto, señas que luego trasladaría a un escueto escrito con pretensión de acta, puso la barca al pairo, desclavó la tapa del cajón de madera, que arrojó a la mar y procedió a abrir la urna, muy suiza, muy convencional, de una especie de cobre o latón teñido, en delgadísima plancha. Dentro de la urna había un saco de plástico, de envase alimentario, de supermercado, que contenía las cenizas. Yo no había visto nunca eso. Era en su mayor parte polvo gris y amarillento, pero había muchos trozos de hueso calcinado, carbonizados fragmentos de flauta, destinados a flotar por mucho tiempo. Carlos puso el barco a viento para describir un amplio círculo y fue vaciando el saco por la aleta de sotavento. Describió casi un círculo completo, como el carro de Aquiles, decía. Al cerrar el círculo, inundó el saco, hizo un nudo en su boca y dejó que se hundiera, yo pensé que inútilmente, porque aparecería enganchado en alguna red. También arrojó a la mar la delgadísima urna metálica igualmente llena de agua. No sé qué ocurrió al llegar a tierra, qué dificultades nos obligaron a mantener la embarcación mucho tiempo en el varadero con el agua hasta la cintura, mientras reparaban un cable o algo así. La mar, tras recibir las cenizas del poeta, se había puesto brava y el agua estaba helada. Barral se pasó la tarde castañeteando los dientes y tiritando bajo un edredón.

Dánae me acompañó hasta la puerta, excusándome de la visita fúnebre y de la sociedad de los parientes consternados y conseguí retirarme solo a mi casa a pesar de que el acerón estaba ya invadido de dolidos y curiosos.

Me acomodé en el estudio de arriba bebiendo y mirando a la calle y estuve así mucho tiempo, supongo, hasta que comparecieron de repente Jaime Gil de Biedma, José Agustín Goytisolo y Ángel González. Reconocí la voz del poeta Goytisolo desde que cruzaron el umbral. Hablaba con mucha excitación, atropelladamente y me dio la impresión de que hizo varios altos en la escalera para confirmar algo por lo bajo en un cuchicheo misterioso, de modo que sospeché enseguida que venía a hacerme alguna proposición o a complicarme en algún proyecto pero, a pesar de ese atisbo, me pillaron adormilado, en ese estado de derrota y de indolora ausencia, más bien de sufrimiento indoloro en el que se cae en esos casos, sobre todo al cabo de la fatiga y la vigilia. Jaime Gil estaba crispado, con muy pocas ganas de hablar y como si viniese harto de una conversación exasperante. Preguntó si había mucha gente en la casa, dijo que prefería acercarse solo y que regresaría lo antes posible. González se sentó frente a mí. Habían venido juntos en el coche de Jaime, casi todo el tiempo discutiendo una proposición de José Agustín que consistiría en la redacción de un texto de reconocimiento generacional y político a la figura del muerto, que habría que leer en el entierro y luego pasar a la prensa. A Jaime eso, por supuesto, le parecía un disparate. Goytisolo pretendía una amplia lista de patrocinadores de esa especie de oración fúnebre, que no debía limitarse al gremio literario y por eso tenía tanta prisa por hablar conmigo. González no estaba nada convencido de que un texto así, si se leía, debiera llevar firmas como los habituales boletines de protesta de los tiempos del franquismo. El texto tal vez sí, un texto sobrio y digno podía leerse, aunque eso era una costumbre decimonónica ya muy pasada de moda. ¿Habría cura en el entierro?, quería saber Goytisolo. ¿Habría sermón rural de entierro aldeano? Eso al muerto no le haría ni pizca de gracia. ¿Y mascarilla? ¿Había hecho yo ya la mascarilla? No, por supuesto, ni la había hecho ni tenía la intención de hacerla y, si tanto le importaba, podía asegurarle que me sentía capaz de hacer un busto de memoria e incluso de regalárselo, pero mascarilla, no. ¿Se había dado cuenta de que la mayor parte de las gentes relacionaban la memoria de Beethoven con esa espantosa mascarilla de muerto gordinflón que se puede poner sobre un piano junto a un búcaro vacío? Esa horrible mascarilla había desterrado casi totalmente los demás testimonios plásticos.

¿Y cuál era el destino de las mascarillas que quedaban en familia, las que no se reproducían para uso de devotos y se quedaban en mero pretexto para la venganza del tiempo? Hechas añicos, trituradas algún día en un rincón de patio vecinal o podridas, agusanadas ellas mismas, en el rincón del fiemo de cualquier jardín.

Al cabo de un rato Goytisolo se dio cuenta de que no comprendíamos bien sus intenciones, lo que había de serio, de histórico, en su reivindicación del difunto y entró en un silencio hosco, muy visiblemente deprimido. Ángel González sólo quería saber lo esencial del suceso. Si le daba albergue, se quedaría hasta mañana para asistir al entierro, pero definitivamente no era partidario de lecturas al borde la fosa y aún menos ante la boca tapiada de un nicho. Estaba defendiendo eso con un aire triste y cansado cuando regresó Jaime con los músculos mucho más tensos y una voz autoritaria y cortante. Él deseaba marcharse enseguida. Volvería al día siguiente. Le gustaría que si iban a regresar con él se apresuraran a cumplir su visita fúnebre. Goytisolo decidió hacerlo inmediatamente y se levantó enseguida y González prescindir de ese trámite, ya vería a todo el mundo a la hora del entierro. Se quedó sentado, en silencio y rellenó su vaso.

Jaime estaba convencido de que a lo largo de la tarde acudiría mucha gente de la más varia condición, conocidos a los que uno no tiene ningún interés en volver a ver y que resultarían penosos en estas circunstancias. Él se iría a cenar por ahí, a Sant Pere de Ribas, por ejemplo, se aturdiría con un buen vino y regresaría a la mañana siguiente. ¿Por qué no le acompañábamos? No, González y yo nos quedábamos.

Goytisolo se demoró mucho y Jaime se fue impacientando paulatinamente. Se puso a recorrer la habitación tocando una y otra vez los mismos objetos y a hablar solo, como consigo mismo e ignorándonos. Parecía dar vueltas a la cuestión de qué es lo que había hecho Carlos en los últimos meses y parecía dar por supuesto que se había abandonado, que se había dejado morir. Estaba muy nervioso, incluso desagradable, imponiendo a su alrededor una soledad espinosa, erizada. Entró Goytisolo con Nuria y no le dio tiempo a reaccionar. Nos vamos, dijo, y ya se lo llevaba escaleras abajo.

Nuria me volvió a la tribu. Me recordó las bromas del Monis, ese viejo patrón que se refería siempre al ataúd como ese chinchorro sin remos, y sobre todo sin escálamos, que no es necesario calafatear porque nunca hace agua ni se inunda de afuera a adentro. El Monis afirmaba, de todos modos, que era muy conveniente que el tal botecillo fuera de fino gálibo y lo más marinero posible porque la verdad es que desde los tiempos del mismísimo Jesucristo nadie había podido averiguar dónde, finalmente, tendría que marear. Por si acaso, decía, es recomendable embarcar la pipa y la petaca. Y cerillas, que eso, como todo el mundo sabe, no se vende en ningún fondeadero conocido o por descubrir. Sí —decía Nuria—, convendría que Barral embarcase la pipa y la petaca.

A preguntas de Ángel, Nuria intentó describir el ambiente de la casa del muerto, pero no consiguió darnos una versión lo bastante anecdótica. Según ella estaba llena de gente desconocida, probablemente venida de Madrid o de otros sitios. Había saludado a un tipo calvo, muy elegante, que la reconoció, el editor Jaime Salinas creía ella que era, y luego mucha gente mayor que debían ser parientes. Era raro, Barral tenía muy pocos parientes. La familia estaba más bien oculta, como si se hurtara a esa ceremonia de pésame. Andaban por allí uno a uno los hijos e hijas que parecían turnarse. Ahora al salir había intentado acariciar al gato que la había mordido y nos mostraba la señal de los colmillos. Pero, ¿qué gato? Los Barral no tenían gato. Sí, un gato gris azulado y rabón, muy malhumorado. Sería un visitante que se había colado aprovechando que habían encerrado al perro en el jardín. ¿Tenía el gato los ojos verdes? Luego Nuria se levantó y una vez más cumplió con el gesto de poner en marcha el tocadiscos. Al cabo de unos segundos retiró la placa que había puesto en el plato, revolvió entre los sobres de discos amontonados junto al aparato y escogió una grabación de música medieval, precisamente unos trenos latinos a la muerte de no sé qué rey castellano que me había regalado Barral.

Yo creo que esa música coral, lamentosa y solemne, nos devolvió una idea tradicional de la muerte, esa idea cristiana de la resignación que acarreamos generación tras generación a pesar de los vaivenes de la sabiduría. Escuchamos en silencio aquel aburrido miserere y seguimos un rato callados tras haber oído las dos caras de la placa. De pronto González preguntó si tenía una guitarra. No, qué idea, cómo iba a tener yo una guitarra. Pero Nuria había reaccionado como movida por un resorte. Tendríamos enseguida una guitarra. Volvería con ella en un santiamén.

Mientras templaba el instrumento, Ángel me recordó las madrugadas madrileñas en su casa a las que nunca había querido asistir. Barral sí, había vivido muchas. No, lo que ocurría es que yo estaba siempre demasiado borracho cuando se decidían esas ceremonias del alba.

Súbitamente se puso a cantar asturianadas, sólo con algunos rasgueos y golpeando la caja. A Nuria y a mí nos pilló de sorpresa, parecía escandaloso, pero el músico estaba muy serio. Se arrancó luego con un corrido mexicano cuyos primeros versos debían ser convencionales, pero que luego hablaban del muerto y jugaba con su nombre. Estaba improvisando, contando cosas del difunto con mucha gracia. Eran cuartetas interrumpidas por un horrible estribillo de canción de Jorge Negrete al que debía corresponder la música:

> El día que yo me muera
> la gente lo va a sentir.
> La gente lo va a sentir
> el día que yo me muera.

Alargó mucho aquella primera canción. Cuando se interrumpió para rellenar su vaso, contó que a Barral le gustaba payar, pero que lo hacía mal, por exceso de perfeccionismo. Muchas veces se le quebraba la estrofa. Habían jugado los dos a eso con frecuencia, siempre en fases avanzadas de la borrachera. Una vez, en una playa mexicana, a mitad de una estrofa más gritada que entonada, Barral había caído de espaldas ya completamente inconsciente. Eso era antes de sus malditas operaciones, cuando sólo era un ulcerado que no se cuidaba pero que conservaba todas sus vísceras. Aun muy borracho podía improvisar cuartetas y lo hacía con muy mala leche, pero no acertaba una nota. Tenía un oído musical de granito. Era curioso que con tanta frecuencia el buen oído fonético, tímbrico, de los que hablan con facilidad muchas lenguas y las pronuncian impecablemente, excluya el oído tonal y melódico. Y eso pasa incluso en poetas que versifican bien y tienen un brillante sentido de la musicalidad general de la composición. Debe ser un instinto rítmico más que melódico.

Luego, alcohol adelante, nos pusimos a cantar los tres y entramos en el guirigay. De cuando en cuando Ángel volvía a la serenidad y recordaba bien unas pocas estrofas de canciones antiguas y nobles. Pero quemamos mucho tiempo en aquella payasada. Cuando decidimos salir a comer algo en cualquier agujero nocturno era ya muy tarde. El acerón estaba vacío y en las ventanas de casa de Barral lucía una iluminación velada. Sería casualidad, dijo Ángel, pero era una luz funeral.

Los agujeros fueron varios, bares de tapas y aunque evité pasar por «El Paraigües» para no tropezar con la gente de siempre, en uno de ellos se nos unió Rose, la ninfómana, que esa noche parecía muy deprimida y nos siguió hasta casa. A Nuria la mordedura del gato se le había inflamado y se quejaba de mucho dolor en la mano enrojecida. Nos dio por hacer chistes crueles sobre el gato infernal, sobre la bestia del Averno.

A Ángel se le habían pasado las ganas de cantar e improvisó a la guitarra, entre largas pausas, aires tristes y melancólicos. Bebíamos en silencio y, ya muy tarde, a Rose le dio por llorar, pero yo creo que lloraba por sus propias calamidades. Se acurrucó en el rincón más oscuro del estudio, encogida en posición fetal, y seguramente se quedó dormida. Debí pasar mucho tiempo profundamente distraído. De pronto me di cuenta de que también Ángel y Nuria se habían quedado dormidos recostados en los cojines contra la pared. Ella tenía la mano herida como engarfiada sobre el pecho. Los dejé así cuando me retiré a la alcoba y me tumbé sobre la cama.

Me debí de acostar muy borracho porque desperté tarde y de repente, quizá alertado por el ruido de pasos y las voces de mucha gente en el acerón. Mis tres huéspedes se habían ido sin avisarme.

Efectivamente había mucha gente. Habían formado grupos, seguramente de procedencia, y ocupaban casi todo el tramo de acera de calle a calle transversales. Había incluso quien había preferido esperar en el arenal, en la playa, detrás del muro, lo que, a causa de las indumentarias convencionales resultaba muy chocante. Era una mañana muy despejada con un mistral muy fuerte que desnuda el horizonte y hace las distancias cristalinas. La arena suelta y seca volaba en ondas rosadas sobre la orilla húmeda. Desde la ventana me puse a reconocer a las gentes. En uno de los grupos más alejados estaban los amigos del «Garbí» y, con ellos, Blanca.

Mi primer impulso fue el de acercarme a ese grupo, sorteando la gente que ahora se agolpaba frente al portón abierto como para hacer sitio a algo o a alguien que tenía que salir, y abordar directamente a mi amiga. Pero no fue posible, el movimiento en abanico de los que se apartaban me desvió a mí también y me tropecé de frente con dos colegas, los pintores Rafols Casamada y Josep Roca, que curiosamente el mayor parecido que tienen entre sí consiste en su escasa expresividad social. Tenían ambos la misma expresión de consternación anestesiada y me saludaron a la vez con un murmullo ininteligible. Forzado por el desplazamiento de la gente que iba abriendo paso en el acerón, e invadiendo la playa del otro lado del murete, me quedé con ellos y ya se veía que a la cola del cortejo.

Del portalón, abierto de par en par, sacaban el ataúd en hombros. Lo llevaban pescadores de media edad y en cabeza, de este lado, el hijo Alexis. El primero del otro lado era el Magí. No me había dado cuenta de que en el límite del acerón, en la parte que da al camino, el paso quedaba cerrado por la valla de unas obras. Ese camino es terreno de nadie, de ningún municipio. Por eso no habían acercado una camioneta o un carro, cuyo paso se autoriza por el acerón en estos casos. Tendrían que cargar el féretro hasta más allá de la entrada de la rambla.

La gente se fue espesando delante y detrás de los porteadores del muerto. Los que quedaban delante acabaron obstruyendo el estrecho paso que permitía esa valla clandestina, de modo que no hubo más remedio que pasar el ataúd por la playa. Por eso se produjo aquella pintoresca escena. Probablemente los gestos no sólo repetidos a lo largo de toda la vida, sino quién sabe si con raíces genéticas, se hacen insustituibles por otros más prácticos y resultan seguramente inevitables. La gente de mar, de una marina de playa como ésta, está tan hecha al transporte, al desplazamiento de pesadísimos bultos, mástiles y maderos por esos médanos de arribada y por entre sus obstáculos, que queda investida de una ritmicidad particular que aplican lo mismo, cuando son varios, a la carga y al transporte de algo tan ligero como un muerto, un muerto tan liviano como mi amigo. Al rebasar el murete, el Magí, que iba en cabeza, se arrodilló del otro lado sin tocar el suelo, como para frenar la inercia de una pesadísima carga. Los demás porteadores siguieron ese movimiento, pero no Alexis, que no estaba deformado por esa ancestralidad y el féretro se desequilibró y picó de punta contra la arena. Fue sólo un instante, al cabo del cual estaba de nuevo en el horizontal solemne, pero bastó para crear una imagen y para que todos pensáramos que Barral había querido salir por última vez de casa haciendo una pirueta marinera.

Por influencia, y por insistencia, de los amigos del «Garbí», habían conseguido un enterramiento en la tierra, a pesar de que ese cementerio siempre estuvo repleto y a punto de ser cerrado y sustituido. Era realmente en un rincón, en una esquina de tapiales, detrás de los cipreses más altos, pero era en la tierra viva y el muerto lo hubiera agradecido. Yo creo que la incomodidad del sitio favoreció también la simplicidad de la ceremonia, porque la gente estaba espesamente apiñada e incluso encaramada. Yo mismo vi no muy bien la inhumación. Me pareció que los que arriaban el ataúd con unas sogas eran los mismos que lo transportaron. Pero no hubo ni jerarquía de dolidos ni abominables discursos ni sermones. No hubo ocasión de imitar a Courbet, como en el caso de los negros del invierno. Y el cortejo se dispersó con naturalidad, sin despedidas.

Había perdido de vista a Blanca en el cementerio y no la vi tampoco en la plazoleta frente a la verja de hierro, tan parecida a la de la finca del Matarraña, donde la gente se saludaba y se despedía. Pero estaba seguro de que la encontraría. Vendría a mi casa o estaría, lo más lejos, en la de Yvonne. Decidí regresar dando un rodeo por el viejo camino, el que seguramente recordaba el viejo Ferrán, con fragmentos de viejísimo empedrado que la tradición dice que pertenecieron a una vía romana. Hasta hace pocos años ese camino curvo y sinuoso discurría entre viñas y olivares, ahora está a menudo cortado por paredes y cercas de tapial, pero le queda algún recodo antiguo. A mitad del camino oí unos ladridos irritados y pensé en el loco de Degas que pudiera andar buscándonos. Pero Degas no suele ladrar y, en general, no encuentra motivos. No era Degas, sino la alsaciana del muerto, una perra hermosísima con una estampa espléndida a pesar de sus muchos años y, en efecto, muy agresiva. Estaba acosando, precisamente en uno de esos recodos con árbol centenario, a tres personajes que se habían detenido a una respetuosa distancia. Llamé a la perra, que acudió dócilmente, y cuando me acercaba al grupo, reconocí a uno de los acosados. Era el escritor Fernández de Castro, colaborador de Barral, que estaba muy sorprendido de que la perra no lo reconociera a él, el otro era una especie de efebo florentino envejecido que me presentaron como el poeta Azúa, también colaborador del difunto, y el tercero un poeta catalán cuyo nombre no entendí bien, un personaje notable, con cara de pasmo y abrumado bajo una desmesurada chaqueta, y que resultó ser el que tenía miedo a los perros y había irritado o asustado a la alsaciana con sus mohínes de pánico. Seguimos camino juntos flanqueados por la perra, que me seguía con gran familiaridad. Azúa estaba muy interesado por los posibles manuscritos de Barral que hubieran podido quedar en estado de borrador, e incluso, si las hubiera, por sus notas. Sí, notas y diarios seguro que había y de muy distintas épocas. Tanto él como Fernández de Castro recordaban que Barral aprovechaba formatos de encuadernador, maquetas editoriales de tripa blanca, para sus anotaciones más o menos constantes. Azúa hablaba grotescamente de *Nachlass,* como si de herencia goethiana se tratara. El enchaquetado poeta catalán caminaba en silencio mirando las piedras del suelo.

La última curva del camino, cuando ya nos acercábamos al caserío de la playa, nos había puesto exactamente de espaldas al viento, que ahora soplaba directamente desde el cementerio, desde la muerte. Era un mistral nervioso, de cuando en cuando a ráfagas furiosas. Andábamos precipitando los pasos, viento en popa. A la cola, el desconocido poeta, precedido por las tablas de su chaqueta desabrochada, amplia como un gabán, y con las palmas de las manos, al cabo de los brazos caídos, vueltas hacia el viento, como para frenarlo. Y más atrás, al trote, la perra tristísima.

Entramos en poblado cruzado el paso a nivel, por la que había sido en tiempos antigua carretera y única calle transversal y ahora era modesta vía de acceso, sobre cuyas aceras habían dejado sus coches la mayor parte de los visitantes en aquella fúnebre fecha. Y entramos en el primer café. Allí estaban, seguramente citados para el regreso, Josep Maria Castellet, Joan Raventós, el impenitente líder socialista, y algunos desconocidos, de aspecto comarcano, que pudieran ser amigos políticos de Barral. Ese encuentro me liberó de los poetas a la primera cerveza. El del gabán se precipitó sobre el *mestre* Castellet para explicarle algo urgente e importantísimo. Los otros dos desenvainaron inmediatamente el estoque de la discusión política. A mí, lo único que me importaba ya era encontrar a Blanca.

Blanca intentó hacerme creer que había caído en el pueblo sin noticia alguna del accidente de Barral, que había venido a verme y a quedarse conmigo, si era necesario, hasta convencerme de algo que luego me explicaría. Venía, tal como había prometido, y se encontró inesperadamente con el velatorio y el entierro. ¿Y cómo venía sin equipaje? Sí, había traído un mínimo equipaje que había dejado en el coche, lejísimos, por cierto. Luego iríamos por él. De momento, quería hablar urgentemente conmigo y me proponía que diéramos un paseo. No, en coche no, estaba demasiado lejos. Pero para caminar hacía demasiado viento y era inevitable que tropezásemos con gente, incluso en despoblado, y tuviéramos que hacer sociedad. Nos quedaríamos en casa y era mejor asegurarse de que no era presumible que estuviéramos allí. Quizá en el cobertizo, aunque no era un lugar muy agradable ni cómodo para charlar.

Ninguno de los dos bloques, de los dos intentos de talla del memorial, había cambiado mucho desde que Blanca se fue. En realidad, en ninguno de los dos había hecho otra cosa que tímidos escarceos y algún retoque fácil. Pero a Blanca le parecía que los dos estaban prácticamente terminados, listos para una última faena de pulido que podía hacer un mozo de taller. Sobre todo, el intento presuntamente definitivo, el de piedra dura, estaba, como ella decía, a punto de lustrar y abrillantar. Por supuesto no era cierto y yo no tenía aprendices ni ayudantes, de manera que, aun dándolos por terminados, me quedaban muchas horas de trabajo. ¿A dónde quería ir a parar? A menudo a Blanca se le transparentaban, en el gesto o en la conversación, vestigios de una educación monjil que excusaba la hipocresía. O una frivolidad y una cursilería señoritiles que remitían a una buena educación pasada de moda. Corté en seco aquellos preámbulos e intenté dejar muy claro que era yo el único que estaba en situación de apreciar la distancia entre el proyecto y la realización, que pudiera haber, tanto en esas dos piedras, como en cualquier obra comenzada, hasta que me hubiera realmente convencido de que estaba conclusa. ¿De qué quería hablarme? Era mejor que entrásemos directamente en materia.

Quería hablarme de mí, de mi situación agónica o mejor de casi muerto, y la ocasión no podía ser más propicia. En realidad, había venido para eso, sin sospechar siquiera que lo ocurrido a Barral, que ella nunca hubiera imaginado, podría convertirse en un terrible argumento a su favor. Pero que le dejase decir antes, ahora que estábamos ante esas piedras, que, en realidad, el monumento no sería bueno a causa de la idea original. La figura de la mujer no tenía ningún sentido, o era una frivolidad o era, en efecto, un ángel de cementerio aunque sin alas, o la imagen de Psiqué del peor pompierismo. En realidad debería haber ocupado su lugar un hombre joven, otro marino, quizás, si eso me preocupaba, lo menos convencional posible, por supuesto vestido, a lo mejor con una camiseta imperio, como de albañil o de camionero, ya que era así como andaban por ahí los últimos marineros. En lugar de apoyar la mano en el muslo, lo que era un irritante gesto de dominio, podía haberla simplemente descansado en el hombro del viejo. Eso di que sugeriría la continuidad... Me hizo perder los nervios casi instantáneamente y me puse bronco y desagradable. Lo que estaba describiendo era un bronce nazi o soviético, al que sólo le faltaba una bandera. La ocurrencia de la espantosa camiseta probaba, sin duda, que estaba pensando en un bronce, en un bronce relamido. ¿Cómo iba a sugerir la camiseta en la piedra? Aparte de que odiaba las camisetas y a cuantos las usaban. Las figuras de piedra no sudan y sería injurioso disfrazarlas con esa prenda de bronquíticos. Propuse que volviéramos a la casa para hablar de cualquier otra cosa, de esa agonía que me atribuía, por ejemplo. Pero no fuimos muy lejos. Salimos del cobertizo y nos instalamos en un viejo banco de madera pegado a la tapia del jardín, un banco verde que siempre he creído que procede de la vieja estación del pueblo, porque es exactamente ferroviario. Debíamos parecer muy ridículos en esa ubicación tan extraña. Yo me senté con una sensación de terror, porque me había pasado un instante por la mente que Blanca podía tener razón.

Dio muchas vueltas al asunto de mi estado físico, sin darle ningún nombre concreto y antes de confesar que era cosa que se tenía muy hablada con los médicos que había frecuentado últimamente y con los amigos más próximos y, finalmente, insinuar que hablaba un poco en nombre de todos. ¿Pero cuándo había hecho esas consultas? ¿O me estaba hablando de Ute? No, Ute no tenía nada que ver con eso. Es más, no había querido decirme que Ute había tenido un accidente de carretera en Holanda, cerca de Nimega, y que ahora estaba hospitalizada en una clínica de Darmstadt. No, no era cosa gravísima, aunque al principio se había creído que se había roto la columna, pero sufría serias fracturas, muchas, y estaría inmovilizada bastante tiempo. Sí, creía que había sido viajando con un amigo. No sabía si aquel mismo Bertil con el que pasó por aquí. Iban camino de Rotterdam; en cuanto pudiera iría a visitarla. Pero Blanca quería pasar lo más deprisa posible sobre esa anécdota. Se trataba de convencerme a mí de que debía internarme. Era el único modo de cortar con todo esto, con esta decadencia acelerada, esta alcoholización ya gravísima, un deterioro ya casi definitivo. Ella lo había previsto todo, había pedido plaza en un sanatorio suizo, en Prangins, donde se ocuparía de mí su amigo el doctor Laclos, que también lo era de Mariano de la Cruz. Probablemente me harían una cura de sueño y me organizarían una lenta y tranquila recuperación. Pero eso era absurdo, yo no me sentía mal. Al contrario, creía que podía ya volverme a instalar en Barcelona o en cualquier parte. Había incluso pensado instalarme unos meses en Munich. Dije eso, lo inventé, seguramente porque pensaba en Ute y en nuestra primera conversación.

En cambio, aunque eso fuera una buena solución teórica, no me sentía con fuerzas para aceptar la sordidez de un sanatorio suizo y tomar el té cada día con loquitos procedentes de todos los suburbios de Europa y alcohólicas babosas y aterrorizadas. ¿De qué me serviría una cura de sueño, aparte de engordar, cosa que no me hacía ninguna falta? No estaba caquéctico como el difunto Barral. Y además no me apetecía nada dejar de beber. El alcohol era el vehículo de la poca imaginación que me quedaba. Gracias al alcohol nos conocíamos, gracias a él estábamos manteniendo esa conversación tan teatral sentados en un banco de estación frente a un limonero seco y probablemente muerto. Gracias al alcohol me había abstenido de poner camiseta a mis sudosas estatuas.

Blanca era enormemente tenaz y esa tarde descubrí que muy paciente. Me dejó vomitar todos mis argumentos una y otra vez, interviniendo sólo cuando era preciso con una exactitud diabólica, cortándome todas las retiradas. Sabía que acabaría cediendo y que aceptaría su proyecto, por lo menos provisionalmente. Sí, ya sabía que andaba mal de dinero, pero ella me lo prestaría. Ya arreglaríamos eso aunque fuese con la cesión de obra. Había acumulado mucha en estos últimos meses, lo que ocurría es que yo no quería darme cuenta. Lo que yo consideraba esbozos, ensayos o piezas no terminadas, eran lo que eran a pesar de mis opiniones que, dicho fuera de paso, eran insensatas y no tenían ningún interés. Ella me visitaría con frecuencia durante esa larga convalecencia. Le encantaba Ginebra. Sí, en efecto, Suiza era un país detestable, pero Ginebra una ciudad encantadora, una ciudad saboyarda y se podía salir a Francia todas las tardes a tomar el té con gentes inteligentísimas. Pragins estaba a unos pocos kilómetros. Yo mismo cuando estuviera allí podía ir a tomar el té a Ginebra o a la orilla francesa del lago. No, detestaba el té y ese lago con veleros enjaulados como pajaritos cautivos.

En uno de los incisos, Blanca había dejado caer una noticia que me pilló por sorpresa, tan por sorpresa como el accidente de Ute. También Ricart había sufrido un accidente en la cárcel. Había resbalado en la bañera y había sufrido una conmoción, pareciera que estaba en coma en la enfermería. Pero en las cárceles no había bañeras, eso sólo podía ocurrir en Suecia. A ella le habían dicho que en el baño, quizá no sería en una bañera. ¿Cómo se lavaban los presos? Los duchaban a la fuerza y a veces los electrocutaban por ese procedimiento. ¿No habría sido eso? No, qué tontería. Había sido un accidente. Pero yo ni siquiera sabía que Ricart estaba en la cárcel. A lo mejor tampoco sabía, dijo Blanca, contrayendo la cara en un rictus francamente desagradable, que lo de Sam había sido un asesinato. No, eso no implicaba a Ricart, por lo menos directamente. No, Ute no lo sabía, pero ella siempre creyó que lo sospechaba. Verdaderamente Blanca estaba asombrada. No comprendía cómo había vivido enclaustrado en el pueblo tanto tiempo con la sensación de no hacer nada y sin enterarme en absoluto de nada de lo que ocurría. Empezaba a sospechar que había permanecido allí tan sólo para asistir a la muerte de Barral que, en el fondo, yo lo sabía bien, era como mi propia muerte. Pero que dejáramos eso y planeásemos lo de Prangins.

Yo me estaba sospechando a mí mismo como un personaje cómico, si alguien me hubiera visto de frente, sentado en el extremo de aquel banco rígido y mal calzado, junto a esa señora espléndida y tan poseída de sí misma, y contemplando unos arbolitos raquíticos y la tierra arañada y seca. Había además, para colmo, en ese rincón del descuidado jardín, una vieja caseta de baño a rayas blancas y azules, que medio siglo atrás habría indicado en la playa la presencia de mi familia en la estación balnearia. Me sentía profundamente ridículo y propuse a Blanca que subiéramos al estudio, ahora que ya no habría peligro de intrusos y seguramente ya habría cesado el visiteo mortuorio. Ya nadie nos buscaría.

Cuando nos instalamos arriba y Blanca sirvió las primeras copas, antes de que reanudase su monólogo acerca de mi estado y de mi destino, yo ya había rendido todas mis defensas. No estaba en absoluto convencido, pero haría lo que ella dijera. El problema grave no era tanto el llevar o no llevar a cabo esa cura probablemente conveniente, tal vez necesaria, el ponerme o no en manos de ese doctor Laclos, que sería un charlatán convencido de sus propias paparruchas, o el ausentarme una larga temporada, visto que no tenía nada urgente que hacer. La cuestión importante era, más bien, anticipar lo que ocurriría después. ¿Me pondría esa cura en condiciones de afrontar, de nuevo la soledad en este lugar y de sortear los vicios y las trampas de relación en que había caído a lo largo de este año de fallidos intentos? ¿No sería verdad que el personaje que yo había supuesto ser había muerto al mismo tiempo que Barral y que no sabría sobrevivirme?

Seguramente Blanca había intuido mi desestimiento, daba por segura mi rendición. Se había como crecido, me pareció deslumbrante en su solidez junónica o más bien con una autoridad de Atenea. Una lección de escultura clásica. Su escueto vestido verde era transparente, casi inexistente. Avanzó una rodilla, con el vaso en la mano, cuando dijo: «Ahora, quizás por última vez, vamos a emborracharnos». Y el vaso era como un don, como un antiguo cáliz que hubiese sostenido con las dos manos.

Capítulo X

A punto de dar por terminada esta confesión o crónica de mis últimas calamidades y penúltimos castigos, y a pocos días del término de mi estancia aquí, en este lugar tan convencional y tan triste, no puedo menos que reconocer que, gracias a una cosa y otra, la redacción de estas páginas y el esfuerzo de memoria al que me han obligado, y los consejos y malabarismos farmacéuticos del doctor Laclos, me siento francamente mejor y en ciertos aspectos más seguro de mí mismo, pero la verdad es que estos meses y estos juegos no han borrado el terror de tener que regresar no sé bien a dónde y tampoco para qué. La verdad es que mi angustia de hoy no es mucho menor que la del primer día. Por otra parte empiezo a sentirme incómodo aquí. Ahora, más que en los primeros tiempos, cuando no salía, y en cambio recibía más visitas, de Blanca o de algunos amigos, me siento realmente recluido. No me consuela nada el permitirme unos vinos en el café del pueblo, ni el charlar a media tarde con ese decimonónico notario.

Hace mucho que no dibujo, meses desde que tomé las últimas notas, yo creo que antes de que Laclos me convenciera para que redactara esta historia. Las primeras semanas, al terminar la cura de sueño, padecía como una lucidez fatigada, incluso en la expresión plástica. Hice muchos esbozos bastante crueles que me recuerdan los de los cretinos de Bohí del pobre Isidre Nonell. Figuras rápidas y bastante divertidas, *crayonnées au théâtre*. En realidad la gestualidad de los tontos, o de los atontados y dimitidos, entre los que tal vez me cuento, que tanto abundan aquí, y con los que me veo obligado a tomar el té y a ver algunas horas de televisión, es fascinante. Viéndolos, uno tiene la impresión de que la gente teóricamente sana, en la vida corriente y en todas las esferas de la vida social, emplea una parte considerable de su inteligencia en la compostura de sus gestos, en la representación de su personaje para sí mismo y para los demás. El desempleo de esa parte de la conciencia, la desatención a la propia gestualidad, hace de estos arruinados físicos y mentales, personas totalmente descompuestas, sujetos que pierden incluso el instinto de verticalidad, y pierden el instinto de ser y seguir siendo *homines erecti*. A veces esa descomposición de los gestos es penosa, incluso terrible, pero no siempre. Hay quien se derrumba sin perder del todo la dignidad, sólo abrumado por la desgracia, o a quien le da por una rigidez hierática. Era el caso de una actriz italiana con quien tuve cierta amistad en esos primeros días y de la que hice varios dibujos que más bien recuerdan gestos de una pantomima sacra. En fin, de todo eso, tontos y tontas, blandos y llorones, o airados apóstoles de la locura, queda un carpetón de dibujos apreciables.

Desde que me puse a escribir, cotidianamente vigilado y leído por este Laclos, que efectivamente sabe bastante castellano, y mucho latín, perdí prácticamente de vista a mis tristes compañeros de encierro. También Blanca espació mucho sus visitas a partir de ese momento, aunque yo creo que seguía residiendo en Ginebra con regularidad. Ahora ya no, la última vez viajó desde España y desde allí volverá, según dice, para que nos despidamos de esto y regresar juntos, aunque no he entendido muy bien a dónde pretende que vayamos. De momento, se supone que yo tengo que regresar al pueblo e instalarme allí sin mucha demora. Eso forma parte de la terapéutica convenida. Y, como digo, eso me da mucho miedo. No estoy nada seguro de mis propósitos de llevar una vida razonable y temo encontrarme con la mente tan vacía y con tan poca voluntad de inventar como cuando me instalé la última vez.

No he dicho cómo era este lugar, que soporté bien al principio y que ahora me deprime de manera irremediable.

No he conseguido saber qué fue antes, pero pudo haber sido una escuela lujosa, quizá una escuela-hogar para señoritas de buena familia. Es un edificio de varios cuerpos, en estrella, que coinciden en lo que quizá fue un patio de carruajes o tal vez ya una imitación. La casa debe ser de fines del diecinueve y da la impresión de que sus cristaleras y su carpintería no han sido renovadas desde entonces. Todo es de un blanco amarillento, lleno de desconchaduras. El parque es una espiral de paseos y senderos con cipreses y araucarias, y es de notar que sin una sola perspectiva. El conjunto es un remedo de palacio y de parque palaciego cuya paternidad parecen disputarse el más tradicional mal gusto victoriano y la neutralidad helvética. En fin, un sitio donde se puede quedar uno solamente con conciencia de hospitalizado y de enfermísimo.

La habitación donde he vivido y donde he escrito estas páginas es, en cambio, bastante agradable, con *boiseries* de roble hasta media altura, una librería encristalada y una mesa muy amplia sin cajones. La ventana acuartelada se asoma a unos montes azules y lejanos que tampoco he conseguido saber cómo se llaman. También dispongo de un amplio sillón de orejas y de un caballete de aficionado, de intemperie, que me trajo Blanca.

Pero, en fin todo esto ha terminado. Ha terminado aparentemente, mi querido doctor Laclos —hablemos ya directamente—, y parece que hemos alcanzado la situación que usted había previsto. Usted supone que he averiguado lo esencial sobre mí mismo y sobre el personaje lamentable que he venido representando en los últimos tiempos, y que ya no hay razones para que prolongue esa representación en la que, según dice, me he complacido mucho y a la que me he ido entregando día a día con menos reticencias y progresivamente desarmado. De todos modos, mi querido amigo, reconozca que se contenta usted con poco y se da por satisfecho con un beneficio sumamente provisional. Usted está acostumbrado a creer que la desaparición de ciertas rarezas de la conducta, algo que debe estar usted a punto de nombrar como síndrome de un estado patológico, aunque sea aquí, en un escenario excepcional, y a la fuerza, tras haber desviado toda mi imaginación a las páginas que me ha obligado a escribir, representa la recuperación de la salud y el retorno a una normalidad más o menos estable. Pero yo estoy hecho un mar de dudas y le confesaré que me cuesta mucho imaginarme, devuelto a mi vida corriente, en una situación realmente distinta y marcada por hábitos diferentes a la que le pareció tan grave cuando llegué aquí. No consigo imaginar qué es lo que habrá cambiado.

Mire usted, doctor, ha conseguido usted hacerme escribir centenares de páginas, desgranar un anecdotario, quizás banal pero complicado, de lo que había sido mi vida en el último año y no negará que no he regateado esfuerzos para ser sincero y preciso. También he procurado no interpretar más allá de lo inmediatamente consecuente. Usted sí, en cambio, pero su lectura de lo que me ha obligado a escribir, me parece, perdóneme, paupérrima, por no decir miserable. Según dice, lo más sugerente que ha encontrado en estas páginas es la descripción de la casa de mi infancia. Por favor, doctor, déjeme repetir una vez más que eso es una manipulación estética de la memoria y que tendría que hacer usted verdaderos juegos circenses para relacionarlo con el subconsciente. Al contrario, no quiere entrar usted en el fondo del asunto de lo que a mí me parece principal, de lo que me ha ido pareciendo principal a lo largo de esta redacción por encargo, de esta monstruosa tarea escolar a la que me ha condenado. Usted no quiere reconocer que ese desgano de sobrevivir puede ser una actitud seria y nada enfermiza y que de ella sólo me apartaría un acto de imaginación poderosísimo en el que se esbozase un nuevo proyecto de existencia. Pero yo estoy convencido de que sólo la afición a un nuevo personaje posible me devolvería las ganas de vivir. He intentado explicarle, ya que no por escrito, en nuestras últimas conversaciones cotidianas, en los comentarios a las últimas páginas, que la tendencia a asumir como propia la muerte de mi amigo Barral tiene mucho más de religiosa que de pscoanalítica. La verdad es que Barral me importaba muy poco antes de que yo comenzara a vivir su agonía. Quizás la muerte y la sobrevivencia, eso que en el límite religioso sería la eternidad o la acronía, puedan repartirse. *Gemele Castor et gemele Castoris,* mi querido doctor. Hay infinitas formas de representarse a sí mismo el horror a tener de morir.

En fin, cumpliré con lo prometido. Regresaré al pueblo, me dejaré tutelar por Blanca, haré un esfuerzo por terminar ese ridículo monumento. Ordenaré los intentos y los esbozos de este horrible y largo período. Procuraré resistir a la tentación del alcohol y a la ilusoria compañía de la buena gente. Procuraré, también, convencerme de que he escapado a una pesadilla. Seguramente usted, piensa que todo esto será suficiente. Prometo hacerlo todo muy bien. Pero todo eso no evitará la sensación de haberme muerto, de formar parte del pasado de otros, de su memoria no necesariamente justa y razonada.

Gracias, mi querido Laclos. Ha sido usted un interlocutor perfecto y quién sabe si lleva razón. De todos modos, créame, no pongo muchas esperanzas en el previsiblemente escaso futuro.

Las que me quedan y que me vería obligado a reconocer, y las pocas ganas de seguir viviendo, creo deberlas a la desinteresada y, a lo mejor, casual protección de algunos, de gentes que no tienen explicación para lo que me ocurre, pero que preferirían que cesaran mis males y castigos.

Mire usted, le voy a dejar al pie de estas páginas una adivinanza. Unos versos latinos tomados de una antología que traje conmigo en este viaje a la salud. Una antología bilingüe que metí en la maleta, ya ve, como hubiera hecho Barral. Una última suplantación del muerto. No le diré de quién son ni a qué poema pertenecen. Ni le daré tampoco la traducción. Usted, con mejores humanidades que yo, no la necesita. Y son versos muy apropiados al caso.

Dicen:

>   hic, velut iactatis turbine nautis
>   lenius aspirans aura secunda venit
>   iam prece Pollucis, iam Castoris implorata,
>   tale fuit nobis Allius auxilium.

En fin, Laclos, adiós de veras. Quizá hasta nunca. Repito una vez más: gracias por todo.

Impreso en el mes de diciembre de 1983
en Romanyà/Valls,
Verdaguer, 1
Capellades
(Barcelona)